吴文英词鉴赏辞典

上海辞书出版社文学鉴赏辞典编纂中心编

上海辞书出版社

《吴文英词鉴赏辞典》领衔撰稿

周汝昌　钱仲联　叶嘉莹　万云骏
高建中　陈邦炎　蒋哲伦　谢桃坊

撰稿人(按姓氏笔画排列)

万云骏　王达津　王学太　孔燕妮　叶嘉莹　刘竞飞
孙映逵　李向菲　陈永正　陈邦炎　陈祥耀　周汝昌
周啸天　顾复生　钱仲联　高建中　蒋哲伦　谢桃坊
雷履平　潘君昭

责任编辑　吴艳萍

【前 言】

【前言】

吴文英(约1202—1276后),字君特,号梦窗,晚号觉翁。庆元府鄞县(今浙江宁波)人。南宋后期词人。关于吴梦窗的生年,过去主要有三说:夏承焘提出的宁宗庆元六年(1200),杨铁夫定在宁宗开禧前后(1205—1207),以及张凤子所定宁宗嘉定十年(1217)或嘉定五年(1212)。今人在融汇前人考证的基础上,结合梦窗词作以及对其交游群体的考索,不仅可以勾勒出吴文英生平事迹的轮廓,并将其生年定在嘉泰二年(1202),其卒年则在南宋灭亡之后,梦窗因而也可归入遗民词人之列。吴文英长期流寓苏、杭、越等地。曾为苏州仓台幕僚,一生以布衣终老,所与交游多为达官权贵,如吴潜、史宅之、尹焕、贾似道等。理宗淳祐九年(1249),吴潜知绍兴府兼浙东安抚使,后同知枢密院事兼参知政事,梦窗为其幕僚。晚年为荣王赵与芮门客。

梦窗为宋季一大词人,尹焕曾给予很高的评价,"求词于吾宋者,前有清真,后有梦窗,此非焕之言,四海之公言也"(《中兴以来绝妙好词》卷十引)。梦窗词上承周邦彦而自成一格,词中意象奇特浓密,且时空常转换跳跃,构成深微幽眇的词境;使事用典冷僻而往往又赋予独特的意蕴;语言秾丽,词藻绵密,又深于锻炼雕琢;语句转折汰去前人用虚字而使气息流转的方法,转而代之以实词。这些特征有时会给人以晦涩堆垛之感。宋末张炎谓:"吴梦窗词如七宝楼台,眩人眼目,碎拆下来,不成片段。"元、明两代由于词坛风尚的移易,梦窗词逐渐淡出人们的视野。清代词学中兴,浙西词派、常州词派相继兴起,包括吴文英在内的南宋词人逐渐引起人们的重视,吴文英的地位进一步提高。如周济认为"梦窗奇思壮采,腾天潜渊,反南宋之清泚,为北宋之秾挚",并提出"问途碧山,历梦窗、稼轩,以还清真之浑化”(以上引述均见《宋四家词选目录序论》)的学词途径;戈载谓其词“运意深远,用笔幽邃,炼字炼句,迥不犹人。貌观之雕缋满眼,而实有灵气行乎其间”(《宋七家词选》)。当然,梦窗词中亦有清疏空灵之作,如《唐多令》(何处合成愁)、《风入松》(听风听雨过清明)等,见出其词风格之不拘一格。

由于吴文英词作“晦涩”朦胧的风格,历来评说者,多着眼于其独特的艺术风格,而对于梦窗词的思想内容,则鲜有探讨。到了清代中后期,人们始以比兴寄托之说解释梦窗词。特别是晚清词学四大家,以“黍离麦秀之伤”评论梦窗词,指出宋末世事剧变的环境与梦窗独特的性情怀抱的内因相结合,最终成就了梦窗词独特的艺术风格。这对我们今天赏析和理解吴文英的词无疑也是积极的启发。

本书是本社中国文学名家鉴赏辞典系列之一。精选吴文英代表词作60篇,邀请当代古典文学专家为各篇作品撰写鉴赏文章。其中不仅诠释字句,解读梦窗精巧的艺术构筑和朦胧幽眇的词境,更结合社会历史背景与词人的身世、情感历程,揭示词人隐藏的寄托和深慨。另外,书末还有附录《吴文英生平与文学创作年表》,供读者参考。限于编者水平,如有不当之处,尚祈读者指正。

上海辞书出版社文学鉴赏辞典编纂中心

2016.11

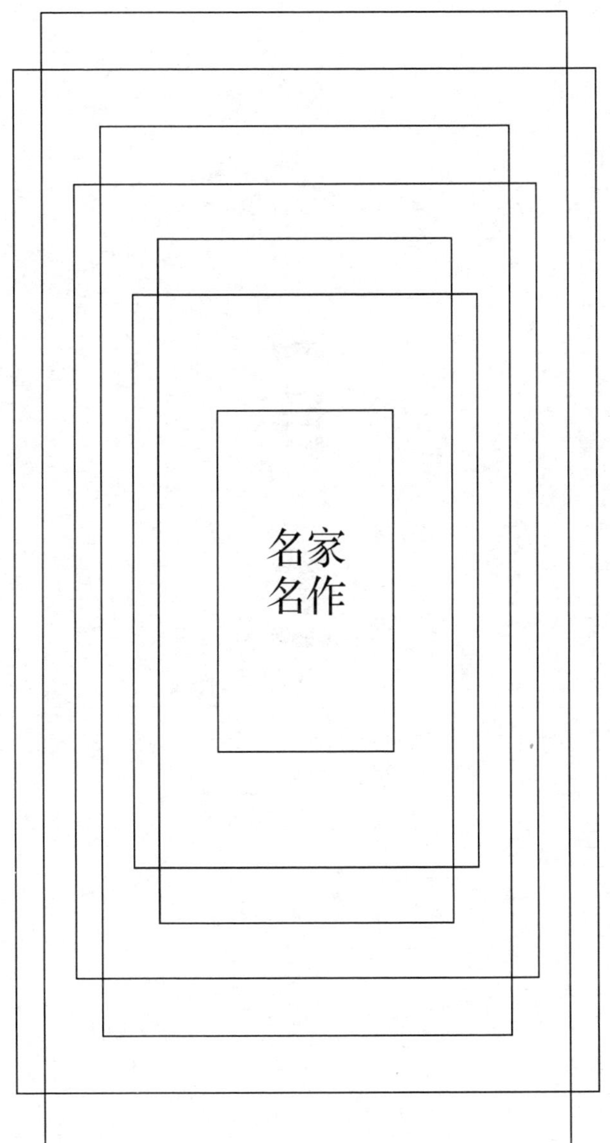

周汝昌 钱仲联 叶嘉莹 万云骏 高建中 陈邦炎 蒋哲伦 谢桃坊等撰写

【目 录】

【目录】

词

附录

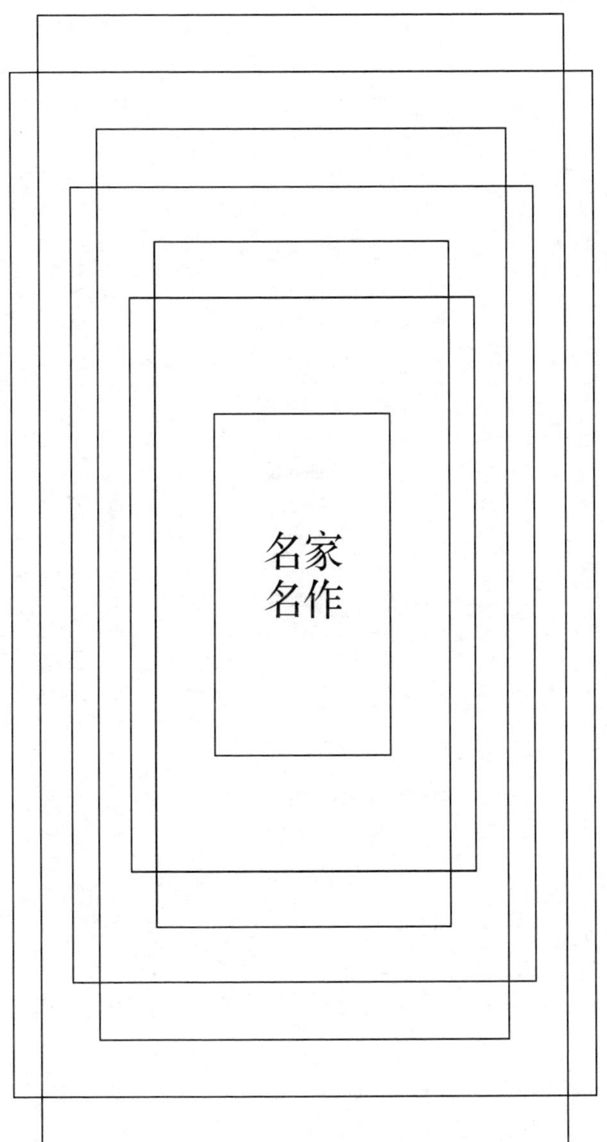

周汝昌 钱仲联 叶嘉莹 万云骏 高建中 陈邦炎 蒋哲伦 谢桃坊等撰写

【词】

【原文】

琐窗寒玉兰①

绀缕堆云②,清腮润玉③,汜人初见④。蛮腥⑤未洗,海客⑥一怀凄婉。渺征槎⑦、去乘阆风⑧,占香上国⑨幽心展。□遗芳掩色⑩,真姿凝澹⑪,返魂骚畹⑫。　　一盼。千金⑬换。又笑伴鸱夷⑭,共归吴苑⑮。离烟恨水,梦杳南天秋晚。比来时、瘦肌更销,冷薰沁骨悲乡远。最伤情、送客咸阳⑯,佩结西风怨⑰。

〔注〕 ① 玉兰:兰之美称,此处为秋兰。 ② 绀缕堆云:形容兰叶如美人的柔发。绀,深青带红色。 ③ 清腮润玉:兰花清润秀美,形容美人肌肤温润如玉。 ④ 汜人:唐沈亚之《湘中怨解》载,唐武后垂拱中,太学进士郑生,晨发铜驼里,乘晓月渡洛桥,遇一艳女蒙袖痛哭,自言养于兄,因嫂恶,不堪忍受,欲投水而死。生载归,与之同居,号曰汜人。汜人能诵善吟,能诵《楚词》《九歌》《招魂》《九辩》之书,亦常拟词赋为怨歌,其词艳丽。数年后,汜人自述本系湘中蛟宫之娣,贬谪而从生,今已期满,无以久留。遂啼泣离去。后用作艳情典。 ⑤ 蛮腥:古称南方为蛮,此指兰花生长于南方水滨。腥,形容花香之刺激。 ⑥ 海客:来往海上之人。李白《梦游天姥吟留别》:"海客谈瀛洲,烟涛微茫信难求。" ⑦ 征槎:晋张华《博物志》卷十:"旧说天河与海通。近世有人居海渚者,年年八月有浮槎去来,不失期。人有奇志,立飞阁于槎上,多赍粮,乘槎而去。" ⑧ 阆风:天风。古代神仙住的地方叫阆风台,故称。 ⑨ 占香上国:上国,指南宋都城临安。兰又称国香。 ⑩ 遗芳掩色:遗留的芳香使众芳失色。 ⑪ 凝澹:幽静澄明。 ⑫ 返魂骚畹:返魂,还魂。《续博物志》载:"聚窟洲有返魂树,伐其根心,于玉釜中煮取其汁,煎之令可丸,名曰惊精香,或名震灵丸,或名返生香,或名却死香,死尸在地,闻气即活。"骚畹,种兰之田。屈原《离骚》:"余既滋兰之九畹兮,又树蕙之百亩。"王逸注:"十二亩曰畹。" ⑬ 千金:

东汉崔骃《七依》："回顾百万，一笑千金。" ⑭ 鸱夷：原指盛酒的皮囊。此指范蠡。范蠡助勾践破吴后，辞官退隐，泛舟五湖，号鸱夷子皮，事见《史记》卷四十一《越王勾践世家》。 ⑮ 吴苑：吴王宫苑，泛称苏州或江南一带。 ⑯ 送客咸阳：咸阳，秦都城，代指南宋都城临安。 ⑰ 佩结：屈原《离骚》："纫秋兰以为佩。"西风，旧题李白《忆秦娥》词："咸阳古道音尘绝。音尘绝，西风残照，汉家陵阙。"

这是一首咏物怀人词。吴文英在苏州娶过一妾，后来两人因故而分离。据杨铁夫在《梦窗词选笺释》中言，词中所怀即是此苏州去姬，"题标玉兰，实指去姬，诗之比体；上阕映合花，下阕直说人，又诗之兴体"。作者以玉兰为比，咏花即是怀人，两者不可分别。读此词，须将花与人一例看待，见花即如见人。

上阕"绀缕堆云"三句，形容花之初见，也是回忆苏姬初见。"绀缕堆云"，深青色的兰叶飘拂而下，堆云垂缕，正如当年苏姬的秀发。将花叶比作美人秀发是吴文英惯用的比喻，其《花犯·郭希道送水仙索赋》中形容水仙枝叶："还又见、玉人垂绀鬓。""清腮润玉"，兰花白玉般的色泽，令人想起她的肌肤也是这般莹润生光。"汜人初见"，绾合花与人，意谓花美如人，令词人想起当时之苏姬亦如蛟宫神女汜人般仙姿飘逸，美丽多情，后来也如汜人一般离开了词人，空余无限情思。"蛮腥未洗"两句，写花来自南方，身上带着南方的花香气，令海客，也就是词人自己满怀凄婉。凄婉者，为见花而思人，花在而人不在，只有花香扑鼻。比起普通的"芬""馨""菲""芳""清"等形容花香的字眼，"腥"字能带给人更强烈的感官刺激。吴文英作词很讲究锐感，强调事物给人的新鲜而刺激的印象，因此往往用别人不会用、不屑用、不敢用的一些字眼，比如"腥"。他特别喜用"腥"字比喻花香，如《高阳台·过种山》："最无情，岩上闲花，腥染春愁。"又如《八声甘州·陪庾

【鉴赏】

幕诸公游灵岩》:“箭径酸风射眼,腻水染花腥。”吴文英常年在苏杭两地游幕做客,因此自称“海客”。“海客”与“槎”在诗歌中常常联并出现,如骆宾王《饯郑安阳入蜀》:“海客乘槎渡,仙童驭竹回。”李乂《兴庆池侍宴应制》:“寄语乘槎溟海客,回头来此问天河。”因此下文便说“渺征槎”。“渺征槎”三句,写兰花乘船渡海而来,乘着阆风来到词人身边,在都城临安散发着幽幽的一缕国香。这也是回忆苏姬当初和他一起来到杭州的过程。“遗芳掩色”三句,盛赞兰花之国色天香,香气发越,使众芳失色,兰花是那么高洁芬芳,又如此身姿幽静,心性澄明,像是苏姬借着兰花又回到了词人身边。用屈原《离骚》“余既滋兰之九畹兮”典故,写明香草美人合二为一之意,将花与人再次绾合。因为苏姬借花返魂,令词人情思颠倒,故而词人在下阕回忆起了当年和苏姬的幸福生活和后来的别离。

过片“一盼。千金换”写苏姬巧笑倩兮,美目盼兮,一盼而价值千金。上言“真姿凝澹”,此言“一盼。千金换”,正是美人“既含睇兮又宜笑”的意思。逗出下面“又笑伴鸱夷”两句,回忆当年苏姬随着词人在苏州居住,两人度过了一段幸福生活。词人把自己比作范蠡,把苏姬比作西施。词人虽无陶朱之富,苏姬却有西子之多情。“离烟恨水”两句,欢极生悲,写两人无奈分别。别后相思不已却无从再续前缘,故曰“梦杳”;分别地点在杭州,故曰南天;分别在秋天日暮,故曰秋晚;苏姬乘船而来,乘船而去,故曰离烟恨水。“恨水”又有“人生长恨水长东”(李煜《相见欢》)和“陇头流水各西东,佳期如梦中”(秦观《阮郎归》)之意。“比来时”三句,写苏姬离别时瘦损如此,憔悴堪怜,词人闻到兰花冷香沁骨,想起苏姬远去,两人难以再见,不禁悲思难耐。“瘦肌更销”,用柳永《蝶恋花》“衣带渐宽终不悔,为伊消得人憔悴”意,写明相思离别之恨。“冷薰沁骨”,兼花兼人。“悲乡远”,苏姬一去,乡远难见,“如今俱是异乡人,相见更无因”(韦庄《荷叶杯》),岂不令人悲痛愁绝?“最伤情”三句,用李贺《金铜仙人辞汉歌》“衰兰送客咸阳道,天若有情天亦老”之语，写当初分别之状，双关兰花与苏姬。花已如此，人何以堪？见花思人，词人又何以堪？两人在临安分别，词人送苏姬离去，伤情处，西风阵阵，吹送苏姬身上之香气，正如当下所闻玉兰之香气，在词人心中留下不尽的愁怨。“佩结”用《离骚》语，“纫秋兰以为佩”，再度绾合玉兰与苏姬，处处不离苏姬，亦处处不离玉兰。

对吴文英的词作，历来评价两极分化，批评者以张炎为代表，“吴梦窗词，如七宝楼台，炫人眼目。碎拆下来，不成片断”（《词源》）。赞赏者以周济为代表，“梦窗立意高，取径远，皆非余子所及”，“梦窗奇思壮采，腾天潜渊，返南宋之清泚，为北宋之秾挚”（《宋四家词选序论》）。“梦窗每于空际转身，非具大神力不能”（《介存斋论词杂著》）。两派争论不休。胡适在《词选》中评价这首《琐窗寒·玉兰》词：“这一大串的套语与古典，堆砌起来，中间又没有什么‘诗的情绪’或‘诗的意境’作个纲领；我们只见他时而说人，时而说花，一会儿说蛮腥和吴苑，一会儿又在咸阳送客了。”其实吴文英作词于时空跳跃幅度极大，安排篇章又常不以理性而以感觉印象为线索，因此不能以寻常逻辑思之。但他的感性安排其实是有逻辑的，不过属于一种“诗的逻辑”，而不是现实逻辑。比如这首《琐窗寒·玉兰》，词人对着花，时时想起人，花的印象唤起了人的印象，人的印象又印入花的印象之中，两者彼此交织，不可分割。词人因花忆人，写对苏姬的种种印象片段，包括初见、在苏州的幸福生活、两人一起来杭州、最后在杭州分手等等。花和人重叠的契机是感性的，在于词人的感官和情绪。词人一开始闻到花香，“蛮腥未洗”，这是新鲜刺激的第一印象，遂想起苏姬初见，而此时人去花在，故而“一怀凄婉”；因兰花香气幽雅，又想起苏姬之娴婉幽澹之姿，神魂仿佛借着花回到了他面前，故而令词人一发奇思，想象苏姬“返魂骚畹”，因为苏姬“返魂”，所以接下来回忆当时二人生活，直至别离；因为别离，苏姬的形象遂嵌入兰花之中，兰花之香也由最开始的“蛮腥未洗”变作“冷薰沁骨”，由一种富有刺激性的引诱变成悲凄的哀愁之由。对玉兰的描写和词人对苏姬的怀念所导致的情绪变化相一致,这就是词人写作的逻辑。理解了词人的情感逻辑,也就能理解这首词了。

(孔燕妮)

霜叶飞 重九

断烟离绪。关心事,斜阳红隐霜树。半壶秋水荐黄花,香噀西风雨。纵玉勒、轻飞迅羽,凄凉谁吊荒台古?记醉蹋南屏,彩扇咽寒蝉,倦梦不知蛮素。　　聊对旧节传杯,尘笺蠹管,断阕经岁慵赋。小蟾斜影转东篱,夜冷残蛩语。早白发、缘愁万缕。惊飙从卷乌纱去。谩细将、茱萸看,但约明年,翠微高处。

此是梦窗节日忆亡姬之作。"断烟离绪",起四字情景双起,精练而形象,笼照全篇。"断烟"是景,"离绪"是情。"斜阳红隐霜树"是写重九日间风雨,因风雨,故傍晚还不见斜阳,隐没于霜树之中。凄凉的心情,逢着凄凉的时节,已把满腔情怀初步托出。重阳佳节,正是菊花盛开之时,词人在风雨中从东篱折来数枝黄花,插在壶中,花的香气还在带雨喷出。但是孤坐对着黄花,不免无聊。而且在此风风雨雨之中谁还会骤马去登上荒台吊古呢?"谁"包括词人自己在内;"吊古",则包括伤逝之痛。这样,又不禁回忆起当年与姬人重九登高相处时的歌舞之乐。当时伊人执扇清歌,扇底歌声与寒蝉共咽(意谓其声悲凉)而我则酒酣倦梦,几乎忘却姬人的在旁。上片写双双登高的情景如此。

【鉴赏】

下片转入今情。如今人已逝矣，事已去矣，对此佳节，还有什么赏心乐事？还有什么心情“传杯”饮酒？但无“传杯”的心情而仍复“传杯”者，无聊之极思也（参见陈匪石《宋词举》）。“沉饮聊自遣，放歌破愁绝”（杜甫《咏怀》五百字），饮酒可以忘忧，写词可以抒闷，但心灰意懒之极，自从姬亡之后，连未写完的歌词（断阕）也没有心情再续，何况重写新词呢！天气入夜转晴，月影斜照东篱，寒蛩宵语，似亦向人诉说心事。“早白发、缘愁万缕，惊飙从卷乌纱去。”这是从杜甫《九日蓝田崔氏庄》“羞将短发还吹帽，笑倩旁人为正冠”二句脱化而来。重九日晋人孟嘉落帽的故事，后世传为美谈。杜甫这两句的意思是：如果登高时风吹帽落，露出了满头白发，我就把帽子重新戴上，加以遮掩，并且还会请旁人给我整理一下。这两句诗表现杜甫的洒脱旷达的态度。但是梦窗这两句词意思和杜甫不同。梦窗已经不以风吹帽落、露出满头白发为可羞了；他这两句的意思是，反正人亡身老，无一可欢，一切都随它去吧！这表现了词人极端沉痛的心情。结语“谩细将、茱萸看，但约明年，翠微高处”三句也化用杜诗（同上）：“明年此会知谁健，笑把茱萸仔细看。”杜诗之意谓今年重九，强乐自宽，但不知明年此会何如耳。梦窗今年未能登高，但空想明年能有机会。老杜细看茱萸，梦窗虽也看茱萸，着一“谩”字，就自觉无谓。那么明年翠微高处之约，也不过说说而已。杜甫逢佳节而强作欢笑，梦窗则欲强作欢笑而不能，其无聊、沉痛，实更倍于少陵，这也是时代、身世使然。

吴梅《蔡嵩云〈乐府指迷笺释〉序》：“吴词潜气内转，上下映带，有天梯石栈之妙。”梦窗词脉络贯通，形象完整。上下映带尚是其形象的表面，潜气内转则是其形象的里面；“天梯石栈”，则说的是梦窗词的大起大落，突接突转，也有潜气在内沟通。这一方面，陈匪石《宋词举》分析极细。他说：“‘霜树’‘黄花’，就‘传杯’前所见言之；‘蟾影’‘蛩语’，就‘传杯’后所遇言之：皆用实写，而各是一境。‘斜阳’‘雨’‘蛮素’‘翠微’，则均游刃于虚，极

【原文】

虚实相间之妙。'断阕'与前之咽凉蝉,后之'残蛩语','旧节'与前之'记醉踽'、后之'明年',线索分明,尤见细针密缕。"这些都可以说明梦窗词的"上下映带",脉络贯通。西方文论说"美是杂多和整一的结合",于梦窗词可以得到印证。又如戈载《宋七家词选》说梦窗词,"以绵丽为尚,运意深远,用笔幽邃,炼字炼句,迥不犹人"。在这一方面,《宋词举》分析此词说:"即'隐'字、'噀'字、'轻飞'字、'咽'字、'转'字、'冷'字、'缘'字、'从卷'字,亦各有意义。其千锤百炼,是炼意,非仅琢句,非沉晦,亦不质实。"梦窗不但炼字、炼句,而且都能和炼意相结合,这和李商隐诗"藻采组织,而神韵流转,旨趣永长"相同。读梦窗词,不可不注意它的这些艺术特长。

(万云骏)

瑞鹤仙

泪荷抛碎璧。正漏云筛雨,斜捎窗隙。林声怨秋色。对小山不迭,寸眉愁碧。凉欺岸帻。暮砧催,银屏翦尺。最无聊、燕去堂空,旧幕暗尘罗额。　　行客。西园有分,断柳凄花,似曾相识。西风破屐。林下路,水边石。念寒蛩残梦,归鸿心事,那听江村夜笛。看雪飞、苹底芦梢,未如鬓白。

梦窗三十余岁时,于苏州仓幕中纳一爱姬,二人在一起生活了大约十年,而且还生有两个孩子,但爱姬最终却不知因何故离梦窗而去。自此之后,梦窗常有忆姬怀姬之作。本词即是梦窗再到苏州西园,坐雨怀姬时写下的作品(据杨铁夫《吴梦窗词笺释》)。

【鉴赏】

“泪荷抛碎璧”。吴梅以为“‘泪荷’为蜡泪银荷。‘碎璧’即蜡泪成堆，遇圆为璧也。观下文‘斜捎窗隙’可悟”（《汇校梦窗词札记》）。此是因下文提到“窗隙”，故将首句理解为是写室内之景，以为风雨斜透窗棂，而作者（或曰抒情主人公）正在屋内对烛长想。但细审下句，除“窗隙”外，尚有“漏云筛雨”，此本是室外之景，故此时的作者，正不必局局暗躲于室内，临窗远望也未尝不可。既是远眺，“泪荷”便不必一定是室内之景。其实所谓“泪荷”，并无特别玄奥之意，按其字面，即是带雨之荷也。荷叶上积水渐多，荷叶不能承重，遂倾斜，水流下后荷叶复又弹起，而积水迸流，形如抛洒，故曰“抛碎璧”也。碎璧，是形容迸碎的水珠。吴梦窗词每喜以暗晦之词，发幽眇之思。吴梅先生依此解词，故不免有些“诠释过度”了。下句“正漏云筛雨，斜捎窗隙”。“漏”与“筛”字用得极妙。因云未遍布天空，尚有孔隙，故曰“漏”。因“漏云”像筛子，故又云“筛雨”。在写出雨势的同时，又极富视觉感。捎，本有两意，一是拂掠，二是敲打。以下文“窗隙”二字，此处以取“拂掠”意为佳。

“林声怨秋色”，着力处在一“怨”字。风雨入林，故有声，此是听觉。而“秋色”，则是视觉。二者之间衔一“怨”字，构成了一种主谓宾的结构。然“林声”与“秋色”何能相怨？怨者，实人也。故此句如按意义分析，实当为“怨林声秋色”，意恼恨林声与秋色勾起无穷哀怨也。符号层与意义层的这种错位，很容易在读者心中造成一种张力，这也是使诗歌语言产生多重意蕴的手段之一。

下一句“对小山不迭，寸眉愁碧”，又是存在很大争议的一句。首先是“不迭”。杨铁夫《吴梦窗词笺释》：“‘不迭’，想是当时语，宋人书无可证，惟元曲白仁甫杂剧‘去不迭，公拄枝掂’，明归庄《万古愁曲》‘献不迭歌喉舞腰，选不迭花容月貌’，知宋语流传，至元、明仍在。”又引谢榆孙曰：“不迭，不断也，一声之转。”张相《诗词曲语词汇释》释“不迭”为“来不及”。刘永济《微睇室说词》则释“不迭”为“不及”。其次是“小山”。刘永济释“小山”为

【鉴赏】

"雨中山色"(《微睇室说词》),以为"对小山不迭,寸眉愁碧"是说"小山山色,雨中对之,不及寸眉碧色也"。吴蓓则认为"小山"是指"小山眉",以为"迭"字即"迭山眉"之意,亦即"画山眉",整句"就是无心对镜描眉梳妆的意思"(参吴蓓《梦窗词汇校笺释集评》)。吴蓓以"此词思妇与行人两处相思","上片写思妇,下片写行人",故将上片所写,皆当成是作者对离去的爱姬的遥想,因已思人,故设想人亦思己。愚按,吴氏爱姬离开吴氏,究竟是因为何种原因,难以考知。其离开吴氏后,吴氏亦并非没有做出弥补,甚至曾带着两个孩子追到苏州,但似乎终无结果,则此时之姬对吴氏到底是有情还是无情,都在难论,未必是真的"思妇"也,此其一。其二,下文"岸帻"云云,显然写的是一男子形象,而"燕去"者,在吴文英的词中则常常代表着爱人的离去,用的也是男子思念女子的语气。有此两点,足知上片未必全写"思妇"也。除此之外,检索古籍,亦未见将"叠眉"作"画眉"讲者,故吴说甚值商榷。而刘氏将"不迭"释为"不及",亦有不妥。首先,"不及寸眉碧色",是将"不迭"划入了下句,与句读不符。其次,此说还忽视了领句的"对"字。"对"者云云,显然是说面对着某种场景,故"不迭"还应该是形容和修饰"小山"的,只有这样,"小山不迭"才能构成为一种可以相对的具有完整性的景观。综合以上,笔者以为,"不迭"仍以取谢榆孙"不断"意为佳。而"小山",亦非"小山眉",就是实实在在的小山而已。此句乃是承上句"漏云筛雨"中暗含的遥望的意思而来,说作者遥望小山重叠,山色连绵不断,恰如翠眉凝愁。如此理解,顺理成章,正不必费力曲解。若"小山"指眉,则与下文"寸眉"重出,梦窗作词,精雕细琢,料不至如此。

"凉欺岸帻",岸帻,本指推起头巾,露出前额,乃是洒脱之态。此处但取简率之意,意谓主人公心中凄苦,懒修衣冠。"暮砧催,银屏翦尺",此用杜甫"寒衣处处催刀尺,白帝城高急暮砧"(《秋兴》)诗意。因秋凉而想起寒衣,因寒衣而想起做衣服的女子。银屏,闺中之物也,在指代闺中女子的同时，亦制造出一种视觉感。“最无聊、燕去堂空，旧幕暗尘罗额”。燕去堂空，暗指爱姬的离去。“罗额”，即可指帐额，亦可指帘额，无论具体指何，罗额之后，都应该是一个隐藏温暖的地方。从“凉欺岸帻”再至于此，我们似乎已经可以感受到那颗在秋风秋雨之中，苦苦寻找温暖的心。

转片“行客”，杨铁夫认为是指去姬。然姬既是在苏州所纳，其又已归苏，正不必用“客”形容之。细味词意，仍是按作者自指理解为佳。“西园有分”，吴蓓以为即是“分根西园”之意，此是曲解。有分，实即有缘分之意。韩愈《孟东野失子》诗：“且物各有分，孰能使之然？”又黄庭坚赠盼盼词：“料得有心怜宋玉，只因无奈楚襄何。今生有分向伊么？”（事参《词苑丛谈》卷七）有分，皆作有缘讲。梦窗当初与爱姬结合之时，即住在苏州西园，如今重到，故下有“断柳凄花，似曾相识”句。“西风破屐”，是作者自况。破屐，状潦倒之貌。“林下路，水边石”，此可是想象中景，亦可是回忆中景，亦可独行，亦可是两人相伴。“念寒蛩残梦，归鸿心事，那听江村夜笛”。残梦，是说现实中的美好已经破碎，心事，是说心中的希望犹存。那听，哪忍听、不忍听之意。“首句伤其去，次句望其归。”（杨铁夫《吴梦窗词笺释》）末句，“看雪飞、苹底芦梢，未如鬓白”，是反用古人诗意，李商隐《自桂林奉使江陵途中感怀寄献尚书》：“芦白疑粘鬓，枫丹欲照心。”“以芦花之白尚不及白发之白作结，言外有不堪禁受此种凄凉境地之意。”（《微睇室说词》）

梦窗之词，长处在于锻炼，善于将眼前之实景与想象中、回忆中的虚景结合来写，丽情密藻，极擅转身运气之法。本词中之炼字，如“抛”“漏”“筛”“捎”等，均可谓出人意表，而能极刻画之工。所述虽然是一种简单的情感，但因其能在有限的篇幅中交错铺排，读来亦不觉局促。梦窗虽作艳语，但妙在能以真实的情感为依托，故不至浮泛。况周颐说吴词“中间隽句艳字，莫不有沉挚之思”（《蕙风词话》），以本词观之，确是的论。毛晋《梦窗稿跋》曾引山阴尹焕序云：“求词于吾宋，前有清真，后有梦窗，此非焕之言，四海之公言也。”就词律之精与描写之工而论，梦窗确实深得清真词的精髓。然以设色、炼语、铺排、用典而论，梦窗又时时有过于清真者。四库馆臣言梦窗：“盖其天分不及周邦彦，而研炼之功则过之。词家之有文英，亦如诗家之有李商隐也。”（《梦窗稿》提要）正是着眼于其纤秾密丽处。然梦窗词之短，亦在此处。曾跟梦窗学过作词的沈义父就说过“梦窗深得清真之妙，其失在用事下语太晦处，人不可晓”（《乐府指迷》）。上文需要用如此多的文字辨白文意，其实已多少证明了这一点。好在本词虽重炼字，但还未曾过多用事，故稍用心力，似乎仍不难索解。叶燮《原诗》曾有语：“惟不可名言之理，不可施见之事，不可径达之情，则幽渺以为理，想象以为事，惝恍以为情，方为理至、事至、情至之语。”解梦窗词，需句句用心，一字不可轻放。透过表面的幽眇想象，去破解梦窗的“不可名言之理，不可施见之事，不可径达之情”，大约，这也是读梦窗词的乐趣之一种吧！

（刘竞飞）

瑞鹤仙

晴丝牵绪乱。对沧江斜日，花飞人远。垂杨暗吴苑。正旗亭烟冷，河桥风暖。兰情蕙盼。惹相思，春根酒畔。又争知、吟骨萦销，渐把旧衫重剪。　　凄断。流红千浪，缺月孤楼，总难留燕。歌尘凝扇。待凭信，拌分钿。试挑灯欲写，还依不忍，笺幅偷和泪卷。寄残云剩雨蓬莱，也应梦见。

这一首词在梦窗词中是别具一格的，上阕写江湖漂泊的文人苦相思。

【鉴赏】

下阕写女子怀念他的一片幽怨。在用语上雅俗融一，也属于不隐晦难懂的一类，并且和曲有相通的地方。梦窗当时当是旅住吴门（苏州），季节正逢寒食。词写的是距离美，反映一种彼此因消息难通而产生了隔膜的猜疑心理。相反相成，是递进一步写法。

古代漂泊文人对自然景物有敏感，词起首就是写暮春三月引起的离情别绪。"晴丝牵绪乱"三句所写景物略似叶梦得《虞美人》："落花已作风前舞。又送黄昏雨。晓来庭院半残红，惟有游丝千丈袅晴空。"清明、寒食可以看到虫类所吐在春空中游荡的丝。第一句绪字就是离情别绪，朱敦儒《念奴娇》："别离情绪。奈一番好景，一番悲戚。燕语莺啼人乍远，还是他乡寒食。"和第三句"花飞人远"可以相对照。不同的是这里还对夕阳下清澈的吴江。第四句"垂杨暗吴苑"是由斜日沧江更增一句写。吴苑是吴王阖闾所建林苑，包括姑苏台、长洲、石城等地（见《吴越春秋》）。韦庄《忆江南》："柳暗魏王堤"，邓肃《南歌子》："玉楼依旧暗垂杨，楼下落花流水自斜阳。"和这沧江斜日，柳暗长洲相似，自然倍增情怀的黯淡。吕本中《减字木兰花》："花暗长堤柳暗船"，也喜欢用暗字，写暮色对心情的感染。

下二句点时序："正旗亭烟冷，河桥风暖。"旗亭是酒楼，烟冷点明是寒食节。河桥是姑苏的河桥，春风正暖。周邦彦《琐窗寒·寒食》："正店舍无烟，禁城百五。旗亭唤酒，付与高阳俦侣。"与梦窗词景色同。

下一句就是写旗亭所见歌女了。"兰情蕙盼"句写旗亭所遇歌女流目传情，周邦彦《长相思慢》："美盼柔情"，《拜星月慢》："水盼兰情，总平生稀见"，都是这样写法。但他不理会新的相逢，却惹起对旧相知的相思，说："惹相思，春根酒畔。"春根就是春末，酒畔即酒边。上阕结尾写："又争知，吟骨萦销，渐把旧衫重剪。"形容旧相知并不了解他相思之苦，词人因牵萦思念而骨体消瘦，已把嫌宽了的春衫重新裁剪。"又争（怎）知"，含怨意。

下阕却转而写旧相知那一边。全从女子一面下笔："凄断。流红千浪，

【鉴赏】

缺月孤楼,总难留燕。”写女子凄凉魂断,目对层层细浪,漫卷残红,一钩弦月伴照孤楼,象征离别后的孤单,而“总难留燕”句写女子所居之凄寂,连呢喃双燕,也不愿进楼中作巢。女子相思之苦也到了生怨程度。下面递进写“歌尘凝扇”,往日歌尘,久凝在舞扇上。很像周邦彦《解连环》:“暗尘锁,一床弦索。”一样是停歌罢舞。下五句写准拟诀绝:“待凭信,拌分钿。试挑灯欲写,还依不忍,笺幅偷和泪卷。”分钿,本《长恨歌》“钗留一股合一扇,钗擘黄金合分钿”。这里分钿当永诀意用,即拚出去分金饰盒的一半给你表示分离。拌即判、拚的意思。但又很矛盾,所以说试着挑亮灯心想写这样的信,却依旧不忍,又把写上了字的信笺,带着泪偷偷卷起。心理层次写得针线极密。顾夐《诉衷情》:“换你心,为我心,始知相忆深”,似乎异曲同工。

结尾写:“寄残云剩雨蓬莱,也应梦见。”词笔拓展开,以极痴语作结束。意思是说:即使寄魂魄于蓬莱山的残云剩雨,也应该能和你梦中相见。用极不合理语作极痴情的自我宽慰。正如陈洵《海绡说词》云:“‘应梦见’,尚不曾梦见也。含思凄惋,低徊不尽。”

这首词词人和情人相思的两种不同心理,写得恰如其分。“晴丝牵绪乱,对沧江斜日,花飞人远。垂杨暗吴苑”,与“流红千浪,缺月孤楼,总难留燕”等句写景境处处入画,清逸动人。“兰情蕙盼”“笺幅偷和泪卷”等句,较通俗,有曲意,刻画形象传神。上下阕都有波折、顿挫,然后用层层递进笔,写到尽致处,就写成了无声的呼唤,别成一种意在言外的艺术构思,并不是一般习见的铺叙。本词也见出梦窗用字眼的特色。如“春根”一词就很新,同他写溪边有时用“溪根”,云边有时用“云根”一样。梦窗也善用“偷”字,“笺幅偷和泪卷”,偷是暗暗之意,和史达祖《绮罗香·春雨》:“千里偷催春暮”,用偷字都很工巧。

(王达津)

解连环

暮檐凉薄。疑清风动竹，故人来邈。渐夜久、闲引流萤，弄微照素怀，暗呈纤白。梦远双成，凤笙杳、玉绳西落。掩练帷倦入，又惹旧愁，汗香阑角。　银瓶恨沉断索。叹梧桐未秋，露井先觉。抱素影、明月空闲，早尘损丹青，楚山依约。翠冷红衰，怕惊起、西池鱼跃。记湘娥、绛绡暗解，褪花坠萼。

吴文英早年在苏州曾认识某女子。近世词家据吴词作过许多分析，认为他在苏州有一妾，后被遣去。但将他关于苏州情事的词串连合参，可以确定那位女子并非其朝夕相处之妾，应是一位民间歌妓。他们的爱情注定是以悲剧告终的。吴文英对她的情感是真挚而深厚的，在词作里常以极晦涩的方式抒写其无尽的哀怨。这首词是词人寓居苏州后期作的，在其恋爱悲剧发生之后。

词的起笔"暮檐凉薄"，点明抒情的环境和时间。暮色已降，人在檐下，感觉秋凉之意，造成寂寞凄凉的氛围。清风吹动庭竹，使抒情主人公产生故人到来的幻觉。但实际上并非有人来，而是内心的怀疑。"疑"字将词意带入恍惚迷离的境界，有似梦非梦之感。此两句用李益"开门复动竹，疑是故人来"(《竹窗闻风》)诗句，"故人"即所识的那位女子。她同从前一样穿过疏竹，前来西池与他相会。"邈"，渺远之意；猜想她当是从很远的地方而来。这些描写都表现为非现实的梦幻般的情景。"渐夜久"表示时间由暮入夜的过渡。"闲引流萤"乃用唐代诗人杜牧《秋夕》"轻罗小扇扑流萤"句

【鉴赏】

意，写出故人天真可爱的情态；借着微弱的萤光，从她的“素怀”暗里见到“纤白”。这几句词意较为模糊，作者有意以某些优美的细节片断巧妙地暗示幽会时所留下的难忘印象。传说西王母的侍女董双成能吹云和之笙，词中的“双成”即以仙子借指故人。双成在梦中去远，凤笙之音渐杳远了。这可见，故人前来幽会全是由主体思念所致的梦境。梦被惊醒时已是“玉绳西落”。吴文英喜用生僻事典，词语十分难解。“玉绳”乃玉衡的北两星，玉衡为纬书中所指的北斗七星的第五星，那便是斗柄的部分了。玉绳西落便标志时间是下半夜过了。这时抒情主人公才由外室进到内室。练帏即布帏，未用罗帏或珠帘，用布属之帏可想见其境况的清苦。放下布帏，欲进内室，却又“倦入”，当是梦境历历触动了对往事的思忆，故“又惹旧愁”。不能忘记，在庭栏的角落还留有故人的粉汗的香气。或许那已是某个夏天的事了。

由于对往事的思念，令词人抚今追昔倍加悲痛。词的过变以特殊的意象深刻地表达这种悲痛的情感。“银瓶”是古时汲水用的器具。“银瓶恨沉断索”乃用白居易《井底引银瓶》诗“井底引银瓶，银瓶欲上丝绳绝”句意。汲水时丝绳意外地断绝，白诗以喻“似妾今朝与君别”，言中道分离，留下遗恨。他们恋爱悲剧的发生，似乎早已在预料之中：“梧桐未秋，露井先觉”，飘零摇落的命运是必然的了。这些悲痛的情感又由目睹旧物而加深。“抱素影、明月空闲”即叶梦得《贺新郎》“宝扇重寻明月影，暗尘侵、上有乘鸾女”之意。团扇如月，扇面绘有素女的小影，已积有灰尘。“抱”，持也；团扇曾经是她持以“闲引流萤”的，“明月空闲”意为它已闲着无人用了。这纪念物上以丹青绘的小影“早尘损”，可是那秀眉尚“楚山依约”十分动人。词笔至此忽然一转。“翠冷红衰”是凋残的景象，由睹物而生的联想。“西池”在吴文英关于苏州情事的词中多次提到，当即词人寓所阊门外西园之内的池。在这凋残衰谢的季节、冷清的秋夜，怕有轻微的声响惊起西池里的睡鱼，西池的鱼跃将扰乱静寂的秋夜和人的思绪。因为抒情主人公正因西池的落花而回味着故人留下的一个销魂的印象："记湘娥、绛绡暗解，褪花坠萼"。"湘娥"本为传说中的湘妃。近世词家考证，以为吴文英在苏州所恋者原籍为湘人，所以"湘娥"或"湘女"皆借指苏州故人。记得那次幽会时，她偷偷解下轻薄的绛色绡衣。词的结尾颇为奇特，幸福美好的形象用以作为悲伤之词的结尾，但这在今昔的鲜明对比之下，将产生回环往复的艺术效果。

吴文英是属于那种情感丰富而纤细的人，最善于捕捉到瞬间的、形象鲜明的主观感受。在他的作品里的许多意象具有纤细的主观感受性质，加以晦涩的语句表现出来，其词意往往较为朦胧，就像唐代李商隐的《无题》诗一样。这首词的整个表现都如梦境一般，如故人团扇扑萤，令人难辨其是梦还是往事；银瓶断索、梧叶早坠，未知喻其人是离是亡。在词的结构上虽注意时间关系的交代，但意群之间有一定的跳跃或较大的转折，而且往往不甚连贯。如下阕的四个意群之间便缺乏应有的顺序联系，结尾则有词意未尽之感。这正是梦窗词结构奇幻的特点。理解梦窗词较为困难，如果细读便会发现作者在艺术上的惨淡经营，其表现方式是艺术化的，所表达的情感则是复杂、真挚和缠绵的。

（谢桃坊）

夜飞鹊

蔡司户席上南花[1]

金规印遥汉[2]，庭浪无纹。清雪冷沁花薰。天街曾醉美人畔[3]，凉枝移插乌巾。西风骤惊散，念梭悬愁结，蒂剪离痕[4]。中郎

【原文】

旧恨，寄横竹，吹裂哀云[5]。　　空剩露华烟彩，人影断幽坊，深闭千门。浑似飞仙入梦，袜罗微步[6]，流水青蘋。轻冰润□，怅今朝、不共清尊。怕云槎来晚[7]，流红信杳[8]，萦断秋魂。

〔注〕 ① 司户：主管民户官名。 ② 金规：月轮。汉：天河，银河。 ③ 曾醉美人畔：《晋书・阮籍传》："邻家少妇有美色，当垆沽酒。籍尝诣饮，醉，便卧其侧。籍既不自嫌，其夫察之，亦不疑也。" ④ 蒂：同蒂，花或瓜果同枝茎相连接的部分。离痕：指离人的泪痕。 ⑤ 中郎句：蔡邕曾拜左中郎将，《后汉书・蔡邕传》注引张骘《文士传》曰："邕告吴人曰：吾昔尝经会稽高迁亭，见屋椽竹东间第十六可以为笛。取用，果有异声。"又引伏滔《长笛赋》序云："柯亭之观，以竹为椽，邕取为笛，奇声独绝。"吹裂哀云：宋叶梦得《石林诗话》卷上："晏元献公留守南郡，王君玉时已为馆阁校勘，公特请于朝，以为府签判，朝廷不得已，使带馆职从公。外官带馆职，自君玉始。宾主相得，日以饮酒赋诗为乐，佳时胜日未尝辄废也。尝遇中秋阴晦，斋厨夙为备，公适无命。既至夜，君玉密使人伺公，曰：已寝矣。君玉亟为诗以入，曰：'只在浮云最深处，试凭弦管一吹开。'公枕上得诗大喜，即索衣起，径召客治具，大合乐，至夜分，果月出，遂乐饮达旦。" ⑥ 袜罗微步：典出曹植《洛神赋》："凌波微步，罗袜生尘。" ⑦ 云槎：往来于天河的木筏。典出晋张华《博物志》，传说古时天河与海相通，汉代曾有人乘槎到天河，遇见牛郎织女。 ⑧ 流红：用唐人红叶题诗典。《青琐高议》载：唐僖宗时，宫女韩氏以红叶题诗，自御沟中流出，为于佑所得；佑亦题一叶，投沟上流，韩氏亦得而藏之。后帝放宫女三千，佑适娶韩，既成礼，各于笥中取红叶相示，乃开宴曰：予二人可谢媒人。韩氏又题一绝曰："一联佳句随流水，十载幽思满素怀；今日却成鸾凤友，方知红叶是良媒。"

词借咏南花写友人蔡司户与所恋女子的悲欢离合。

上片由眼前所见写起，咏两人曾经的情事，如何由欢聚走向离散。"金规"三句，写眼前景色。"金规"形容圆月，既描绘出了月亮的颜色，又道出了月亮之圆；“庭浪”的想象很是奇特，月华如水，洒满庭院，似浪却又无纹，月色和环境充分融为了一体，看似矛盾却又精妙，这种修辞，正是叶嘉莹先生所谓的“感性的修辞”。这种清澈又带些寒凉之意的感觉似乎也沁入了席上的南花，散发出清冷的香气，点明了所咏之花，也衬托出了下面离情的哀感。以下转入回忆以往情事。“天街”两句，描述两人欢聚时的热闹欢乐，在京城的熙熙攘攘的街道上，蔡司户曾在美人身旁饮酒沉醉，美人亦曾将花枝插到蔡所带乌巾之上。“凉枝”之“凉”字和上文的“清”“冷”相对应而言。然而，西风骤然吹散花枝，喻两人被迫分离。“念梭”两句从女子一方着笔，写其停下手中织布的梭子，愁绪郁结，剪掉的花枝上沾染了留别的泪水。“中郎”三句则从男子一方着笔，用蔡邕事以同姓相切，以笛声寄托思念情思，想要吹散心上的愁云。不说人的哀伤，而说云是哀伤的，要把哀云吹散，比喻很是精妙。

下片则全是对眼前思念哀感的叙写。曾经热闹的坊间已是千门闭锁，女子的身影全无，只剩下清冷岑寂的月光。一片失落情绪，和上片欢聚时“天街”的热闹恰成对比。思念至深以致产生幻想，似乎看到了女子的身影，如洛水神女一般，凌波微步，罗袜生尘，水波青萍之上姗姗而来。然而想象终归是想象，现实仍然一片清冷之状，内心十分惆怅，叹如今已无人来相伴饮酒。“怕云槎”三句描述一种无可奈何的心境。只怕是通往河汉的船只会晚来，传递情思的红叶也无闻，只有这一种思念情思萦回于心。

此词所咏之南花可为席上所插南方之花，亦可借喻蔡司户所恋之南国佳人；是两人相恋时插于头巾之上的花枝，亦是承接女子离别泪水的花朵。构思巧妙。然词为作者酒宴应酬之作，无甚深意。

（李向菲）

【原文】

拜星月慢

姜石帚以盆莲数十置中庭，宴客其中

绛雪[1]生凉，碧霞[2]笼夜，小立中庭芜地。昨梦西湖，老扁舟身世[3]。叹游荡，暂赏、吟花酌露尊俎[4]，冷玉红香罍洗[5]。眼眩魂迷[6]，古陶洲十里。　　翠参差、澹月[7]平芳砌。砖花滉、小浪鱼鳞起[8]。雾盎[9]浅障青罗，洗湘娥春腻[10]。荡兰烟、麝馥浓侵醉。吹不散、绣屋[11]重门闭。又怕便、绿减西风，泣秋檠[12]烛外。

〔注〕 ① 绛雪：道家语，指仙药。此形容莲花。 ② 碧霞：道家语，指神仙所居。唐蒋防《至人无梦》："翛然碧霞客，那比漆园人。"此形容莲叶。 ③ 扁舟身世：指当年词人在杭州西湖游历之事。 ④ 尊俎：古代用来盛酒肉的器皿。尊，盛酒器；俎，置肉之几。代指宴席。 ⑤ 罍洗：古代祭祀或进食前洗手的器皿。罍盛清水，用勺舀水洗手，下承以洗。 ⑥ 眼眩魂迷：眼花缭乱，神魂俱醉。 ⑦ 澹月：清淡的月光。唐李峤《和周记室从驾晓发合璧宫》诗："野色开烟后，山光澹月余。" ⑧ 砖花：雕刻花纹之砖，用于庭院装饰。滉：水波荡漾。小浪鱼鳞：形容水波粼粼。 ⑨ 雾盎：烟雾迷离。盎，充盈貌。 ⑩ 湘娥：湘妃。比喻莲花。春腻：形容柔腻。 ⑪ 绣屋：形容花繁如屋。 ⑫ 檠：灯架，烛台。

这是一首咏物词，咏的是友人姜石帚家中盆莲。咏莲中兼感叹身世，回忆当年在西湖之上的一段往事。

上阕"绛雪生凉"三句点题，写词人于夜间站在友人庭院之中，欣赏莲花之美。"绛雪""碧霞"都是道家语，常用来指仙家之物，这里用来形容莲花与莲叶。“绛雪”形容莲花，予人以冷艳清冽之感，故曰“生凉”；“碧霞”形容莲叶，给人烟霞飘渺之感，故曰“笼夜”。“芜地”不是荒芜，而是青芜的意思，长满碧苔芳草之地，以衬托盆莲之迥隔尘俗，不染凡尘。“昨梦”二句宕开一笔，写词人因莲花而忆起昔日西湖之游。西湖多莲花，“接天莲叶无穷碧，映日荷花别样红。”（杨万里《晓出净慈寺送林子方》）从梦境而入回忆，从回忆而入感叹，岁月流逝，韶华不再，昔日游荡已成陈迹，不免感慨万端，以逗出下“叹游荡”四句。“暂赏”，说明此时之景亦属短暂，因为短暂，所以更有“人生不满百，常怀千岁忧。昼短苦夜长，何不秉烛游”之意。“尊俎”“罍洗”，皆宴席间事物。“吟花酌露”，是宴席间所做之事，“冷玉红香”，是宴席间所赏之景。花可吟，而露不可酌，说酌露，是将尊中之酒比作仙露，以绾合开头之“绛雪”“碧霞”。“冷玉红香”四字，形容莲花之质感、色泽与香气，有李贺“曲沼芙蓉波，腰围白玉冷”（《贵公子夜阑曲》）之意境。“眼眩魂迷”两句，写词人赏花、饮酒、作诗，不知不觉眼花耳热，神魂飘荡，如同到了古陶洲之上，遍览十里芳菲。“绛雪生凉”三句是赏花，“昨梦西湖”两句是忆花，“叹游荡”四句是吟花与酌花，到“眼眩魂迷”两句，已是醉花。清冯煦《蒿庵论词》说梦窗之词“丽而则，幽邃而绵密，脉络井井”，此正“脉络井井”之证。

过片“翠参差”两句，写莲花放在台阶之上，参差错落不齐，而一轮澹月高照，月光如同流水一般遍布庭中。“砖花滉”两句，写庭院中砖花倒影入盆中，水波荡漾，如同鱼鳞丛起。词人对盆莲的描写由静态转入动态，由花本身转入环境衬托，由写实转入想象。盆中水不过方圆几尺，而词人写砖花倒影如同鱼浪吹波，词境渐始活泼。“雾盎”两句承接鱼浪而来，写夜雾从荷叶间升起，如同一层薄薄的青罗笼罩，莲花如同湘妃神女，在水雾朦胧中洗去一身柔脂腻粉。此意境与其《宴清都·连理海棠》词“人间万感幽单，华清惯浴，春盎风露”略似。水中莲花如同湘娥沐浴，飘荡起浓烈的香气。“荡兰烟、麝馥浓侵醉。”以兰烟、麝馥形容莲花之香，花气香浓，侵染醉人。“醉”

字呼应上阕“酌露”，词人已是醉了，醉中又被浓烈的花气侵袭，幻觉中仿佛看见莲花层层如屋，莲叶重重如门，将“湘娥”锁闭在花叶之中，香气久久不散，如同凝固一般。以“绣屋”形容莲花，如同以“绣幄鸳鸯柱”(《宴清都・连理海棠》)形容海棠，是吴文英惯用的比喻。词人将莲花人格化，故而引出末三句“又怕便、绿减西风，泣秋檠烛外”，担心秋天来到，莲花衰残，盛景不再。词人想象再像今晚一样秉烛夜游，来看莲花时，她已经在西风中凋残哀泣了。“泣秋”，反用“笑春风”之意，写花在秋风中哀泣，不仅新奇，且绾合“檠烛”二字，蜡烛泣泪，对残花泣泪，何等衰残凄凉之景。起句绛雪碧霞，结句绿减红衰，对照鲜明，有南唐中主李璟《摊破浣溪沙》“菡萏香销翠叶残，西风愁起绿波间”意境，大有众芳芜秽之感，衬托出词人“老扁舟身世”之凄凉。

此词以正面写莲花之美发端，然后宕开一笔，写自己当年之游历与此时之悲叹，引入身世之感，再折回写赏花、吟花、酌花、醉花，步步深入，层次清晰。下片从写实过渡到想象，将莲花比作湘中神女，以拟人之法写莲花之高洁清幽，馥烈芬芳。莲花如此之美，如此之香，却身处绣屋重门之中，芳菲难以散发，正是“盛年处房室”之叹。而转眼间秋风到来，众芳芜秽，莲花纵然高洁，也只能对着前来寻芳之人徒然悲泣，绾合词人的身世之悲，于芳菲馥郁中含零落栖迟之苦，正如陈廷焯在《白雨斋词话》中所言“超逸之中见沉郁之意”。

（孔燕妮）

水龙吟

惠山酌泉[1]

艳阳不到青山，古阴冷翠成秋苑。吴娃点黛[2]，江妃拥髻[3]，空濛遮断。树密藏溪，草深迷市，峭云一片。二十年旧梦，轻鸥素约[4],霜丝乱、朱颜变。　　龙吻春霏玉溅[5]。煮银瓶、羊肠车转。临泉照影,清寒沁骨,客尘都浣。鸿渐重来[6],夜深华表,露零鹤怨[7]。把闲愁换与,楼前晚色,棹沧波远。

〔注〕 ① 惠山:本名慧山,在无锡市郊,以泉水著名,其水唐人陆羽品为天下第二。酌泉为惠山名泉之一。 ② 吴娃:吴地美女。点黛:指用青黑色颜料所画的眉毛。 ③ 江妃:传说中的神女。 ④ 轻鸥句:古人以与鸥鸟为友,比喻隐退。 ⑤ 龙吻:惠山泉出口处石刻成龙吻状。 ⑥ 鸿渐:陆羽字鸿渐,善品泉,著有《茶经》。 ⑦ 华表句:晋陶潜《搜神后记》载,汉辽东人丁令威学道于灵虚山,后成仙化鹤归来,落城门华表柱上。时有少年举弓欲射之,鹤乃飞,徘徊空中而言曰:"有鸟有鸟丁令威,去家千年今始归。城郭如故人民非,何不学仙冢累累。"后用以比喻人世的变迁。

词写重游惠山饮酌泉水,兼抒怀抱。

上片记游山所见所感。"艳阳"两句实写山中景色。山荫遮蔽了艳阳,阴冷滴翠,仿佛已是深秋季节。"吴娃"六句,写词人在山间欣赏四围山色,云遮雾罩之状。先以吴娃、江妃比喻仰望、远望之景,山色青崖翠发,山形高耸入云;再写以近看、俯视之景,密林掩藏了溪水,深草遮蔽了楼阁。在这近景、远景之间横亘的,则是迷离飘渺的一片俊俏挺秀的云彩。"峭云一片"与"空濛遮断"本是一句,作者却分开来写,更增加了云之深厚。"二十年"三句寄予了很深的感慨,陆游有"平湖烟水已盟鸥",辛弃疾有"凡我同鸥盟",皆以远离尘嚣与鸥鸟为群见其清致。词人数年前曾与人相约隐居于此,如今旧地重游,已是鬓发苍苍,朱颜都逝。

换头从酌泉另起,"龙吻"句,写泉水从龙吻流出,如同春雨飞溅,如玉一般晶莹。比喻研炼而隽永。"煮银瓶"两句写煮茶。银瓶是煮茶的用具,"羊肠"则形容煮茶的声音如羊肠道上颠簸的车声。"临泉"三句,写在泉边照影，泉水清澈剔透，仿佛将词人这位游子的一身尘劳都洗去了。“鸿渐”句以陆羽自比，言己之重来；“华表”句用丁令威化鹤归来之典，言追念旧游，已如华表之鹤，深叹人事俱非。词的最后宕开一笔，说且去观赏楼前的晚景吧，看那浩淼苍茫的水面上一只小舟远去，仿佛心底的闲愁也随之而去。

“闲愁”指那一段说不出的哀愁，冯延巳《鹊踏枝》说：“谁道闲情抛掷久，每到春来，惆怅还依旧……河畔青芜堤上柳，为问新愁，何事年年有。”什么是闲情？说不出来名目，只要你空闲下来，就会涌上心头的忧伤。无法断绝、无法放弃的闲愁才是最苦的。此词描述重游之景，山色一片空濛清丽，泉水清冽可涤去凡尘，情绪看似轻快，却有一股无法排遣的闲愁笼罩，作者虽然以闲淡之句作结，可那愁绪却始终萦绕其中，挥之不去。

（李向菲）

水龙吟

用见山韵饯别①

夜分溪馆渔灯，巷声乍寂西风定。河桥径远，玉箫吹断，霜丝舞影。薄絮秋云，澹蛾山色，宦情归兴。怕烟江渡后，桃花又泛②，宫沟上③、春流紧。　新句欲题还省。透香煤④、重笺误隐。西园已负，林亭移酒，松泉荐茗。携手同归处，玉奴唤、绿窗春近。想骄骢、又踏西湖，二十四番花信⑤。

〔注〕 ① 用韵，和韵的一种，是用他人诗词所用的韵而作。吴见山，吴文英词友，两人常有唱酬相和之作。此首为用吴见山所做《水龙吟》词的韵而作。 ② 桃花句：桃花泛即桃花讯，或曰“桃花水”“桃花浪”。二、三月桃

花始开，冰泮雨积，黄河等处潮流盛涨，因有此称。 ③ 宫沟：用红叶题诗典，见《夜飞鹊》注。 ④ 香煤：指焚香所产生的香烟。 ⑤ 花信：指二十四番花信风，即应花期而来的风。自小寒至谷雨共八气、一百二十日，每五日为一候，共二十四候，每候应一种花信风。

词写词人由苏入杭与情人饯别之事，以及由此产生的缠绵之情。

上片写相别之事和依依不舍之情。“夜分”八句，皆写离别之事，重在以景写情。夜半时分，在临水的一所楼馆中，渔灯点点，四周寂静，与情人分别。用“西风”“秋云”点明了秋日。“多情自古伤离别，更那堪、冷落清秋节！”寒秋离别，最是伤心。除写景外，作者还写了相别时分的人事活动。“玉箫”二句，可有二解：一为远处传来凄咽的箫声，伴随着身边、头上在秋风中舞动的黄叶将尽的缕缕柳丝；一为作者吹起了欲断离魂的竹箫，而对方应声起舞，青丝绺绺在月光下泛出银光。眼前是秋高云淡，秋月朦胧，山色隐约，作者用“宦情归兴”明言此时的矛盾心态。宦欤？归欤？想来读者也能品味出词人此时的倾向。“怕烟江”四句，是对别后的悬想：来年春时，即便适逢桃花满枝的春汛时节，宫沟中流出题有相思诗句的花瓣，你我已分隔两地，又能如之何！这里用了“红叶题诗”的典故，此意直贯下片换头。

下片写离别之因和对以后携手共隐生活的向往。换头写作者本想写首离别之诗送与对方，但是却苦无好辞，还是算了吧。透过袅袅香烟看到桌上的文书，正是因此误了偕隐之事。“西园”三句，很像是写作者对对方做过的承诺。“西园已负”是“已负西园”的倒文：“西园”是词人在苏州的住处。这三句是说：原本我们应在西园置酒林亭，饮茶松泉，过着神仙眷侣生活，但这却已成泡影。“携手”六句，又是写对归来以后生活的美妙联想。分为两层，一层是紧承上边的“西园”，写两人在此处的美满生活，想象中家里还有位可人儿立在窗前娇声唤“春天来了”；第二层是写春暖花开，让人

【原文】

骑着马儿游览杭州西湖胜景。"二十四番花信"，指春和日丽之时杭州西湖的美景。上有天堂，下有苏杭，两地相隔不远，能在明媚的春日，二城遍游，该是多么幸福如意！

词的写法上也颇有特点。上下两片都是先写眼前实景、实事，后写想象之情、之愿；先写眼前之秋风、秋意之凄然，后写想象之春日、春色之怡人：现实的凄凉与想象的美好构成了强烈的对比关系，也使得此词有了抑扬顿挫的交错与节奏，颇具美感。

（李向菲）

水龙吟

送万信州[①]

几番时事重论，座中共惜斜阳下。今朝剪柳，东风送客，功名近也。约住飞花，暂听留燕，更攀情话。问千牙过阙[②]，一封入奏，忠孝事、都应写。　　闻道兰台清暇[③]。载鸱夷、烟江一舸[④]。贞元旧曲[⑤]，如今谁听？惟公和寡。儿骑空迎[⑥]，舜瞳回盼，玉阶前借。便急回暖律[⑦]，天边海上，正春寒夜。

〔注〕 ① 万信州：信州，治所在今江西上饶。此以所知州名代指其人。吴熊和《唐宋词汇评》引《江西通志》："万益之，南昌人。绍定二年(1229)黄朴榜。信州右守。"并考万益之知信州约在咸淳元年至三年(1265—1267)间。 ② 牙：牙旗，将军之旗，旗杆上以象牙装饰，故称牙旗。阙：城门两侧的高台。借指帝王所居。 ③ 兰台：代指御史台。汉代宫内藏图书之处，以御史中丞掌之，后世因称御史台为兰台。又，东汉时班固为兰台令史，受诏撰史，故后世又称史官为兰台。唐高宗时，曾改秘书省为兰台。均为清闲

的职位。 ④ 鸱夷句：鸱夷即鸱夷子皮，春秋越范蠡之号。《汉书·货殖传》："（范蠡）乃乘扁舟，浮江湖，变姓名，适齐为鸱夷子皮，之陶为朱公。" ⑤ 贞元句：贞元为唐德宗年号。贞元二十一年(805)，德宗逝世，顺宗即位，改元永贞，在王叔文、王伾、刘禹锡等人协助下实行改革。刘禹锡曾写《听旧宫中乐人穆氏唱歌》"休唱贞元供奉曲，当时朝士已无多"，表达改革决心。 ⑥ 儿骑：《后汉书·郭伋传》："始至行部，到西河美稷，有童儿数百，各骑竹马，道次迎拜。伋问：'儿曹何自远来？'对曰：'闻使君到，喜，故来奉迎。'" ⑦ 律：节气，时令。古人以律与历附会，以十二律对应一年十二个月。

词为作者送别友人万君离京赴任信州而作。古人重京官而轻外官，万君此次离京而任职地方带有被贬之意，因此词中寄予了对万君的赞赏、同情，并盼早日重回京城的殷勤期待之情。

上片写眼前的离别景象。"几番"两句说曾同万君多次相聚探讨时事，座中友人都叹惜国家局势已如夕阳西下般危急。"斜阳"在诗词里有着比较固定的象征意义，韦庄的"凝恨对残晖，忆君君不知"，辛弃疾的"问何人又卸，片帆沙岸，系斜阳缆"，吴文英的"送乱鸦斜日落鱼汀"，"斜阳""残晖"，都代表一个国家、朝廷的衰败和没落。此词以对国事的感慨发端，定下了全词的感情基调，一切都与时事有关。"今朝"三句写送别情景，今天折柳赠别，且有东风相送，万君此后会前途无量。柳即留，喻离别；东风即春风，喻指能促成事物成功的条件。这在诗词中都是常见的意象，也点明了送别的时间在春日。"约住"三句表达对友人的留恋之情。从杜甫诗"岸花飞送客，樯燕语留人"（《发潭州》）化出，言飞花且慢送客，暂且听一听燕子挽留的呢喃情话吧。"问千牙"三句换头，写万君外放之情形。从京城出发时，经过城郭门，牙旗纷纭，随从众多，十分威武。"一封入奏"，化用韩愈"一封朝奏九重天，夕贬潮阳路八千"诗意，万君此次外放必是出于忠孝之心上奏议论国事而遭贬。以"问"字领起，然实无需问，"都应"二字，包含了词人对万氏忠直的同情赞赏。

下片直承换头，写其外任原因，及不久即可回京任职的期望与祝福。"闻道"两句转入对其旧任及往日生活的描述。御史台的工作听说是非常清闲的，万君本应像范蠡一样一叶扁舟泛五湖，逍遥度日。然而正如上片首句所言，万君善论国事，就像唐朝的刘禹锡等人一样，欲行革新，但终告失败，万君亦欲为圣朝除弊事，然而朝中却无人声援。"贞元"三句写出了作者颇多愤慨。"儿骑"句反用郭伋赴任受儿童欢迎的典故，"空"字，表达出作者认为即使万君在信州受到老百姓的欢迎也无济于事。唯有寄希望于皇帝的英明，用"舜瞳"借指宋帝，希望皇帝能很快召其回京。到那个时候，便是阳春布德泽，使得无论天边还是海上的料峭春寒都会变得温暖起来。末句表达一种期望中的美好景象。

此词虽是一首送别词，但是并不缠绵哀伤，紧紧围绕"时事"二字道来，既有对友人的同情与期望，又对国家局势的深沉感慨。夹叙夹议，情绪转折跌宕，有一唱三叹之妙。

（李向菲）

玉烛新

花穿帘隙透。向梦里销春，酒中延昼。嫩篁细掐[①]，相思字、堕粉轻黏綀袖[②]。章台[③]别后，展绣络[④]、红蔫香旧。□□□，应数归舟[⑤]，愁凝画阑眉柳。　　移灯夜语西窗[⑥]，逗晓[⑦]帐迷香，问何时又。素纨乍试[⑧]，还忆是、绣懒思酸[⑨]时候。兰清蕙秀。总未比、蛾眉螓首[⑩]。谁诉与、惟有金笼，春簧[⑪]细奏。

【原文】

〔注〕 ① 嫩篁：幼竹。 ② 堕粉：指堕落的竹粉。練袖：粗丝织成的衣物。 ③ 章台：汉代长安有章台街，是当时妓院集中之处，后人以章台代指青楼歌馆。 ④ 绣络：刺绣织品，指女子送给男子的香囊一类信物。 ⑤ 应数归舟：南朝梁谢朓《之宣城郡出新林浦向板桥》诗："天际识归舟，云中辨江树。" ⑥ 夜语西窗：唐李商隐《夜雨寄北》诗："君问归期未有期，巴山夜雨涨秋池。何当共剪西窗烛，却话巴山夜雨时。" ⑦ 逗晓：清晨。 ⑧ 素纨乍试：指夏初时分。素纨，细白的薄绸，代指纨扇。 ⑨ 绣懒思酸：女子妊娠反应。 ⑩ 蛾眉螓首：细眉宽额。形容女子容貌美丽。蛾眉：眉如蛾须，既细而弯。螓：一种小蝉。螓首：额如螓首，既广而方。《诗经·卫风·硕人》："螓首蛾眉，巧笑倩兮，美目盼兮。" ⑪ 春簧：形容鸟儿悦耳的声音。

这是一首写于春末夏初的怀人词，所怀者原属青楼，似乎还曾为词人育有一子。从词中看，两人只是暂时分离，应还有再会之期。

上阕"花穿帘隙透"三句，写别后相思。落花从帘隙穿过，逗惹相思，词人既已挂帘，而落花仍能穿透，"透"字写出落花之可恨与词人之无奈，将一片春恨扑地写来。醒时既然相思无奈，词人只能在梦里消磨春愁，在酒中延挨时光。"嫩篁细掐"写相思无聊之举动，在嫩竹上用指甲掐出相思字眼，竹粉簌簌而落，沾染衣袖之上。在竹上写字很常见，掐字就不常见了。"掐"，可见竹之细嫩，也可见这一行为的随意性，并非有目的地去掐，而是漫步竹中，相思难耐，便用指甲随手掐出细痕，这是一个很生活化的细节。"練袖"，可见时节已经春末夏初，呼应"花穿"与"嫩篁"。"章台别后"三句写别后历时长久，情人所赠之信物已红销香褪。"红蔫"二字出杜牧《春晚题韦家亭子》："蔫红半落平池晚，曲渚飘成锦一张。"以花残红退比喻绣络年久失色。"应数归舟"前阙句，此句从温庭筠《忆江南》词"梳洗罢，独倚望江楼。过尽千帆皆不是，斜晖脉脉水悠悠。肠断白蘋洲"和柳永《八声甘

【鉴赏】

州》"想佳人、妆楼颙望，误几回、天际识归舟。争知我、倚阑干处，正恁凝愁"而来，从设想对方思念自己的角度来写，更写出相思之深。她一定也在思念着我，倚靠在柳外画阑边，眉头紧蹙，满怀愁绪地凝望着天际归舟，想我何时归来。"画阑眉柳"四字，从温庭筠《菩萨蛮》词"画楼相望久，阑外垂丝柳"而来，按照正常语序应是"愁眉凝画阑柳"。将眉与柳绾合，兼兴兼比，眉愁柳亦愁，柳愁如眉愁，此"天若有情天亦老"之意。

过片用李商隐"何当共剪西窗烛"诗意，问什么时候才能重聚，和情人剪烛西窗，移灯共语，在清晓时分共卧迷香帐中，重温鸳梦，倾诉缠绵。据唐冯贽《云仙杂记》载，宣城妓女史凤，待客以等差：上者待以迷香洞、神鸡枕、锁莲灯，次等待以鲛红被、传香枕、八分羊，下等则不相见，以闭门羹待之，使人致语曰："请公梦中来。"因此"迷香"又做青楼之代称。吴文英的兄弟翁元龙，在《水龙吟・雪霁登吴山见沧阁闻城中箫鼓声》词中用："昵枕迷香，占帘看夜。"此处用迷香字面，呼应上阕的"章台"。"素纨乍试"三句，素纨指纨扇，点出夏初时令，回忆情人昔日孕时情状。"兰清蕙秀"三句，"兰清蕙秀"泛指美女，"蛾眉螓首"指词人所思之人。说纵有佳人无数，也比不上意中人在他心中的地位。《诗经・郑风・出其东门》："出其东门，有女如云。虽则如云，匪我思存。"杜牧《赠别》诗："春风十里扬州路，卷上珠帘总不如。"等等，都是此意。"蛾眉"呼应上阕"愁凝画阑眉柳"之愁眉。彼既为我相思如此，我怎肯负彼而移情别恋？彼送我之绣络虽已红蔫香旧，我对彼之情却一如当初，并不因时间空间阻隔而略有迁移。然而我此番心情，她又如何能够知道？"谁诉与"三句，用冯延巳《采桑子》词意："年光往事如流水，休说情迷。玉箸双垂，只是金笼鹦鹉知。"说词人这番相思苦心，只能告诉笼中小鸟，听鸟儿婉转娇鸣。以"金笼"代指笼中鸟，以"春簧"代指鸟鸣。鸟困笼中，不得飞去，似自己不得与情人相聚，而无限相思，无人得知，只有笼中鸟依依细奏，似说春情无限。柳永《雨霖铃》："便纵有、千种风情，更与何人说。"此则只有金笼鸟可诉,语虽不同,寂寞相思之意则同一。

此词上阕从花穿帘隙之景落笔写起,从辗转反侧、酒中梦里寤寐难忘写到掐竹寄情、睹物思人,又从自己相思说到设想对方相思,起句"花穿",结句"眉柳",融情入景,写尽相思之意;下阕从幻想重聚之景写起,怀念情人娇懒慵态,倾诉钟情,表达矢志不移之意,最后归结于一片相思之情无人可诉,更添愁苦,为上阕"梦里销春,酒中延昼"的消愁之举作解,首尾呼应,含情绵邈。

(孔燕妮)

解语花 梅花

门横皱碧[①],路入苍烟[②],春近江南岸。暮寒如翦[③]。临溪影、一一半斜清浅[④]。飞霙[⑤]弄晚。荡千里、暗香平远。端正看[⑥],琼树三枝,总似兰昌见[⑦]。　　酥莹云容夜暖。伴兰翘清瘦,箫凤柔婉。冷云荒翠,幽栖久、无语暗申春怨。东风半面[⑧]。料准拟、何郎[⑨]词卷。欢未阑,烟雨青黄,宜昼阴庭馆。

〔注〕 ① 皱碧:形容碧水涟漪。 ② 路入苍烟:形容一路烟水苍茫。③ 翦:同剪。唐贺知章《咏柳》诗:"不知细叶谁裁出,二月春风似剪刀。"④ 半斜清浅:形容梅花横斜水中的姿态。出宋林逋《山园小梅二首》诗之一:"疏影横斜水清浅,暗香浮动月黄昏。" ⑤ 飞霙:飞雪。霙,雪花。⑥ 端正看:端详。 ⑦ 兰昌:即兰昌宫,在河南寿安(今宜阳)。琼树三枝,出唐薛昭诗:"误入宫垣漏网人,月华静洗玉阶尘。自疑飞到蓬莱顶,琼艳三枝半夜春。"薛昭与张云容兰昌宫相遇事,见《太平广记》卷六十九。唐宪宗元和末年,平陆尉金陵人薛昭,因义气释放县囚,谪赴海东。路过兰昌

【原文】

宫，潜伏在古殿一侧，见到三个美女，其一是杨贵妃的侍女张云容，死后葬在兰昌宫，已近百年。其余二女是萧凤台、刘兰翘。薛昭与张云容成亲，欢洽数夕。张云容死而复生，薛昭带她同归金陵。 ⑧ 半面：典出南朝梁元帝妃子徐昭佩，据《南史·后妃传》："妃无容质，不见礼，帝三二年一入房。妃以帝眇一目，每知帝将至，必为半面妆以俟，帝见则大怒而出。"诗中常用来比喻花半开半落。 ⑨ 何郎：南朝梁诗人何逊，有《咏早梅诗》："兔园标物序，惊时最是梅。衔霜当路发，映雪拟寒开。枝横却月观，花绕凌风台。朝洒长门泣，夕驻临邛杯。应知早飘落，故逐上春来。"咏梅诗中常用此典。

这是一首咏梅词，因为有拟人之语，且语多艳冶，杨铁夫《吴梦窗词笺释》认为它是写"冶游"的。

上阕从地理环境和天气写起，为梅之出场烘托气势。"门横皱碧"三句是倒写，从逻辑上说，应是先"春近江南岸"，然后词人循路而去，一路烟水苍茫，春景迷离，最后来到梅之所在。"皱碧""苍烟""江南岸"，处处有水，可见梅在水边。"暮寒如翦"写时当日暮，春寒料峭，"翦"暗含春风之意，"翦翦轻风阵阵寒"，呼应开头"门横皱碧"，有冯延巳"风乍起，吹皱一池春水"(《谒金门》)意，落实"春近江南岸"。"临溪影"两句，梅花出场，然而出场的只是影子。梅影映在溪中，枝枝疏影横斜，临水照花清浅。此写梅花之态与韵。其态横斜，其韵清幽。用林逋"疏影横斜水清浅"(《山园小梅二首》诗之一)诗意。"飞霙弄晚"三句，宕开一笔，写素雪飘零，飞舞暮色，把浮动的暗香吹散千里。此写梅花之香与色。其香悠远，其色衬雪。暗用王安石"遥知不是雪，为有暗香来"(《梅花》)诗意。词人善用侧笔，写梅花姿态，从临水照花写起，写梅花香色，从飞雪飘梅写起，化用前人诗句以熔铸意境。词人先写梅花所处之环境气氛，再写梅花之香色态韵，写梅影、梅香、梅色、梅雪，为梅花之正式出场蓄势。"端正看"三句仿佛欲正面写梅花，却依然不写梅花之花蕊枝萼如何如何，而是陡然一转，将梅花比作当年薛昭在兰昌宫中所见之艳鬼。词人在此地见到梅花，就和当年薛昭在兰昌宫见到三姝一样，“自疑飞到蓬莱顶，琼艳三枝半夜春”。“总似”二字，写其惊喜不定，徘徊叹赏之情，如此美景，岂是人间当有？前有“飞霙”二字，为此处“琼树”做伏笔。

过片承接“琼树三枝”而来，分写三姝之美，以譬喻梅花。“酥莹云容夜暖”，以“酥莹”形容云容肌肤之细腻温润、晶莹无瑕，如暖玉温香，因薛昭曾与张云容同衾共枕，因而此语甚是恰当。“伴兰翘清瘦，箫凤柔婉。”薛昭并未与二女同衾，故此着一“伴”字。兰翘取其消瘦之态，箫凤取其柔婉之情。云容酥莹，写梅花晶莹玉润之色泽，兰翘清瘦，写梅花疏影横斜之姿态，箫凤柔婉，写梅花幽婉娴雅之品性。“夜暖”二字，反衬上阕之“暮寒”，大有柔情骀荡之意。梅花之美，直令人忘却春寒，神魂飘荡。“冷云荒翠”三句半实半虚，写三姝身处荒宫古墓，只有冷云流离，荒烟蔓草，孤栖百年，幽恨丛生，无语中暗含春怨。“春怨”既写三姝远离人间春情，亦写梅花开在暮雪飘零之时，不为东君所赏。李商隐《十一月中旬至扶风界见梅花》：“为谁成早秀，不待作年芳。”幽怨之情、春恨之意，兼人兼花。“东风半面”三句，“半面”指半面妆，从三姝而来，比喻花瓣凋落，用李洪《念奴娇·晓起观落梅》词意：“半面妆新，回风舞困，此况真奇绝。”“料准拟、何郎词卷。”写即使梅花在春风中飘零，也依然能为何逊这样的才子所赏，写出优美的诗篇。何逊《咏早梅诗》：“应知早飘落，故逐上春来。”梅花知道自己飘落的早，因此不待春浓便开，而即使飘零，也已在飘零之前占尽春光。“欢未阑”三句，写梅花落尽，然而欢乐不尽，待到梅子熟时，正好当庭院昼阴，日日相对，供人倚靠。“烟雨青黄”化用贺铸《青玉案》词：“一川烟草，满城风絮，梅子黄时雨。”指梅子黄时。此想象梅花将来之景，亦暗用张云容还阳故事。

此词咏梅，词笔幽艳，颇多波折。铺垫梅花之背景气氛，梅花久久不出，为第一波折；梅花既出，而从梅影、梅香、梅色、梅雪写起，并不正写梅花，为第二波折；正写梅花而以张云容故事为喻，兼及兰翘、箫凤，密丽质实，雕缋满眼，为第三波折；从"暮寒如翦"写至"酥莹夜暖"，又写至"冷云荒翠"，最后至"烟雨青黄，昼阴庭馆"，时空错综，忽而实景，忽而幻觉，忽而想象，忽而展望，令人目眩神迷，悲喜不定，为第四波折。有此几段波折，使得词境更为丰富，颇堪玩赏。

（孔燕妮）

庆春宫

残叶翻浓，余香栖苦，障风怨动秋声。云影摇寒，波尘销腻，翠房人去深扃[①]。昼成凄黯，雁飞过、垂杨转青。阑干横暮，酥印痕香，玉腕谁凭。　　菱花[②]乍失娉婷。别岸围红[③]，千艳倾城。重洗清杯[④]，同追深夜，豆花寒落愁灯。近欢成梦，断云隔、巫山几层[⑤]。偷相怜处，熏尽金篝[⑥]，销瘦云英[⑦]。

〔注〕 ① 扃：锁闭，上闩。 ② 菱花：指菱花镜。 ③ 围红：指花团锦簇，或美人环绕。 ④ 洗杯：把酒干杯。 ⑤ 巫山：战国楚宋玉《高唐赋》写楚怀王夜梦神女，神女曰："妾在巫山之阳，高丘之阻。旦为朝云，暮为行雨，朝朝暮暮，阳台之下。" ⑥ 金篝：熏炉的美称。 ⑦ 云英：一说神女云英。一说唐代歌妓。

这是一首怀人词，是作者的精心结撰之作。词中所怀者与词人曾有一段情缘，后来分别，欲相见，却难约佳期。词中写的不是一时一地之事，而是两人从秋至春的一段相思苦情。

【鉴赏】

上阕“残叶翻浓”三句，以景语开端，写秋季荷残，为二人分离布下背景。因风吹荷叶，荷叶翻卷，露出底下颜色较为深浓的一面。荷花落尽，余香残留在莲蓬之上，所谓“余香犹入败荷风”（李商隐《过伊仆射旧宅》），莲子是苦的，这香气便也带着清苦之意。残荷被风吹动，秋声阵阵，正如秋怨阵阵。“翻”“栖”“障”“动”，词人一连用了四个动词，写出一片秋怨。“翻”是个可重复的动作，因为风不断翻动荷叶，使得残叶愈残，秋意更浓；“栖”是个可持续的动作，余香停留在莲蓬的苦心之上，使得香中带苦，嗅觉和味觉混成一片；“障”是挡的意思，秋寒刺骨，残叶莲蓬极力抵挡秋风却无能为力，残者更残，苦者更苦，故而“怨动秋声”；“动”是震动之意，“怨动”，形容残荷在风中起伏不断，怨声阵阵。这三句综合了视觉之“翻浓”、听觉之“秋声”、嗅觉之“余香”、味觉之“栖苦”、触觉之“障风”、感觉之“怨动”，可谓六感俱全。六感间又彼此相通，比如“余香栖苦”是嗅觉与味觉的通感，“障风怨动秋声”是触觉和听觉的通感。三句写足了秋怨。“云影摇寒”三句承接残荷，写人去楼空之景。“云影摇寒”，即苏轼“影摇寒水”（《水龙吟》）之意，人已不再临水照花，水中自然只有云影空摇。“波尘销腻”，化用杜牧《阿房宫赋》“渭流涨腻”，人已不再对镜梳妆，波中也就不再有含着脂粉的腻水。“波尘”暗含《洛神赋》“凌波微步，罗袜生尘”之意，暗喻下句之“翠房人去”如同洛神归于洛水，与词人难以再见。黯然销魂者，唯别而已矣。“昼成凄黯”三句，写词人对此残叶余香、云影波尘、翠房深扃，心中满是悲凄黯然，以致日月无光，神魂萧索，不知不觉秋去春来，大雁飞过，垂杨转青，而心中的痛苦并不稍减。“阑干横暮”三句，写暮色中阑干依旧，昔日凭阑之印痕尚在，而凭阑人却已不在。“横暮”，阑干横在暮色之中，象征着旧地给词人带来的痛苦依旧突出。“酥印痕香”，形容美人香酥玉腕凭阑而留下的印痕。吴文英词中常常出现美人纤手留下的香泽印痕，比如《风入松》词：“黄蜂频扑秋千索，有当时、纤手香凝。”又如此词。从秋到春，美人纤手香痕不是印在了阑干之上，而是印在了词人心上。

过片“菱花乍失娉婷”总结上阕旧恨，开启下阕新愁。“菱花”指镜子，“娉婷”指美人，秦观《八六子》词：“无端天与娉婷。”“乍失”劈空而来，直写离恨。美人离去已久，而此处忽曰“乍失”，仿佛离别就在昨日，离恨丝毫不曾淡去。“别岸围红，千艳倾城”写春日胜景，既指自然界之姹紫嫣红，亦指人间之百媚千红。别岸指他地。别的地方纵然有围红拥翠，千红万艳，绝色倾城，然而于我何干？“重洗清杯”三句，写词人对酒浇愁，整夜无眠，独对孤灯。“重洗清杯”，说明之前已在喝酒，“同追深夜”，说明是和别岸的“围红”“千艳”一起逐夜，但人家是为了寻欢作乐，词人却是为了相思失眠。“豆花”，形容一灯如豆，灯芯越烧越短，灯光越来越暗，词人的影子也越来越模糊。“寒落愁灯”，寒是孤寒之意，“愁灯”是移情，因为词人愁情难遣，所以感觉灯也在替人发愁。“近欢成梦”三句，写近来想要谋求再续前欢，却美梦成空，好似重重断云阻隔。用巫山之典，写意中人如巫山神女，阻隔阳台，仙凡两别，难以再见。“偷相怜处”三句写两人虽然不能见面，但词人却知道她和自己一样耽于相思，彻夜无眠，憔悴瘦损。“偷相怜”，写二人心有灵犀一点通。金篝，即熏炉，“熏尽金篝”，即彻夜燃香无眠，照应词人“豆花寒落愁灯”的通宵相思。“销瘦云英”，词人把意中人比作蓝桥驿旁的仙女云英，因为词人不能像裴航一样求得玉杵臼做聘礼，因此二人有缘无分，云雨难谐，只能彼此相思消瘦，“衣带渐宽终不悔，为伊消得人憔悴”。“波尘”“巫山”“云英”，词人一连用三位神女来暗喻意中人，写尽了对意中人的赞美和仙凡难近的幽愁暗恨。

此词用赋体抒情，锤词锻句颇见功力。例如“翻”“栖”“障”“动”“摇”“销”“横”“乍”“追”等字，字面精炼，新颖别致；“翠房”“酥印”“转青”“玉腕”“娉婷”“围红”“千艳”“愁灯”“金篝”等词，辞藻秾丽，色彩斑斓。精致鲜妍的字句背后，显示了词人深沉的痛苦和缠绵悱恻的情思。上阕写离别的旧恨，下阕写难见的新愁，新愁旧恨都是层层渲染，重重深入，有"残叶翻浓，余香栖苦"的烘托渲染，有"昼成凄黯"的以心造境，有"雁飞过、垂杨转青"的时空跳跃，有"酥印痕香，玉腕谁凭"的细节描绘，有"别岸围红，千艳倾城"的乐景衬哀情，有"重洗清杯，同追深夜"的人我两别，有"偷相怜处，熏尽金篝，销瘦云英"的照应绾合，正是"旧恨春江流不断，新恨云山千叠"，可谓吴文英的代表作之一。

（孔燕妮）

宴清都 连理海棠

绣幄鸳鸯柱。红情密，腻云低护秦树。芳根兼倚，花梢钿合[1]，锦屏人妒。东风睡足交枝，正梦枕、瑶钗燕股。障滟蜡、满照欢丛，嫠蟾[2]冷落羞度。　人间万感幽单，华清[3]惯浴，春盎风露。连鬟并暖，同心共结，向承恩处。凭谁为歌长恨？暗殿锁、秋灯夜雨。叙旧期、不负春盟，红朝翠暮。

〔注〕 ① 钿（diàn）合：钿为金饰之盒，有上下两扇，两扇相合叫钿合。② 嫠（lí）蟾：嫠，寡妇，蟾指月中蟾蜍。南朝梁刘昭注《后汉书·天文志》："姮娥遂托身于月，是为蟾蜍。""嫠蟾"借指月中孤独的嫦娥。 ③ 华清：指华清宫，此处有温泉，为唐明皇避寒之地。

连理海棠是双本相连的海棠。唐玄宗李隆基宠爱杨贵妃，一次玄宗登沉香亭，召杨妃，杨妃酒醉未醒，高力士从侍儿扶之而至，玄宗笑曰："岂是妃子醉耶？海棠睡未足也。"（见苏轼咏海棠诗施注引《明皇杂录》）玄宗与

【鉴赏】

杨妃又有世世代代为夫妇的盟誓，即白居易在《长恨歌》中写的："在天愿作比翼鸟，在地愿为连理枝"，因此这篇咏连理海棠的词就以李杨情事为线索而展开。上片咏花，处处关合李杨事迹，下片叙李杨事，又处处照应题面的连理海棠。

"绣幄鸳鸯柱。红情密，腻云低护秦树"三句点明海棠花及所处的环境。"绣幄"，彩绣的大帐，富贵人家用来护花，以免为风雨所败。"鸳鸯柱"指成双成对的立柱，用以支大帐。花为连理，柱也成双。"红情密"言海棠花花团锦簇，十分繁茂，这是海棠花的特点。以"情密"写花，拟人称物。"腻云"常用来描写女子云鬓，这里以云鬓衬香腮来比喻翠叶护红花。"秦树"指连理海棠。《阅耕录》中记载秦中有双株海棠，高数十丈。此三句虽写花，但处处照应人事，柱为"鸳鸯"，花为"红情""腻云"，花色之中已见人面。"秦树"影射此事发生于长安一带，于是李杨故事刚一开篇就隐见于中了。"芳根兼倚，花梢钿合，锦屏人妒"，三句正面描写连理海棠。下面两根相倚，上面花梢交合，"锦屏人"指深闺孤栖女子。海棠上下都连在一起，十分亲密，使得闺中旷女羡妒不已。"东风睡足交枝，正梦枕瑶钗燕股"，二句描写海棠花的娇态，她在交合的枝头睡足，而这交枝在她的梦中变成了燕股玉钗。苏轼也有咏海棠名句："林深雾暗晓光迟，日暖风轻春睡足"，但没有梦窗如此细腻。"梦枕"句又关合《长恨歌》中所写"云鬓花颜金步摇，芙蓉帐里度春宵。春宵苦短日高起，从此君王不早朝"。"障滟蜡，满照欢丛，嫠蟾冷落羞度。"苏轼咏海棠有句云："只恐夜深花睡去，故烧高烛照红妆。"词中这三句化用东坡诗意，写人们连夜秉烛赏花的情景。"障"字写出在户外看花，必须障烛以避风。"滟蜡"形容蜡烛大、蜡泪多。"满照"的"满"字形容烛光明亮，"欢丛"指海棠交合的枝叶。"嫠蟾"的"嫠"突出嫦娥的孤单冷落，因自惭而羞见连枝海棠。词的上片重在描摹连枝海棠的形态，但又是句句关联美人神态。词人体物工细，运笔浑化，花光之中处处见人影，人情物态，水乳交融。

过片宕开一笔，从咏花过渡到叙人事。“人间万感幽单，华清惯浴，春盎风露。”人间句言世间有多少不成连理的夫妇，他们过着孤独寂寞的生活。此句与“鳌蟾”句相呼应，与此形成对比。“华清”二句描写贵妃占尽风情雨露，独自为春，温泉蒸腾，池水荡漾，仿佛置身于春风雨露之中。“连鬟并暖，同心共结，向承恩处。”古代女子出嫁后，将双鬟合为一髻，示有所归，夫妻恩爱，还要绾结罗带同心。杨妃承恩得宠，与明皇形影不离。“连”“同”又扣合题面“连理”，并照应上片的“兼倚”“钿合”二句，写人亦不离花的特点。“凭谁为歌长恨，暗殿锁、秋灯夜雨。”李杨情事建筑在“人间万感幽单”的基础上，自然也不会久长。渔阳鼙鼓，惊破李杨好梦。他们仓皇西逃，杨终于死在马嵬事变中。词写到李杨最欢乐处，笔锋突然转到“长恨”的悲剧，化用《长恨歌》诗意，内容更深厚，联想更丰富。《长恨歌》中写长恨处很多，而词只把“夕殿萤飞思悄然，孤灯挑尽未成眠。迟迟钟鼓初长夜，耿耿星河欲曙天”隐括到词中只七个字：“暗殿锁、秋灯夜雨”，却写出了玄宗回京后为太上皇，杨妃已死，他又受到肃宗的软禁，孤独寂寞的情景。“锁”字形容高大深邃的宫殿为夜气笼罩，也兼有被软禁之意，又值夜雨灯昏，则更为凄凉。和上片的“障滟蜡，满照欢丛”形成鲜明对照。“叙旧期，不负春盟，红朝翠暮”三句花人合写。从写李杨爱情的角度看，前二句是化用《长恨歌》中的“临别殷勤重寄词，词中有誓两心知。七月七日长生殿，夜半无人私语时。在天愿作比翼鸟，在地愿为连理枝”等句，这是李杨二人的愿望，“旧期”就是七月七日，“春盟”就是生生世世为夫妇的愿望。“红朝翠暮”就是朝朝暮暮、倚红偎翠，永不分离。从写花的角度看，就是赏花者与海棠相约，希望能与红花翠叶长相对。

这首词堪称咏物词中的神品，词作描写连枝海棠时，扣住描写对象的特征，写得工细贴切。如“芳根兼倚，花梢钿合”、“交枝”“瑶钗燕股”，或描摹，或比喻，或借代，从正面扣合“连枝”特点。“锦屏人妒”“蹙蟾冷落”，又以对比反衬的手法来写“连枝”，扣题而不直露。另外，这首词咏物而不粘滞于物，物态人情，难分彼此，花中有人，人不离花，如结尾几句，若确指李杨，则盟誓在七月七，不在春日；若坐实指海棠，花不能言，难以践约，但是细细品味，又是句句写花，句句写人，妙处只在一片化机。

这首词写得精致含蓄，不显露，不浅薄。结构十分严谨，词中上下片、起句结尾互相呼应拍合，极为精当。过去一些词论家称道梦窗善用丽字，初看起来，雕绘满眼，实际上梦窗能“令无数丽字一一生动飞舞，如万花为春”（《蕙风词话》）。此篇用丽字极多，如绣、鸳鸯、红、芳、花、钿等等，运用这些丽字时词人注意到这些丽字和表现题材的结合，而不是游离于内容之外，它们都是扣紧连理海棠和李杨事，是为表现词的内容服务的。并且词人还善于用动词调动这些丽字，这样就不会“若琱璚蹙绣，毫无生气”了。

（王学太）

齐天乐

与冯深居登禹陵

三千年事残鸦外，无言倦凭秋树。逝水移川，高陵变谷，那识当时神禹。幽云怪雨。翠萍湿空梁，夜深飞去。雁起青天，数行书似旧藏处。　　寂寥西窗久坐，故人悭会遇，同翦灯语。积藓残碑，零圭断壁，重拂人间尘土。霜红罢舞。漫山色青青，雾朝烟暮。岸锁春船，画旗喧赛鼓。

【鉴赏】

吴文英词一向以晦涩见称，讥评者不少，但清代的一些词评家，都曾经对吴词备致推崇，如戈载之《宋七家词选》即曾称其“运意深远，用笔幽邃，炼字炼句，迥不犹人。貌观之雕缋满眼，而实有灵气行乎其间”。周济之《宋四家词选·序论》亦称其“立意高，取径远，皆非余子所及”，又云“梦窗奇思壮采，腾天潜渊，返南宋之清泚，为北宋之秾挚”。吴词之往往予人以晦涩难解之印象，主要盖有二因，其一是在叙写方面往往以时间与空间做交错之杂糅，其二是在修辞方面往往但凭一己直觉之感受，再加之以喜欢运用生僻之典故，遂使一般读者骤读之不能体会其意旨之所在。但如果仔细加以研读，能寻得入门之途径，便可发现吴词在“雕缋满眼”的“晦涩”“堆砌”之外表之内，是确实有一片“灵气行乎其间”，而且“立意”之“高”，“取径”之“远”，也是确实具有一份“奇思壮采”的。现在以这首《齐天乐》词为例证，来对吴文英词略加赏析。

先对题目中的冯深居及禹陵略加说明。冯深居名去非，在南宋理宗宝祐年间曾为宗学谕，因为反对当时的权臣丁大全而被免官。与吴文英相交甚久。所以这首词中颇有言外之深慨，这是从冯氏之为人及其与吴文英之交谊而可以推知的。至于禹陵则为夏禹之陵，在浙江绍兴县东南之会稽山。吴文英为四明人，是禹陵固正在其故乡附近之地。所以吴氏对禹陵所流传之古迹名胜，乃特别有一种亲切之感情，这也是可以想见的。何况夏禹王之忧民治水的精神，在中国古代帝王中又是功绩最为卓伟，用力最为勤劳的一位先王。而南宋的理宗之世则任用权臣，国事日非，感今怀古，吴文英在与冯深居同登禹陵之际，自当有无限沧桑之深慨。所以一开端便以“三千年事残鸦外”七个字，把读者引向了一片远古苍茫之中。所谓“三千年”者，一则为历史年代之实据，盖自夏禹之世至南宋理宗之世，固已实有三千数百年之久。再则“三”字与“千”字之数目，在直感上亦足以予读者一

【鉴赏】

种久远无穷之感。而“三千年”之下又加一个“事”字，则千古兴亡之史迹，乃大有触绪纷来之势矣。而又继之“残鸦外”三个字，就“残鸦”而言，固当是登临时之所见。昔杜牧《登乐游原》诗有句云“长空澹澹孤鸟没，万古销沉向此中”，此正为“残鸦”二字所予人之景象与感受。至于“外”字，则欧阳修《踏莎行》词有句云“平芜尽处是春山，行人更在春山外”。就梦窗此词而言，则是残鸦踪影之没固已在长空澹澹之尽头，而三千年往事之销沉则更在此已消逝之残鸦影外，于是时间与空间，往古与今日乃于此七字中结成一片，以无际之荒远寥漠之感，向读者侵逼包笼而来。其所以弥深此无可追寻之荒远之感者，盖因梦窗当日曾抱有无限追怀之一念耳。然则梦窗当日所登临者何地？则禹陵也；所追怀者何人？则禹王也。盖在我国远古帝王之中，就史书之所载，固以夏禹之功绩最为卓伟，而其用力亦最为勤劳。是禹王固正有其可以引人怀思追念者在也。盖在夏禹当世，人民之所患者，厥惟洪水猛兽而已；而禹王之所致力者，即正在消灭此一人类之大患。而人世之战乱流离、忧患苦难，乃有千百倍于当年之洪水猛兽者。然则今日之世，岂复能更有一人，如当日禹王之具有拯拔人类、消灭大患之宏愿伟力者乎？此正梦窗之所以望残鸦而追怀三千年之往事者也。

然而禹王不复作，前功不可寻，所见者惟残鸦影没，天地苍茫，则何地可为托身之所乎。故继之则云“无言倦凭秋树”也。语有之云“予欲无言”；又曰“夫复何言”。其所以“无言”者，正自有无穷不忍明言、不能尽言之痛也。然则今日之登临，于追怀感慨之余，其所能为者，亦惟“倦凭秋树”而已。此处著一“倦”字，其疲倦之感，自可由登临之劳倦而来，此杨铁夫《笺释》之所以云“次句落到‘登’字”也。然而此句紧承于首句“三千年事”之下，则其所负荷者，固隐然亦正有千古人类于此忧患劳生中所感受之苶然疲役之悲在也。是则于此心身交惫之余，岂不欲得一依倚栖傍之所？而其所凭倚者，则惟有此一萧瑟凋零之秋树而已。人生至此，更复何言，故曰

“无言”也。其下继云“逝水移川，高陵变谷，那识当时神禹”，乃与首一句之“三千年事”遥遥相应，故知其“倦凭秋树”之时，必正兼有此三千年之沧桑深慨在也。曰“逝水移川”，则东流之逝水，其水道固已几经迁移；曰“高陵变谷”，则耸拔之高山乃竟沦为深谷。是禹王之宏愿伟力，虽有足以使千百世下仰若神人者，然而其当年孜孜矻矻所疏凿，欲以垂悠悠万世之功者，其往迹乃竟谷变川移、一毫而不可识矣，故曰“那识当时神禹”也。三千年事，无限沧桑，而河清难俟，世变如斯，则梦窗之所慨者，又何止逝水、高陵而已哉。

以下陡接“幽云怪雨。翠蓱湿空梁，夜深飞去”三句，貌观之，此等句固正不免于“雕绘满眼”“堆垛”“晦涩”之讥，盖以此数句中之“翠蓱湿空梁”一句，极难索解也。夫“梁”者，固当为禹庙之梁。据《大明一统志·绍兴府志》载云：“禹庙在会稽山禹陵侧。”又云：“梅梁，在禹庙。梁时修庙，忽风雨飘一梁至，乃梅梁也。”又引《四明图经》：“鄞县大梅山顶有梅木，伐为会稽禹庙之梁。张僧繇画龙于其上，夜或风雨，飞入镜湖与龙斗。后人见梁上水淋漓，始骇异之，以铁索锁于柱。然今所存乃他木，犹绊以铁索，存故事耳。”夫禹庙既在禹陵侧，则梦窗当日登临足迹之所至，或瞻望之所及，必曾及于此庙，所可断言者也。至于禹庙之梅梁及张僧繇画龙于风雨中飞去之说，则以生为四明人之梦窗，必当极熟悉于此种种有关四明之神话及传说，故此词乃有“幽云怪雨。翠蓱湿空梁，夜深飞去”之言。“蓱”字原与“萍”字相通，然而“萍”乃水中植物，梁上何得有“萍”？及见《一统志》及《四明图经》所载，然后乃知此句必非泛指萍藻彩绘，原来禹庙之梁乃有如许神怪之传闻在也。梁上果然有水中之萍藻，而此萍藻则为飞入镜湖之梁上之神龙所沾带之镜湖之萍藻。美国哈佛燕京图书馆中藏有一极珍贵之资料，即嘉庆戊辰重镌采鞠轩藏版之陆游序本南宋嘉泰《会稽志》，其卷六《禹庙》一条载有禹庙梁上有水草之记载，云：“禹庙在县东南一十二里。……梁时修庙，唯欠一梁，俄风雨大至，湖中得一木，取以为梁，即梅梁也。夜或大雷雨，梁辄失去，比复归，水草被其上，人以为神，縻以大铁绳，然犹时一失之。”此条所叙，《大明一统志》《大清一统志》、康熙《会稽志》并皆不载。然而嘉泰《会稽志》则又不载张僧繇画龙事，故必须以嘉泰《会稽志》与《四明图经》合看，然后方知梦窗此词之“翠蓱湿空梁，夜深飞去”数语乃真可谓无一字无来历矣。是此数句，乃正写禹庙梁上神龙于风雨中“飞入镜湖与龙斗”，“比复归，水草被其上”之一段神话传闻也。而梦窗之用字造句，则极恍惚幽怪之能事。盖“翠蓱湿空梁”一句，原当为神梁化龙飞返以后之现象，而次句“夜深飞去”方为此现象发生之原因，是神梁先飞去入镜湖与龙斗，飞返时始有湖中水藻沾带于梁上也；而梦窗却将时间因果颠倒，先置“翠蓱湿空梁”一句突兀怪异之现象于前，又用一不常见之“蓱”字以代习用之“萍”字。夫“蓱”与“萍”二字虽通用，然而一则用险僻之字始更增幽怪之感，再则“蓱”字又可使人联想及于《楚辞·天问》之“蓱号起雨”一句，乃大有“幽云怪雨”一时惊起之意。彊村先生于梦窗词校勘最精，且曾获睹明万历年间太原张廷璋氏旧钞本，其校本之独取“蓱”字，自非无见。总之，此三句所予人之一片恍惚幽怪之感及渺茫怀古之思，固极为真切鲜明，读者正可自此数句中对此充满神话色彩之古庙生无穷之想象。盖梦窗之词所予人者，往往但重感受，而不重说明，神理意味极活泼而深切，惟不作明言确指耳。此正诋梦窗者之所以讥之为晦涩，誉梦窗之所以称其词为“天光云影，摇荡绿波，抚玩无斁，追寻已远”者也。

后二句，则又就眼前景物寄慨。曰“雁起青天”，形象色彩均极鲜明，知此景必为白昼而非黑夜所见，然后知前三句“夜深”云云者，全为作者悬空想象凭吊之言，并非实有也。此正前三句之运笔之所以出之以如许幻变神奇之故。而此句“雁起青天”四字，乃又就眼前景物以兴发无限今古苍茫之慨，故继之云“数行书似旧藏处”也。据《大明一统志·绍兴府志》载：“石匮山，在府城东南一十五里，山形如匮。相传禹治水毕，藏书于此。”又《大清一统志·绍兴府志》载：“宛委山，在会稽县东南十五里，会稽山东三里。上有石匮，壁立干云，升者累梯而上。《十道志》：‘石匮山，一名宛委，一名玉笥，一名天柱，昔禹得金简玉字于此。’《遁甲开山图》云：‘禹治水，至会稽，宿衡岭。宛委之神奏玉匮书十二卷，禹开之，得赤珪如日，碧珪如月，是也。’”是会稽之宛委石匮山，固旧传有藏书之说；虽然所传者有夏禹于此得书或于此藏书二说之不同，然而要之此地之传有藏书则一也。然而远古荒忽，传闻悠邈，惟于青天雁起之处，想象其藏书之地耳。而雁行之飞，其排列又正有如书上之文字，此在梦窗《高阳台·丰乐楼》一词中，即有“山色谁题，楼前有雁斜书”之句可以为证。是则三千年前当日所传之藏书固已渺不可寻；今日所见者，惟青天外之斜飞雁阵仿佛犹作当年书中之文字而已。时移世往，辽阔苍茫，无限沧桑之慨，正与开端“三千年事残鸦外”及“那识当时神禹”诸句遥遥相应，而予读者以无穷怅惘追寻之深痛。以上前半阕全以“登禹陵”之所慨为主。

后半阕“寂寥西窗久坐，故人悭会遇，同翦灯语”，始写入冯深居，呼应题面“与冯深居”四字。以章法言，固属用笔周至；而以意境言，则以下数句，乃合三千余年历史沧桑之感，与个人一己离合今昔之悲，融为一体，错综并举，而与前半阕之登临遥遥相应，于是而冯深居遂与吴梦窗同在此登临之深慨之中。而三千年往事乃亦倏然而来至此西窗灯下矣。此三句词，乃用李义山《夜雨寄北》“何当共翦西窗烛，却话巴山夜雨时”之诗句，自无可疑。夫西窗翦烛共话，原当为何等温馨之人事，而梦窗乃于开端即著以“寂寥”二字，又接以“久坐”二字，其所以久坐不寐之故，正缘于此一片寂寥之感耳。昔杜甫《羌村》诗有句云：“夜阑更秉烛，相对如梦寐。”其《赠卫八处士》又有句云：“人生不相见，动如参与商。今夕复何夕？共此灯烛光。少壮能几时？鬓发各已苍。”其如梦、参商之感，其少壮几时之悲，正皆为足以令人兴寂寥之感者也。故梦窗于“寂寥西窗久坐”之下，乃接云“故人悭会遇，同翦灯语”；此情此景，岂非与杜诗所云“人生不相见”及“夜阑更秉烛”之情景，正复相似乎？此三句，一气贯下，全写寂寥人世今昔离别之悲。

以下陡接“积藓残碑，零圭断璧，重拂人间尘土”三句，初观之，此三句似与前三句全然不相衔接，然而此种常人以为晦涩不通之处，实正为梦窗词之特色所在。盖梦窗词往往但以感性为其连贯之脉络，而极难以理性为明白之界划及说明。此种特色原为长于触发及联想之一类诗人之所独具。此词“积藓残碑，零圭断璧”诸句，一方面固全就感性抒写，予人以一片时空错综之感；一方面则又以灵气运转，使无数故实翩翩起舞生姿。兹就其所用之故实而言，所谓“积藓残碑”者，杨铁夫《笺释》以为“碑指窆石言”，引《金石萃编》云：“禹葬会稽，取石为窆石，石本无字，高五尺，形如秤锤，盖禹葬时下棺之丰碑。”据《大明一统志·绍兴府志》载：“窆石，在禹陵。旧经云：禹葬会稽山，取此石为窆，上有古隶，不可读，今以亭覆之。”知杨氏《笺释》以碑指窆石之说为可信。昔李白《襄阳歌》云：“君不见晋朝羊公一片石碑材，龟头剥落生莓苔。”自晋之羊祜迄唐之李白，不过四百余年而已，而太白所见羊公碑下之石龟，则固已剥落而生莓苔矣。然则自夏禹以迄于梦窗，其为时既已有三千余年之久，则其窆石之早已莓苔满布，断裂斑剥，固属事之当然者矣。著一“积”字，足见苔藓之厚，令人慨历年之久；著一“残”字，又足见其圮毁之甚，令人兴览物之悲。而其发人悲慨者，尚不仅此也，因又继之以“零圭断璧”云云。前释“数行书似旧藏处”一句时，已曾引《大清一统志》，知有“宛委之神奏玉匮书十二卷，……得赤珪如日，碧珪如月”之说。又据《大明一统志》载：“宋绍兴间，庙前一夕忽光焰闪烁，即其处斸之，得古珪璧佩环藏于庙。然今所存，非其真矣。”按“珪”古“圭”字。是关于夏禹之陵庙既早有圭璧之传说，而在南宋当时，或者庙藏之中果然亦尚留有圭璧之遗物。夫圭璧者，原为古代侯王朝会祭祀之所用，而今著一

"零"字,著一"断"字,则零落断裂,无限荒凉,然则禹王之功绩无寻,英灵何在?徒只古物残存,供人凭吊而已。故继之云:"重拂人间尘土。"于是前所举之积藓之残碑,与夫零断之圭璧,乃尽在梦窗亲手摩挲拂拭之凭吊中矣。"拂"字上更著一"重"字,有无限低徊往复多情凭吊之意,其满腹怀思,一腔深慨,固已尽在言外。

然而此句之尤妙者,则在梦窗于前半阕自"三千年事"迄"旧藏处",全写日间登临之所见、所感;后半阕开端"寂寥西窗久坐"三句,则全写夜间故人灯下之晤对;然后陡接"积藓残碑"三句,又回至日间之登临。全不作此层次分明之叙述与交代。于是,忽而为西窗之翦灯共语,忽而为禹庙之断璧残碑;忽而为黑夜,忽而为白昼;忽而为人事之离合,忽而为历史之今古。而梦窗之所以不为之作明白之划分者,正缘在梦窗之感觉中,此时空之隔阂固早经泯灭而融为一体矣。盖残碑断璧之实物,虽在白昼登临之陵庙之上,而残碑断璧之哀感,则正在深宵共语者之深心之内也。夫以"悭"于"会遇"之故人,于"翦灯"夜"语"之际,念及年华之不返、往事之难寻,其心中固已早有此一份类似断璧残碑之哀感在也。故其下乃接云:"重拂人间尘土。""尘土"而曰"人间"者,正以其并不但指物质上之尘土而已,同时乃兼指人事间之种种尘劳之污染而言者也。夫人之一生,固曾有多少往事、多少旧梦、多少理想与热情,然而年去岁来,尘劳污染,乃渐渐磨损消亡,于今在记忆之中,亦不过一一皆如尘封之断璧残碑而已。而当故人话旧之际,此久经尘埋之种种,乃复依稀重现;然则岂非翦灯共语之际,亦复正即为拂拭尘土之时?是则"积藓残碑"三句,虽为日间登临之所见,然实亦正为夜语时心中之所感。此正所以梦窗乃以此三句陡接上三句,而全不作划分说明之故。于是而一己之人事,乃因此而融会于三千年历史之中,而更加深广;而三千年之历史,亦因其融会于一己人事之中,而更加切近。此种时空交糅之写法,正为梦窗特长之所在,未可遽以晦涩目之也。

【鉴赏】

其后“霜红罢舞。漫山色青青，雾朝烟暮”三句，又以飞扬之笔，另开出一新境界。自情事之中跳出，别从景物着笔，而以“霜红”句，隐隐与开端次句之“秋树”相呼应。然此三句之妙，尚不仅在其承转呼应之陡峻灵活而已，而更在其意境所包笼之深远高妙。昔东坡《赤壁赋》有云：“自其变者而观之，则天地曾不能以一瞬；自其不变者而观之，则物与我皆无尽也。”梦窗此二句之意境，实与之大为相似。然而东坡仍只是理性之说明，而梦窗则全为意象之表现。“霜红罢舞”，其变者也；“山色青青”，其不变者也。彼经霜之叶，其生命固已无多，竟仍能饰以红之色、弄以舞之姿；惟此红而舞者，亦何能更为久长，瞬临罢舞之时，是则虽有无限流连爱恋之意，而亦终归于空灭无有而已，故曰“霜红罢舞”。此一无常变灭之悲，而梦窗竟写得如此哀艳凄迷。又继之云“山色青青，雾朝烟暮”，则其不变者也。是无论其为雾之晨，为烟之夕，而此青青之山色，则亘古不变者也。又于其上著一“漫”字，“漫”字有任随、枉自之口气，其意若谓霜红罢舞之后，惟有任随山色之枉自青青于雾朝烟暮之中而已。逝者已矣，而人世长存，其间原已有无穷今古沧桑之感；而此二句，乃又正为禹陵所见之景色，而此景色又并不限于登临时当日之所见而已。霜红有一朝罢舞之时，山色无改其青青之日，其情意之深广，乃有包容千古兴亡之悲，而又跃出于千古兴亡之外之感。梦窗运笔之妙、托意之远，于此可见。

结二句“岸锁春船，画旗喧赛鼓”，初观之，亦不免有突兀之感。盖前此所言，如“秋树”，如“霜红”，明明皆为秋日之景色；而此句竟然于承接时突然著一“春”字，若此等处，惟大作者始能不为硁硁琐琐但知拘守之小家态，而后能有此腾跃笼罩之笔。如杜甫之《秋兴》八首，前七首皆从秋景着笔，而于第八首乃突然涌现一“佳人拾翠春相问”之句；翁方纲评杜甫此句曾有“神光离合，……一弹三叹”之言。梦窗此句之妙，庶几近之。盖开端之“倦凭秋树”，乃是当日之实景；至于“霜红罢舞”，则已不仅当日之所见而已，而乃包容秋季之全部变化于其中；至于“山色青青”，则更于其中透出暮往朝来、时移节替之意。于是而秋去冬来，于是而冬残春至，则年年春日之时，于此山前当可见岸锁舟船，处处有画旗之招展，时时闻赛鼓之喧哗。然则此何事也，据《绍兴府志：祠祀志》载：“禹庙之建，起于无馀祀禹之日。《吴越春秋》：‘无馀从民所居，春秋祀禹于会稽。’……宋（太祖）建隆二年，诏先代帝王陵寝令所属州县遣近户守视，其陵墓有堕毁者亦加修葺。（太祖）乾德四年，诏吴越立禹庙于会稽，置守陵五户，长吏春秋奉祀。（高宗）绍兴元年，诏祀禹于越州。（光宗）绍熙三年十月，修大禹陵庙。”又《大清一统志·绍兴府志·大禹庙》载：“宋元以来，皆祀禹于此。”然则此词之“画旗”“赛鼓”，必当指祀禹之祭神赛会也。盖我国旧称祭神之会曰赛会，而于赛会中多有箫鼓杂戏等之表演，故曰“画旗喧赛鼓”。“画旗”，当指舟船仪仗之盛；“喧”字，当指“赛鼓”之喧哗。然而梦窗乃将原属于“鼓”字之动词“喧”字置于“画旗”二字之下，作“画旗”与“赛鼓”中间一联系结合之字面，则画旗招展于喧哗之赛鼓声中，乃弥增其盛美之感；旗之色与鼓之声遂结合而为一矣。

至于必曰“岸锁‘春’船”者，虽然据《大清一统志》所载，历代之祀禹多有春、秋二次之祠祀，然而一则可能今岁秋祠之期已过，则继之而来者自当为明岁之春祠，故曰“春船”。此最浅拙之解释也。而且根据嘉泰《会稽志》卷十三《节序》条记载云：“三月五日，俗传禹生之日，禹庙游人最盛。无贫富贵贱倾城俱出，士民皆乘画舫，丹垩鲜明，酒樽食具甚盛，宾主列坐，前设歌舞。小民尤相矜尚，虽非富饶，亦终岁储蓄以为下湖之行。（原注：下湖，盖乡语也。）”是则年年春日禹庙前歌舞赛会之盛，犹可想见。此正所以上一句“岸锁春船”之必著一“春”字也。再则，此词通首以秋日为主，其情调全属于寥落凄凉之感，曰“残鸦”，曰“秋树”，曰“寂寥”，曰“霜红”，今于结尾之处突然著一“春”字，而且以“旗”“鼓”之美盛喧哗，为全篇寥落凄凉之反衬，余波荡漾，用笔悠闲，一若果然可以春日之美盛移代而忘怀此秋日之凄凉者;然而细味词意,则前所云“雾朝烟暮”句,已有无限节序推移之意,则春日之美盛岂不仍复有归于秋日凄凉之时,则此处之一“春”字,梦窗固于其中隐有无限盛衰更迭之感也。抑且更有言者,则今年于“秋树”“霜红”之时,梦窗固曾来此登临凭吊,然而明年春日之时,纵有旗鼓之盛,而此日登临之梦窗乃或者竟不知何往矣。故尔荡开笔墨,遥遥著一“春”字,无限哀感尽寄托于遥想之中,则年去岁来,春秋代序,此盛衰今古之悲乃层出而不穷,因之梦窗之所慨乃亦不限于此一日之登临而已矣。夫禹王不作,往迹难寻,而人世之陵夷迁替,乃正复如春秋节序之无常,此二句出语极闲远,一若悠然有忘愁之意,然而含意则极深切,足以包笼历史与人事种种之盛衰成败于其中。昔周济《介存斋论词杂著》称梦窗词云:“意思甚感慨,而寄情闲散,使人不易测其中之所有。”观夫此词之结尾二句,其信然矣。

(叶嘉莹)

齐天乐 白酒自酌有感

芙蓉心上三更露[①],茸香漱泉玉井[②]。自洗银舟[③],徐开素酌[④],月落空杯无影。庭阴未暝。度一曲新蝉,韵秋堪听。瘦骨侵冰[⑤],怕惊纹簟[⑥]夜深冷。　　当时湖上载酒,翠云开处共,雪面波镜。万感琼浆[⑦],千茎鬓雪,烟锁蓝桥花径。留连暮景。但偷觅孤欢,强宽秋兴。醉倚修篁,晚风吹半醒。

〔注〕 ① 芙蓉句:芙蓉,指精美的酒杯。绾合后片写西湖莲花之事。北朝庾信《春赋》:“芙蓉玉盌,莲子金杯。”三更露,比喻清冽之美酒。 ② 茸香句:形容美酒之香醇清冽。茸香,香气茸茸。宋张先《定风波令》词:“酒眼

茸茸香拂面。”漱泉，比喻酿酒之泉水清冽。玉井，华山西峰下有玉井，井深丈余，井水清澈甘冽。传说玉井内生有千叶白莲，吃了可以升仙。玉井因此也被称为白莲池。此处绾合上句“芙蓉”。 ③ 自洗银舟：银舟，酒杯之美称。 ④ 素酌：无歌舞助兴的饮酒。 ⑤ 瘦骨侵冰：形容体瘦易冷。 ⑥ 纹簟：竹席。 ⑦ 琼浆：指美酒。此处用裴航于蓝桥驿遇仙女云英事。事见唐裴铏《传奇》。

这是一首秋日感怀词。词人自斟自饮，以芙蓉（荷花）为引，怀念年轻时在西湖边上与一女子的情事。

上阕首句点明饮酒，从“芙蓉”切入，引入秋色与怀人之意。“芙蓉心上三更露”，芙蓉指酒杯，三更露指美酒，以芙蓉花心之露比喻杯中美酒，新颖妍丽。“茸香漱泉”形容美酒氛氲之香气与清冽之口感，“漱泉”，引出下面“玉井”。“玉井”别名白莲池，呼应开头“芙蓉”。“自洗银舟”三句，点明自酌。无人对饮，故而词人“自洗银舟”。没有歌舞助兴，故而是“徐开素酌”，“徐”字写词人动作缓慢，若有心事。“月落空杯无影”，反用李白《月下独酌》诗意。李白自酌，“举杯邀明月，对影成三人”，词人自酌，却孤栖无伴，既无月也无影。下句“庭阴未暝”，庭院阴阴，日落月隐，光线黯淡，说明无月无影之由，且关合下阕“暮景”“晚风”。“度曲新蝉”两句，写词人细听树上蝉声乍起，如吟唱一首凄哀之曲，秋意侵人。度曲即唱曲之意。“堪听”，其实是不堪听，怎堪听。既然不堪听，为何还要在庭院中自斟自饮？因为“瘦骨侵冰，怕惊纹簟夜深冷”。词人体瘦不禁寒，而夜深露冷，孤枕难眠，更是清寒寂寞，故而宁愿饮酒自遣，以暖愁肠。畏寒不曰畏寒，而曰“怕惊纹簟”，仿佛怕瘦骨冰寒，惊扰纹簟，曲笔多情。

换头“当时湖上载酒”三句转入回忆，追忆当年与意中人在西湖上泛舟载酒之事。“翠云”既指荷叶，也指美人的秀发，“雪面”既指荷花，也指美人的粉面,此和“荷叶罗裙一色裁,芙蓉向脸两边开”(王昌龄《采莲曲》),“芙蓉如面柳如眉”(白居易《长恨歌》)异曲同工。“共”指二人倒影共入水中。翠绿的荷叶如同她的秀发层叠如云,被画船分开一条水路,镜子般的水波倒影着荷花,倒影着她美丽的面容,也倒影着我和她并立的身影。当时载酒赏荷花,呼应上阕开头此时之“芙蓉心上三更露”,可见词人选词炼句之用心、结撰构思之精巧。“万感琼浆”三句,点明题目之“有感”。往事已矣,如今自斟自饮,词人百感交集,既为韶华已逝,鬓丝如雪,也为伊人已去,天路难通。“琼浆”“蓝桥”,用裴航在蓝桥驿遇仙女琼英,得琼浆一瓯,最后两人终成眷侣之事,反衬词人与意中人鸳梦难谐,云雨分散。“琼浆”,对照“载酒”,“鬓雪”对照“雪面”,“烟锁蓝桥花径”,对照“翠云开处”,无一闲笔,昔日与今日形成强烈对照,一喜一悲,写足“万感”二字。“留连暮景”由万感而来。日暮天寒,但词人不忍离去,仍然想要留连,所留恋者,酒中一时之幻梦耳。“但偷觅孤欢”两句,写词人勉强借酒浇愁,想要在醉中重温当时的一点欢乐,宽解秋日之悲哀。“孤欢”点明自酌之意,“偷”“强”,点明借酒浇愁愁更愁,前更加一“但”字,更显无奈与无聊。“醉倚修篁”两句写词人倚靠在修竹之上,被晚风吹拂,半醉半醒。既已“吹半醒”,说明倚竹不止一时。既然已经半醒,却仍不肯进屋休息,呼应上阕末句之“怕惊纹簟夜深冷”。因孤枕难眠,所以宁愿倚竹吹风。而词人瘦骨支离,又能在秋风中支撑几时呢?写到此处,可谓秋意浓极,哀怨愁极。

此词的妙处,一在善用对照之笔写今昔之感。当时湖上共载酒,今日“自洗银舟”,自斟自饮;当时与美人并立照影,今日“月落空杯无影”;当时水路乍开,直通花径深处,今日“烟锁蓝桥花径”;当时美人“翠云”“雪面”,韶颜稚齿,今日我已“鬓雪千茎”“瘦骨侵冰”;昔时形影与共,今日孤单伶仃,醉倚修篁。两两对照,无怪乎词人万感于心,愁醉无解。

二在善用双关之笔。比如“芙蓉”既指芙蓉杯,也指回忆中与美人共赏之荷花;"银舟"既指酒杯,也指回忆中与美人共载之舟;"翠云"既指荷叶,也指美人之发;"雪面"既指荷花,也指美人之面;"花径"既指湖上水路,也指与美人之姻缘;"孤欢"既指自酌,也指当日之欢只余我一人。种种双关与象征,使得这首词摇曳生姿,情辞相称,富有想象与感发之美。

(孔燕妮)

齐天乐

新烟初试花如梦[①],疑收楚峰残雨[②]。茂苑[③]人归,秦楼[④]燕宿,同惜天涯为旅。游情最苦。早柔绿迷津,乱莎荒圃。数树梨花,晚风吹堕半汀鹭[⑤]。　　流红[⑥]江上去远,翠尊曾共醉,云外别墅。澹月秋千,幽香巷陌,愁结伤春深处。听歌看舞。驻不得当时,柳蛮樱素[⑦]。睡起恹恹[⑧],洞箫谁院宇。

〔注〕 ① 新烟句:新烟,指寒食后的新火。古时寒食节禁火,由朝廷赐给百官新火。花如梦,指春晚。宋文珦《春晚》诗:"黄鸟声中春意深,百花如梦已消沉。" ② 楚峰残雨:即巫山云雨。 ③ 茂苑:苏州的别称。④ 秦楼:秦楼有二。一为《陌上桑》中秦氏女罗敷所住之楼。一为秦穆公为女弄玉所建之楼。萧史善吹箫,秦穆公以弄玉妻之。二人吹箫,凤凰来集,乘凤飞升而去。后泛指思妇之楼或者青楼。 ⑤ 汀鹭:汀州之白鹭。⑥ 流红:指漂在水中的落花。 ⑦ 柳蛮樱素:小蛮和樊素是白居易的两个侍妾,后泛指姬妾。 ⑧ 恹恹:形容精神萎靡。

这是一首伤春怀人词。词人回到苏州,正值清明,踏青出游,行经旧地，回忆起曾与他共同生活的一位女子，伤春伤别，回来之后又听到别处歌舞之声，倍觉感伤。

上片首句点明时令。古时寒食节禁火，取榆柳之火为新火。“新烟初试”写寒食清明之景。“花如梦”写春末百花凋零之状。苏州古属楚国，故而称“楚峰残雨”。清明多雨，杜牧诗：“清明时节雨纷纷”。清明一过，春雨渐收，春光渐老，则春花凋零可知。“楚峰残雨”又指巫山云雨，花事如梦，云收雨残，暗喻词人与情人情缘已尽。而“如梦”“疑收”又作揣测之语，词人心中尚有将来重聚之一线希望。“茂苑人归”三句指诗人回到苏州，而当时女子所住之地已人去楼空，空有燕在，此“燕子楼空，佳人何在，空锁楼中燕”（苏轼《永遇乐》）意。词人不是苏州人，与秦楼燕皆是天涯为旅，因而有同病相怜之意。“游情最苦”承接“天涯为旅”而来。从“早柔绿迷津”至“半汀鹭”，细写“游情”之苦，而以一“早”字点出春归匆匆之恨。“柔绿”指春草春树，草木长满了渡口，渐渐不辨路径。“柔绿迷津”既有“春草绿色，春水碧波，送君南浦，伤如之何”之离别意，又有情缘断绝、无路可通之感伤意。“乱莎荒圃”指乱草荒芜了圃田，昔日所游之圃已成荒烟乱草之地。梨花也被风吹落汀州，与白鹭同飞，再不可见。梨花暗喻别离，又绾合次句之“残雨”，有“玉容寂寞泪阑干，梨花一枝春带雨”之意，想见情人离别之难。“柔绿迷津”“乱莎荒圃”“晚风吹堕”皆呼应起首“花如梦”三字。人在旅途，烟花如梦，春末人孤，唯有芳草连天，迷津荒圃，秦楼燕飞，梨花满地，故而“游情最苦”。

换头“流红”句，点明春与人俱去之意。“流红”呼应歇拍之梨花“吹堕”，“江上”呼应上阕之“迷津”。春归无可觅，人去不可寻。“翠尊曾共醉”二句，词人回忆昔日与情人同居时的快乐生活，“云外”比喻两人居处之逍遥。“翠尊”与“流红”相对应，字面绮丽，一昔一今，一喜一悲，昔日同饮共醉之欢情，今日已随落花流水而去，再难寻觅。“澹月秋千”三句，写情人去后，词人经过两人曾游之地，伤春伤别，愁肠百结。“澹月秋千”指情人曾经在月下玩耍秋千，“幽香巷陌”指二人曾经共居共游之地。清明节有荡秋千的习俗，如今正值清明时候，词人睹物思人，秋千上似乎还留着情人当时的影子，“黄蜂频扑秋千索，有当时、纤手香凝”（吴文英《风入松》），巷陌深处似乎还印着她的纤纤足迹，阵阵幽香。“听歌看舞”，既是写当下游春之景，亦承接“翠尊曾共醉，云外别墅”，回忆当时情人在酒席间为他歌舞助兴。“驻不得当时，柳蛮樱素。”可惜那样的歌喉舞姿，那样的纤腰樱唇，竟无法与词人长相厮守。词人用“柳”“樱”代指情人的歌喉舞姿，绾合首句“花如梦”。春已归去，“柳”“樱”自然也要归去，又不说“柳”“樱”归去，而说“驻不得当时，柳蛮樱素”，将情人离去归结于春之无情，正见词人之多情。末两句“睡起恹恹，洞箫谁院宇”，写词人归来睡醒，听到邻院洞箫之声，更加愁闷。“洞箫”承接上文“听歌看舞”，正“别院笙歌别是春”之意。“睡起”二字，呼应首句之“如梦”，章法细腻。

上阕伤春，而伤春中处处有怀人之意，下阕怀人，而怀人中处处有伤春之情，将伤春与怀人打成一片，词境圆融。上阕词眼在“苦”，烟花如梦、天涯为旅、柔绿迷津、乱莎荒圃皆是苦；下阕词眼在“愁”，流红去远、澹月秋千、幽香巷陌、听歌看舞，都是愁。眼前所见都是苦，心中所感都是愁。因而睡中梦里，一片愁苦之情不可收拾，此时又闻呜咽洞箫之声，黯然销魂之意，不说自明。

全词词句清丽，情致缠绵，将天涯做客、伤春怀人之意娓娓道出。“新烟初试花如梦，疑收楚峰残雨”一句，写清明景致，暗喻怀人之意，芳菲凄恻，俞陛云《唐五代两宋词选释》评价它“秀丽若奇花初胎”。

（孔燕妮）

【原文】

齐天乐

烟波桃叶西陵路，十年断魂潮尾。古柳重攀，轻鸥骤别[1]，陈迹危亭独倚。凉飔乍起。渺烟碛飞帆，暮山横翠。但有江花，共临秋镜照憔悴。　　华堂烛暗送客，眼波回盼处，芳艳流水。素骨凝冰，柔葱蘸雪，犹忆分瓜深意。清尊未洗。梦不湿行云，漫沾残泪。可惜秋宵，乱蛩疏雨里。

〔注〕 ① 明万历钞本《梦窗词集》、汲古阁《梦窗甲稿》"骤"作"聚"，据杜文澜校阁本、周济《宋四家词选》改。

这是一首怀人的词。上片写别后白昼倚亭的相思，下片写夜间独处的怀念。伤今感昔，无限流连。

"烟波"二句，化用王献之《桃叶歌》"桃叶复桃叶，渡江不用楫"，写十年后重新来到与情人分手的渡口，不胜伤感。"断魂潮尾"，不仅说明了别后怀念之殷，相思之苦，也为下片十年前的相见留下伏笔，使上下片西陵渡口的留别与西湖上华堂送客的两个画面，遥相映带，两两相形，悲欢交织，情深语至，极为精警。

"古柳"三句，伤今感昔。亭上聚首，攀柳话别，是当日情事。"骤""重"二字，写出了当时别离的匆匆和今日旧地重游、见柳不见人独倚危亭时的感慨。

"凉飔"以下五句，则写倚亭时所见。先写远眺所见：凉风天末，急送飞

【鉴赏】

舟，掠过水中沙洲，留下的只是黄昏时的远山翠影。“乍”指大自然的突然变化，“渺”指烟波的辽阔，“烟碛”指朦胧的沙洲，“飞”指轻舟远逝的速度。“横”字见暮山突出之妙，令人想起李白《送友人》诗“青山横北郭”的“横”字的使用。远处山光水色，一片迷濛。再看近处，江水江花，江面如镜，映花照人。江水里的花影是憔悴的，江水中的人影也是憔悴的。“但有”二句，怜花惜人，借花托人，用江水如镜面的平静与内心的潮水似的波澜相形，益见相思憔悴之苦。

下片转入回忆。“华堂”句盖用《史记·滑稽列传》淳于髡语：“堂上烛灭，主人留髡而送客。”堂上，即华堂。烛灭，即烛暗。乃追忆初见时的情景：送走别的客人，单独留下自己。美目顾盼，传达出柔情蜜意。《诗·卫风·硕人》：“美目盼兮。”用黑白分明的眼睛，传一盼的神情，已曲尽目光之美。“芳艳流水”则是对回盼的眼波更为传神的描绘：“流水”，状回盼时眼波的转动，“芳艳”则是回盼时留下的美的感受。“艳”状眼波的光彩；“芳”则是从视觉引起嗅觉的通感，随眼波的传情而仿佛感到一种美人温馨的芳香。

“素骨”三句，写玉腕纤指分瓜时的情景。“素骨凝冰”，从《庄子·逍遥游》“肌肤若冰雪”语意化出，亦即苏轼《洞仙歌》所说的“冰肌玉骨”，用以状手腕的洁白；“柔葱蘸雪”，即方干《采莲》诗所说的“指剥春葱”，用以状纤指的洁白，用字非常凝练。“分瓜”句即周邦彦《少年游》中“并刀如水，吴盐胜雪，纤指破新橙”之意。

以下递入秋宵的怀念。“清尊”三句，含意极深。不洗清尊，是想留下残酒消愁。“梦不湿行云”二句化用宋玉《高唐赋》巫山神女“旦为朝云，暮为行雨”的话，而语言清雅，多情而不轻佻，表现梦中与情人相会，未及欢会即风流云散，醒来残泪沾衣的情景。结句写秋宵雨声，窗下蛩声，伴人无眠。结句凄凉的景色与凄凉的心境融合为一，加强了怀人这一主题的感染力量。

【原文】

这首词脉络细密，组织精工，用意尤为绵密。“但有江花”二句、“清尊未洗”三句的炼句，“渺烟碛飞帆”三句、“素骨凝冰”二句的炼字，并独辟蹊径。“眼波回盼处”二句、“可惜秋宵”二句的写情，既研炼，又空灵，于缜密中见疏快，在梦窗词中为别调。

（雷履平）

扫花游 西湖寒食[1]

冷空澹碧[2]，带翳柳轻云，护花深雾[3]。艳晨易午。正笙箫竞渡[4]，绮罗争路。骤卷风埃，半掩长蛾翠妩[5]。散红缕[6]。渐红湿杏泥，愁燕无语。　乘盖[7]争避处。就解佩旗亭[8]，故人相遇。恨春太妒。溅行裙更惜，凤钩[9]尘汙。酹入梅根，万点啼痕暗树。峭寒暮。更萧萧、陇头人去[10]。

〔注〕 ① 寒食：寒食节在清明前一两日。 ② 澹碧：淡碧色，形容天光或水光。 ③ 护花深雾：有雾则无风，故曰护花。 ④ 笙箫竞渡：南宋临安寒食节，士民于西湖观龙舟，为节日盛景。 ⑤ 长蛾翠妩：双关柳条与蛾眉。 ⑥ 红缕：红丝，此指带花之雨。 ⑦ 乘盖：车乘伞盖。盖，车篷，代指车。 ⑧ 解佩旗亭：解佩，解玉佩赠人。典出郑交甫遇汉皋神女解佩事。旗亭：酒楼。 ⑨ 凤钩：女子之鞋。 ⑩ 陇头人去：古乐府《陇头歌》：“陇头流水，流离四下。”南朝宋陆凯《赠范晔诗》：“折花逢驿使，寄与陇头人。江南无所有，聊赠一枝春。”

此词是写某年寒食节，词人在西湖与一旧情人相会事。上片写西湖观龙舟，风雨突变，下片写两人因避雨而相逢，结尾分别，正“相见时难别亦难”意。

上阕发端三句写天气。“冷空澹碧”既点出寒食景象，亦写出天气之清寒，“带翳柳轻云”两句形容清晨云雾未散，遮蔽柳条，因为有雾无风，所以花枝安可，故曰“翳柳”“护花”。清明多雨，天气阴晴不定，正如万俟咏在《三台》词中所写：“正轻寒轻暖漏永，半阴半晴云暮。”“艳晨易午”写中午时分，终于云开日出，下接“正笙箫竞渡，绮罗争路”，写西湖龙舟竞渡之胜景。南宋临安，清明寒食是一大节，西湖上有画舫龙舟，笙歌鼎沸，鼓吹喧天，士女倾城而出，玩赏时令。这两句描写的就是这一景象。“笙箫竞渡”写耳中之喧腾，“绮罗争路”写目中之热闹。“骤卷风埃”一句骤然一变，天气晴而转阴，人心喜而转惊，场面繁而转乱。“长蛾翠妩”既指柳条，也指美女，呼应上文的“翳柳”与争路之“绮罗”。柳叶细长，故曰“长蛾”，柳叶翠绿，故曰“翠妩”，吴文英《宴清都·饯荣王仲亨还京》词：“新烟暗叶成阴，效翠妩、西陵送远。”狂风卷起尘土，遮蔽了柳条，也使得游春仕女的影子模糊不清。“散红缕”，红缕指带花之雨，照应上文的“护花深雾”。深雾护花，风雨则摧花，两者截然相反。花瓣在雨中飘零飞落，看上去和雨丝融成一线，犹如红缕。“散红缕”一词，写得新奇而纤巧。李贺《将进酒》诗：“桃花乱落如红雨。”用雨来比喻落花，而词人绾合花与雨，将二者一起比作红缕，比李诗更多曲折。风雨交加，渐渐杏花零落成泥，满地红湿。上文曰“红缕”，此又曰“红湿”，仿佛渗入泥土的不是雨水而是一片红色，给人一种幽艳凄迷的视觉印象。“愁燕无语”写燕子在雨中不能展翅飞翔，如有所愁，不再鸣叫。“无语”反衬上文之“笙箫竞渡”，场面由闹转静，为下文两人相见做铺垫。

过片以“乘盖争避处”呼应上文之“绮罗争路”。场面越混乱，越容易发生戏剧性的情节，这是戏剧小说等叙事文学中常用的手法。此词便采用了这种写作手法，上面对天气、环境、气氛的重重渲染与烘托，又是阴又是晴，

【鉴赏】

又是花又是柳，又是云雾又是风雨，又是笙箫又是绮罗，又是杏花又是燕子，又是争路又是争避，全是为了此刻的“故人相遇”做铺垫。“解佩”不是现在的动作，而是修饰“旗亭”，两人相见，地点恰好在当年两人相遇定情的旗亭之中。“解佩”典出郑交甫遇汉皋神女解佩事。神女与郑交甫两情相悦，解佩以赠，但没多久郑交甫就发现“空怀无佩”，神女不见，送给他的玉佩也消失了。这一典故常用来形容情侣分别，欢情无终，如“念解佩、轻盈在何处？”（柳永《夜半乐》），“闻琴解佩神仙侣，挽断罗衣留不住”（晏殊《木兰花》），“自解佩匆匆散后，鸳鸯到今难问”（朱敦儒《卜算子慢》）等等。此处词人用这一典故，暗指两人已经分别。在当年定情的酒肆之中，两个旧情人相遇了，又恰逢众人避雨，喧闹拥挤，此时此景，真是万语千言无从说起。这是个极富戏剧意味的场景，两人的心情必定极度复杂，但词人没有描述两人的表情、动作、言语，而是从一个很小的细节入手。“恨春太妒”三句，词人注意到雨水打湿了她的衣裙，污泥沾染了她的鞋子，因此埋怨春天嫉妒她的美貌，特意使她如此狼狈。这一拈轻避重的细节，既反映出了词人心情复杂，悲欣交集，不敢去看旧情人的面部神态，而只能视线往下，看她的裙子与鞋子，也展示了词人温柔多情的性格。意蕴十分丰富，戏剧张力十足。“酹入梅根”两句，写春雨泼洒如同酹酒，使得梅树雨水淋漓，如同沾染了万点啼痕，一片深黯。这既是写景，也是暗喻旧情人之酸楚情态。她就像梅树一样，脸上水痕遍布，不知是泪是雨。她此时心情如何？是否像词人一样百感交集？词毕竟是抒情文学，不是叙事文学，无法就这一时刻更多延展，只能通过传统的意象塑造来展现人物情绪的冰山一角，读者从这一细节可以暗窥人物的心理状态。结句“峭寒暮”三句，写天寒日暮，春寒料峭，风雨萧萧，两人在风雨中再次离别。“陇头人”用古乐府《陇头歌》“陇头流水，流离四下”和陆凯《赠范晔诗》“折花逢驿使，寄与陇头人”典故，既关合上句梅花，亦指两人如同陇头流水，各自西东。

这首词采用了叙事文学的艺术手法，以一个富有张力的事件为中心进行描写。上阕是宾，下阕是主，上阕的景物描写全在为下阕的叙事作铺垫。方寸之间波谲云诡，在极短的篇幅中重重铺垫，几次转折，以烘托事件高潮。写至高潮与核心，词人笔触顿收，从细节切入，刻画人物心理状态与性格特征，其中既有叙事文学的手法，也有抒情文学的手法，构思严密，用笔细腻。总而言之，这是一首非常有特点的词作，叙事曲折而不减深情，不仅反映了词曲在南宋的新发展，也反映了人物感情在词曲中的进一步细化和丰富。而且此词几乎通篇用实词，字面绮丽，翠红满眼，和以姜夔为代表的"清空"派大相径庭，是吴文英"质实""密丽"风格的生动展现。

（孔燕妮）

扫花游 春雪

水云共色，渐断岸飞花[①]，雨声初峭[②]。步帷[③]素袅。想玉人误惜，章台春老[④]。岫敛愁蛾[⑤]，半洗铅华[⑥]未晓。舣[⑦]轻棹。似山阴夜晴，乘兴初到[⑧]。　心事春缥缈。记遍地梨花，弄月斜照。旧时斗草[⑨]。恨凌波[⑩]路钥，小庭深窈。冻涩琼箫，渐入东风郢调[⑪]。暖回早。醉西园、乱红休扫。

〔注〕 ① 飞花：指飞雪。 ② 峭：形容严峻。此形容雨雪交下。 ③ 步帷：即步障。古人出游，用来遮蔽风尘或阻隔视线的帷幕。 ④"想玉人"句：用谢道韫咏雪与章台柳两个典故，形容玉人将白雪误当作柳絮来怜惜。玉人指谢安侄女谢道韫。《世说新语・言语》："谢太傅寒雪日内集，与儿女讲论文义。俄而雪骤，公欣然曰：'白雪纷纷何所似？'兄子胡儿曰：'撒盐空中差可拟。'兄女曰：'未若柳絮因风起。'公大笑乐。"章台指章台柳。据唐

【原文】

孟启《本事诗·情感》载，唐韩翃有妾柳氏，因故失散，后韩翃寄诗曰："章台柳，章台柳，往日青青今在否？纵使长条似旧垂，亦应攀折他人手。"柳复书，答诗曰："杨柳枝，芳菲节，可恨年年赠离别。一叶随风忽报秋，纵使君来岂堪折？"春老，指春末柳絮纷飞。 ⑤ 岫敛愁蛾：形容远山被白雪掩盖，隐隐约约，如同愁眉蹙起。 ⑥ 铅华：化妆用的白粉，比喻白雪。 ⑦ 舣：停船靠岸。 ⑧"似山阴"句：用王子猷雪夜访戴事。《世说新语·任诞》："王子猷居山阴。夜大雪，眠觉，开室，命酌酒。四望皎然，因起彷徨，咏左思《招隐》诗。忽忆戴安道；时戴在剡，即便夜乘小船就之。经宿方至，造门不前而返。人问其故，王曰：'吾本乘兴而行，兴尽而返，何必见戴？'" ⑨ 斗草：古代民俗游戏，以花草比赛。 ⑩ 凌波：出曹植《洛神赋》："凌波微步，罗袜生尘。"指女子步伐。 ⑪ 郢调：指高雅的曲调，暗喻白雪。

这是一首咏雪怀人词。上阕咏雪，下阕怀人。词中用了大量典故。末句"乱红休扫"绾合词牌之"扫花游"。

上阕"水云共色"一句，写出雪前阴云密布，水天迷濛之景。"渐断岸飞花"两句写雨雪纷纷，渐而风雪渐大，飞花乱舞。"步帷素袅"三句，指雪花飞入玉人步帷之中，素白袅娜，使她误以为是柳絮纷飞，叹息春老。这里用了谢道韫咏雪"未若柳絮因风起"和唐韩翃咏章台柳两个典故，以章台春老来代指柳絮，又以柳絮来比喻雪花，曲折隐晦。前人评价吴文英词多用代字，词意晦涩，指的就是这种。咏雪而不言雪，而言柳，又不直言柳，而言章台春老，典故层层叠叠套加在一起，理解起来自然不顺畅。"岫敛愁蛾"两句写远山之雪。白雪半掩山峦，远山半隐半现，如美人之愁眉微蹙，又如美人未明起身，宿妆半洗，铅华犹在。这两句皆从上"玉人"而来，"愁蛾"承接"误惜春老"，将雪中山景拟人化，比喻其朦胧隐约，含愁带怨。"舣轻棹"三句用王子猷雪夜访戴事，写水中雪景。岸边停靠着小船，好像王子猷趁着夜雪初晴，乘兴而来。“轻棹”承接首句之“水云”“断岸”，又为下阕词人欲乘兴访旧时与情人相聚之地埋下伏笔。由山至水，由天至地，有想象，有实景，有拟人，有比喻，有用典，有白描，虚实相映，穷形尽相，画出一幅春雪图。

过片转入怀人。“心事春缥缈”，将词人心事比喻为春之缥缈。诗歌中用比喻，一般用具象之物比喻抽象，比如“问君能有几多愁，恰似一江春水向东流”（李煜《虞美人》），以抽象之物比喻具象比较少见，如“自在飞花轻似梦，无边丝雨细如愁”（秦观《浣溪沙》），而以抽象之物比喻抽象则更少。张耒《探春有感》诗：“烟树远浮春缥缈”，以“春缥缈”来形容春烟，而此词用“春缥缈”来比喻抽象之心事，比张诗新颖别致。而且此句处于下阕换头之处，用“春缥缈”来双关春雪与心事，更觉灵动。缥缈者，既是上片之春雪，也是下片之心事。陈洵在《海绡说词》中评这一句“贯彻上下，通体浑融”，杨铁夫在《吴梦窗词笺释》中也说“通篇精神全在此句”。“记遍地梨花”两句，写昔日与情人共赏梨花，弄香玩月，直至月色西斜，长夜将尽。此处暗用岑参“忽如一夜春风来，千树万树梨花开”诗意，以白雪似梨花绾合当前雪景与昔年心事。月下梨花，既暗喻缥缈之白雪，亦落实缥缈之心事。“旧时斗草”写曾与情人斗草游玩，吴文英《祝英台近・春日客龟溪游废园》词：“斗草溪根，沙印小莲步。”梨花在清明时候，而斗草是端午节时的游戏，此都属“记”字所领。“恨凌波路钥”两句，写情人已经离去，想要重访旧地，但是凌波路断，庭院深沉，再也难觅伊人倩影。“钥”，锁闭的意思。吴文英《宴清都・饯荣王仲亨还京》词中有“瑶扉乍钥”之语。“冻涩琼箫”，写箫声因为寒冷而迟缓艰涩。吹箫必须以手指按压箫孔，手指因为寒冷而发僵，无法按实，箫声自然也就涩而不畅。“渐入东风郢调”，“郢调”用宋玉“阳春白雪，曲高和寡”故事，绾合题目之春雪。词人吹起玉箫，可惜知心人已去，再没有人能理解词人的情意。曲中虽有“阳春”之调，渐入东风，可惜“暖回早”，现在还不是春暖花开的时候。待等到春暖花开之时，词人要沉醉西

【原文】

园，不扫残红，任凭满地乱红狼藉。“乱红”呼应词首“飞花”，用落花来反衬春雪，又有“片红休扫尽从伊，留待舞人归”（李煜《喜迁莺》）之意。

此词咏雪怀人，扣紧一个“春”字，雪是春雪，如飞花袅袅，扑帷入帐，令玉人误惜春老，似雅士乘兴初到，引发词人心事如春般飘渺，想起与情人在梨花院落赏溶溶春月，在暮春时分斗草寻欢。可惜访旧无由，词人思极而动，吹箫寄情，箫声中暗含阳春白雪之意，希望能吹引春风，早日春暖花开，乘兴大醉一场，以春花春酒来销此春愁。春雪春思春箫春梦，融入雪花袅袅之中，成就一片缥缈之情。

（孔燕妮）

过秦楼

藻国凄迷，麹澜澄映，怨入粉烟蓝雾。香笼麝水，腻涨红波，一镜万妆争妒。湘女归魂，佩环玉冷无声，凝情谁诉。又江空月堕，凌波尘起，彩鸳愁舞。　　还暗忆、钿合兰桡，丝牵琼腕，见的更怜心苦。玲珑翠屋，轻薄冰绡，稳称锦云留住。生怕哀蝉，暗惊秋被红衰，啼珠零露。能去声西风老尽，羞趁东风嫁与。

此词题为“芙蓉”。芙蓉为荷花的别称，此为咏荷花之作。吴文英咏物往往赋予物以人格化，抒情色彩很浓重，寄寓了自己的情事。这首词里，他将荷花写成了一位美艳的女子，着重表达她一生的哀怨。她所生活的环境有似富丽非凡的仙境。“藻”为池间的水生植物。荷池飘浮着青绿色的萍藻，充满冷的色调，景色迷茫。“麹”为黄桑色，“麹澜”即青黄色的水波。这

是"藻国",也是水中仙子生活的地方。"怨"字为全篇主旨。月夜里池上的"粉烟蓝雾"具有童话世界或梦境一样的神秘奇幻。这奇幻的彩色烟雾,作者以为正是曾经在"藻国"的女子的积怨所致,所以是"怨入粉烟蓝雾"。唐代杜牧《阿房宫赋》写宫女们梳妆的情形:"绿云扰扰,梳晓鬟也;渭流涨腻,弃脂水也;烟斜雾横,焚椒兰也。"词中的"香笼麝水,腻涨红波"是设想许多的荷花如同众女一样。那位怨女在如镜的池里曾是"万妆争妒"的对象,可见其美艳出众了。这也隐含着其不幸的原因,而今她芳魂月夜归来,正说明她的冤魂不散。"湘女归魂"乃用唐代陈玄祐《离魂记》倩女离魂的故事。倩娘因其父张镒游宦而家于湘中衡阳,为爱情不遂而离魂追赶所恋者,私与之结合。吴文英《凤栖梧》的"湘水烟中相见早,罗盖低笼,红拂犹娇小",《满江红》的"湘水离魂菰叶怨",《解连环》的"记湘娥绛绡暗解",都是借指其在苏州所识的湘籍歌妓。这里词人咏芙蓉,再次以倩女离魂之事暗寓旧情,描绘出湘女含愁而舞以发抒积怨的形象。古时妇女们行走时总是环佩丁冬的,湘女归魂却是"佩环玉冷无声",阴冷虚飘,有形无声,鬼气森森,两句用杜甫《咏怀古迹》"环佩空归月夜魂"字面而略加变化。"凝情谁诉",是她一腔悲怨,无人可诉的精神痛苦情状。"江空月堕"使凄迷的藻国更加暗淡阴森。由于怨情无可告诉,湘女遂趁月落之时便愁舞起来。"凌波尘起"是融化曹植《洛神赋》的名句"凌波微步,罗袜生尘"。凌波,形容女子的步履轻盈;生尘,是说走过的水面如有微尘扬起。"彩鸳"本以女鞋所绣之鸳鸯纹样指代绣鞋,梦窗词《风入松》"惆怅双鸳不到"的"双鸳"也指绣鞋,但又都借指女性。这里的"彩鸳"自然是湘女的归魂了。她在池边带着愁容,以舞蹈发抒积怨。"江空月堕,凌波尘起,彩鸳愁舞",很成功地描绘了一个含冤女鬼的形象,但由词题又使人们联想到荷花在风中摇舞的形象。

词的下阕拟托湘女的语气抒情。过变的"还暗忆"是词意的转折,引起对当初情事的追诉。"钿合"是镶嵌金花的盒子,为古代男女定情的信物:

【鉴赏】

“定情之夕，授金钗钿合以固之”（《长恨歌传》）。“兰桡”借指木兰舟。“丝牵琼腕”，谓以红丝或红纱系于女子手腕上，为古代男女定情时的一种表示。“的”为古代妇女一种面饰，即以朱色点注于面。“见的更怜心苦”，用意为双关，乃乐府民歌的一种表现手法。“的”，也是莲子，又写作“菂”。“怜心苦”即“莲心苦”。以此切合词题。这几句回忆旧事，写得很晦涩，意为在舟上定情，结为同心，见到她之“的”饰而更加相怜，但也留下难言的遗憾。当初便在“玲珑翠屋”留住，记得那时她还身着“轻薄冰绡”。这些情景都是难忘的。咏物须不离物性，词中的“丝牵”与藕丝、“心苦”与莲心、“翠屋”与荷叶都极贴切词题。她的情事始终笼罩着不幸的阴影，担心好景不长，秋风一到，便红衰翠减，“啼珠零露”，伤心暗泣。北宋词人贺铸咏荷的《踏莎行》有“当年不肯嫁东风，无端却被西风误”。吴文英反用贺铸词句之意结尾，“能西风老尽，羞趁东风嫁与”，表现了湘女高傲忠贞的品格。“能”字下原注云“去声”，即“宁可”之“宁”。宁愿在西风中老去，羞于像桃李那样趁逐春光、嫁与东风，这又好似荷花的命运了。全词处处不离荷花的物性，又处处在写人。读后真难辨作者是在写物还是写人。显然作者是借咏荷而寓寄了个人情事的，否则难以写得如此情辞恳切、哀怨动人的。

宋季词家张炎说：“吴梦窗词如七宝楼台，眩人眼目。”（《词源》卷下）这是就梦窗词的字面而言。清代词家戈载说：“梦窗以绵密为尚，运意深远，用笔幽邃，炼字炼句，迥不犹人，貌观之雕缋满眼，而实有灵气行于其间。”（《宋七家词选》）他们都指出了梦窗词语言秾丽而富于雕饰的特色。这首《过秦楼》较能体现梦窗词的这一特色。词语具有鲜明色彩感，一首中用了表示色彩的“麹”“粉”“蓝”“红”“彩”“翠”“锦”等字，着色艳丽，真如七宝楼台。华美的词语都是经过词人精心雕饰的，如“藻国”“麹澜”“麝水”“彩鸳”“琼腕”“翠屋”“秋被”“零露”等。词语处处都见雕饰痕迹，加上着色的浓重，因而有雕缋满眼之感。梦窗词的语言最有个性，如果以“天然去雕饰”

的审美原则来评价梦窗词，便会采取否定的态度，但艺术给人的美感总是丰富多样的。梦窗词华美秾丽的形式包藏着真挚深厚的热情，形成了独特的艺术风格，故为词苑不可缺少的一株奇花。

（谢桃坊）

法曲献仙音 放琴客[①]，和宏庵韵[②]

落叶霞翻，败窗风咽，暮色凄凉深院。瘦不关秋，泪缘轻别，情消鬓霜千点。怅翠冷搔头燕[③]，那能语恩怨。　紫箫[④]远。记桃根、向随春渡[⑤]，愁未洗、铅水[⑥]又将恨染。粉缟[⑦]涩离箱，忍重拈、灯夜裁翦。望极蓝桥[⑧]，彩云飞[⑨]、罗扇歌断。料莺笼玉锁，梦里隔花时见。

〔注〕 ① 琴客：琴客是唐代柳浑（封宜城县伯）的爱妾，后被放出，另嫁他人。此处代指被放之姬妾。曾慥《类说》卷二十九："琴客，柳宜城之爱妾也，善抚琴瑟。宜城请老，琴客出嫁。" ② 宏庵：作者友人丁宥，字基仲，号宏庵。 ③ 搔头燕：搔头是簪的别称。 ④ 紫箫：唐杜牧《杜秋娘诗》："金阶露新重，闲捻紫箫吹。"杜秋娘为唐宪宗所宠爱，穆宗时为漳王李凑傅姆。后漳王得罪被废，杜秋娘被遣归乡里。 ⑤"记桃根"句：桃根、桃叶是东晋王献之的爱妾，王献之在渡口迎送爱妾，作《桃叶歌》："桃叶复桃叶，渡江不用楫。但渡无所苦，我自迎接汝。""桃叶复桃叶，桃树连桃根。相怜两乐事，独使我殷勤。"南京至今有桃叶渡。 ⑥ 铅水：比喻眼泪。唐李贺《金铜仙人辞汉歌》："空将汉月出宫门，忆君清泪如铅水。" ⑦ 粉缟：白色绢衣。女子所着。 ⑧ 蓝桥：唐秀才裴航于蓝桥驿遇仙女云英，结为夫妇。事见裴铏《传奇》。 ⑨ 彩云飞：比喻美人归去。唐李白《宫中行乐词》诗："只愁歌舞散，化作彩云飞。"

【鉴赏】

因“宜城放琴客”之典，“琴客”成了侍妾的代称，“放琴客”就是遣妾。这是一首唱和友人丁宥遣妾词。古时文人因为喜新厌旧或者年老、贬谪、离乡、经济无法负担等原因，会将侍妾遣出，另嫁他人。吴文英自己也有一名去妾。这位娶于苏州的侍姬和他一起生活多年，却最终无奈分手。词人对她感情很深，写了很多首词来怀念她。此词虽是唱和别人遣妾，其中也颇有自叹之意，抒发自己去妾之悲。

上阕首三句勾勒了一幅深秋庭院图，为遣妾做背景，渲染愁情别绪。落叶在晚霞中翻飞，窗纸在秋风中呜咽，暮色深沉，庭院凄凉。“霞”本是亮色，在落叶秋风之中，特别显出一种衰残凄艳之感，符合“遣妾”形象。“败窗”，说明遣妾已去，房中久无人住，窗纸破败，在秋风中嗖嗖作声。吴文英《新雁过妆楼》词中写自己与苏姬的分别，“宜城当时放客，认燕泥旧迹，返照楼空。”落日返照空楼，与此词叶落霞翻、暮色深院之景，颇为异曲同工。“瘦不关秋”三句写遣妾之人，即丁宏庵的不舍和悲伤。“瘦不关秋”和“泪缘轻别”互文生义，既曰“轻别”，可见对于遣妾，丁氏心中也不是没有怀念和悔恨的，因此才消瘦、流泪，乃至“鬓霜千点”，都是为情所致。“翠冷搔头燕”用李贺“发冷青虫簪”(《谢秀才有妾缟练改从于人秀才引留之不得后生感忆座人制诗嘲诮贺复继四首》之三)诗意，“翠”指遣妾的云鬟，惆怅女子头上的玉簪在发间凄冷，簪头燕不能开口诉说衷情，满怀愁怨无可告诉。“语”字从“燕”字而来，但即使是真燕，也无法诉说恩怨，此无理而有情之语。轻别遣妾，各怀情衷，两人之间的感情想必十分复杂，恩怨难以理清。此或许是作者切身感受。吴文英与苏姬别离，词中往往情怨缠绵，极尽相思相望不相亲之波折顿挫。此时旁观友人遣妾，从其另嫁，不免移情，带入自身感受。

换头“紫箫远”三字，写遣妾已经去远，难以再见，照应上阕之“败窗”。唐杜牧《杜秋娘诗》：“金阶露新重，闲捻紫箫吹。”杜秋娘先为唐宪宗所宠爱，在宫中经历三朝，年老得罪，被遣归乡里。“紫箫”又有道家意，秦穆公女弄玉吹箫引凤，与萧史升仙而去。宋词中常用“紫箫”来写男女离情，如蔡伸《满庭芳》：“念紫箫声阕，燕子楼空。”张孝祥《木兰花慢》：“紫箫吹散后，恨燕子、只空楼。念璧月长亏，玉簪中断，覆水难收。”“记桃根”四句，将遣妾比作东晋王献之的爱妾桃根，回忆遣妾别离时愁景。“向随春渡”，说明遣妾和丁氏常有离别，而旧愁未了，新恨又生，暂时别离成了终身别离，“铅水又将恨染”。用“铅水”比喻眼泪，点明遣妾如同金铜仙人辞汉一般，一去即是永别。“粉缟涩离箱”三句是回忆兼设想之词。“涩”，写出遣妾收拾衣箱时动作之迟缓、心情之沉痛。“忍”是不忍的意思，设想他日灯下裁剪衣裳，她怎忍从箱中拿出旧时缟衣，重拈针线？这既从女方角度设想将来，也从男方角度设想“谁复挑灯夜补衣？”“望极蓝桥”三句，写丁氏与遣妾姻缘已断，遣妾已如彩云飞去，再也听不到她拿着罗扇歌唱。“蓝桥”用裴航得樊夫人指点，于蓝桥驿遇仙女云英，结为夫妇事，比喻男女姻缘。宋人常用“望极蓝桥”之类语句比喻男女姻缘已断，比如张先《碧牡丹·晏同叔出姬》：“望极蓝桥，但暮云千里。几重山，几重水。”末尾“料莺笼玉锁”两句，料想遣妾别嫁之后，便如莺锁玉笼，除非梦里，再也无缘相见。“莺”字呼应上阕末尾之“燕”，钗头燕不语，人已如莺去，从此再见无因，便成永诀。

此词赋体抒情，从遣妾去后之庭院写起，以丁氏“情消”“怅”“记”“望”“料”之情感变化为线索，将愁情别绪渐次展开，其中颇多顿挫。回忆其未去之时和丁氏几番别离，以前愁衬托今恨，此是其一；设想其去后不忍重新剪裁旧时衣衫，反用“衣不如新，人不如故”之意，衣衫尚不忍轻改，何况人乎？此是其二；想象遣妾别嫁，从此相见只有梦中，再申丁氏“轻别”之悔、“鬓霜”之情、“望极”之恨，使得双方情意绾合一处，此是其三。有此重重关节，使此词情意缠绵，颇堪玩索。

（孔燕妮）

【原文】

解蹀躞

醉云又兼醒雨，楚梦时来往[①]。倦蜂刚著梨花[②]、惹游荡。还作一段相思，冷波叶舞愁红，送人双桨[③]。　　暗凝想[④]。情共天涯秋黯，朱桥锁深巷。会稀投得[⑤]轻分、顿惆怅。此去幽曲[⑥]谁来？可怜残照西风[⑦]，半妆[⑧]楼上。

〔注〕 ①“醉云”句：即楚王梦巫山神女事，见战国楚宋玉《高唐赋》。 ② 梨花：以梨花云比喻春梦。唐王建《梦好梨花歌》诗：“薄薄落落雾不分，梦中唤作梨花云。……眼穿臂短取不得，取得亦如从梦中。无人为我解此梦，梨花一曲心珍重。” ③ 送人双桨：乐府诗《莫愁乐》：“莫愁在何处？莫愁石城西。艇子打两桨，催送莫愁来。” ④ 凝想：凝神细想。 ⑤ 投得：到得。宋元俗语。宋李之仪《江神子》词：“恨匆匆。投得花开，还报夜来风。” ⑥ 幽曲：幽深曲折之处，常指秦楼楚馆之地。 ⑦ 残照西风：旧题李白《忆秦娥》词：“西风残照，汉家陵阙。” ⑧ 半妆：典出南朝梁元帝妃子徐昭佩，据《南史·后妃传》，徐妃不得宠于梁元帝，心怀怨望，因梁元帝一只眼睛视力不好，故而“每知帝将至，必为半面妆以俟，帝见则大怒而出”。此处形容光影半明半暗。

这是一首怀情恋旧之词。词人与一青楼女子曾有一段欢情，但两人情深缘浅，到头来还是分手了，故而相思惆怅，梦魂怀想。

上阕首二句便是欢情缱绻之语，用巫山云雨的典故，描述二人曾经如楚王和神女一般欢情和洽，时时来往。“醉云”“醒雨”“楚梦”皆男女缠绵之语。“醉”“醒”，可见欢情之骀荡，醒后醉里皆是温柔旖旎之情，“又”“时”反复之语,可见两人来往之频繁。“倦蜂刚著梨花”两句,用王建《梦好梨花歌》典故,呼应上文之“楚梦”,将自己比作寻芳的倦蜂,将对方比作采蜜之梨花,写两人初次缱绻,惹出一片游冶艳情,情思骀荡,如一片梨云之中春梦正好。“刚”字为下文离别做伏笔。“还作一段相思”三句,写春情中断,变作一片相思,伊人乘船而去,花落水流红,叶舞秋波冷。“还作”是无奈之语,若能相聚,谁愿相思?“冷波叶舞愁红”取唐崔信明“枫落吴江冷”诗意,片片红叶在风中舞动,似含愁送别,写出一片凄艳之景。“送人双桨”反用“艇子打两桨,催送莫愁来”,指双桨催送伊人离去。上阕从浓情蜜意写到无奈离别,用笔妍丽,写出一段绮艳情史。

上阕回忆过往,过片以“暗凝想”三字转入现实,上接“一段相思”,下启“天涯秋黯”。“情共天涯秋黯”两句,化用江淹《别赋》:“黯然销魂者,唯别而已矣。”写两人分别,难以再见,正当秋季,词人心情黯淡,愁肠百结。“天涯”接以“朱桥锁深巷”,是“人远天涯近”(欧阳修《千秋岁》)之意。巷陌深沉,朱桥难通,词人自然有人在天涯之感,何况又正当悲秋之时。吴文英《唐多令》词:“何处合成愁?离人心上秋。”正作“秋黯”之注脚。“会稀投得轻分、顿惆怅”,“投得”是到得之意,“会稀投得轻分”,词人追忆两人由欢会渐稀到最终分别,顿生惆怅。“此去幽曲谁来”三句,写当年相会之地,还有谁会再来?空有秋风落日,照得满楼光影半明半暗,如同美人半妆,忧愁凄艳。“幽曲”本指幽深曲折,因为妓院常开在隐僻之地,因此宋词中常以“幽”“曲”形容秦楼楚馆,如“老去疏狂减,思堕策、小坊幽曲”(方千里《大酺》),“曲巷幽坊,管弦一片笑声近”(翁孟寅《齐天乐》),“曲巷斜街信马,小桥流水谁家”(陈师道《临江仙》),“夜色催更,清尘收露,小曲幽坊月暗”(周邦彦《拜星月慢》),等等。此处“幽曲”呼应上文“朱桥锁深巷”。“谁来”是设问,写出一片荒芜之情。“残照西风”,呼应上文“秋黯”与“冷波叶舞愁红”,使全词熔铸一体,既“冷”而“黯”又“残”,可见秋风之凄凉,离情之悲伤。下阕写相思，先以"暗凝想"三字统领下文，又用"秋黯""惆怅""可怜"之语，分出层次。由"朱桥锁深巷"生出黯淡销魂之情，于黯淡之中忽宕一笔，回忆从会稀直到轻分的过程，不由得惆怅万分，如果不是会面渐渐稀少，哪里到得轻分的地步？惆怅之中，怀着无限的悔疚追思。追悔已然无用，此时设想昔日欢会之地，寂寞无人，只有西风残照，光影明灭，如同困于相思、无心理妆的女子，由写景中照见所思之人，更见离情之苦。

此词可以看出吴文英构思新颖、遣词造句别开生面的特征。例如"冷波叶舞愁红"，取自唐崔信明"枫落吴江冷"，但更为妍丽，而且富有动态感。片片红叶在风中坠落，犹如起舞。起舞而曰"愁红"，词人移情红叶，觉其亦因别离而愁苦。"冷波"暗含"凌波"之意。此句按照正常语序应是"冷波红叶愁舞"。红叶在秋江之上翩然起舞，因为即将离别而含愁带怨，如同洛神别去之时，"体迅飞凫，飘忽若神，凌波微步，罗袜生尘。动无常则，若危若安。进止难期，若往若还"。枫落秋江本来是很常见的意境，但因词人刻意的营造，使得"愁红"拟人化而且富有动感，更印出了伊人之倩影。愁红既是红叶，也是词人印象中情人的舞姿与此时情人的离别情态绾合一处而造成的虚像。又如下阕末句"可怜残照西风，半妆楼上"，将光影明灭之小楼比作半妆之美人，也是奇思妙想，将苏东坡"欲把西湖比西子"之奇思更进一步。

（孔燕妮）

花　犯

郭希道[1]送水仙索赋

小娉婷[2]，清铅素靥[3]，蜂黄[4]暗偷晕。翠翘欹鬓[5]。昨夜冷中庭，月下相认。睡浓更苦凄风紧。惊回心未稳。送晓色、一壶葱蒨[⑥]，才知花梦准。　　湘娥[⑦]化作此幽芳，凌波路[⑧]，古岸云沙遗恨。临砌影，寒香乱、冻梅藏韵。熏炉畔、旋移傍枕，还又见、玉人垂绀鬒[⑨]。料唤赏、清华池馆[⑩]，台杯[⑪]须满引。

〔注〕 ① 郭希道：吴文英的朋友，别号清华，家有池馆，曰清华池馆。吴文英词集中有《喜迁莺·同丁基仲过希道家看牡丹》《声声慢·陪幕中饯孙无怀于郭希道池亭，闰重九前一日》《婆罗门引·郭清华席上为放琴客而新有所盼，赋以见喜》等作。 ② 娉婷：形容姿态之美，亦指美人。比喻水仙如美人。 ③ 清铅素靥：指浅淡梳妆。铅，女子化妆之铅粉。靥，酒窝。此形容水仙花色洁白。 ④ 蜂黄：即额黄，古代妇女涂额的化妆品。诗词中常用蜂黄形容花蕊。唐李商隐《酬崔八早梅有赠兼示之作》诗："何处拂胸资蝶粉，几时涂额藉蜂黄。" ⑤ 翠翘攲鬓：翠翘，翠鸟尾上的长羽，喻簪钗之属。唐韦应物《长安道》诗："丽人绮阁情飘飖，头上鸳钗双翠翘。"比喻水仙如美人之簪。攲：倾斜。 ⑥ 葱蒨(qiàn)：青翠茂盛貌，比喻水仙枝叶翠绿茂密。 ⑦ 湘娥：即湘妃。尧之二女，舜之二妃。舜南巡不返，二女投水而死，为潇湘女神。此处比喻水仙。 ⑧ 凌波路：曹植《洛神赋》："凌波微步，罗袜生尘。"此形容水仙化人，步履轻盈。 ⑨ 绀鬒：浓密的秀发。比喻水仙枝叶。 ⑩ 清华池馆：郭希道家之池馆。 ⑪ 台杯：下有托盘之酒杯。亦比喻水仙花形如酒杯。《群芳谱》："(水仙)色白，圆如酒杯，上有五尖，中心黄蕊颇大，故有金盏银台之说。"

这是一首咏水仙词。上阕写梦中见水仙，醒来方知花梦成真，点明"送水仙"；下阕咏郭希道所送之水仙，结尾归至主人之赏水仙，完足题面"索赋"之意。

上阕开头以"小娉婷"三字总写水仙之美，娉娉袅袅如一小美人。"清铅素靥"至"翠翘攲鬓"三句即以美人为比，描写水仙之姿容韵态。"清铅素靥"，写水仙花色洁白，清雅宜人，如淡扫蛾眉、浅颦轻笑之美人。"蜂黄暗偷晕"，

【鉴赏】

将水仙花蕊比作美人额黄，即李商隐诗"涂额藉蜂黄"之意，用"暗偷"二字，勾勒出灵动之态，"晕"字，似出辛弃疾《贺新郎·赋水仙》词："爱一点、娇黄成晕。""翠翘欹鬓"写水仙花生在翠绿枝叶之中，如一支翠翘斜插在美人云鬓之上。三句分写水仙之花色、花蕊、花形。吴文英爱用"靥"字，词中"斗靥""笑靥""冰靥""醉靥""秀靥""妆靥""粉靥""雪靥""玉靥""春靥""梅靥""凝靥""素靥""清靥""暮靥""愁靥""千靥"等等，层出不穷；又好用"偷"字，如"陡觉暗动偷春花意""秀靥偷春小桃李"等；又好用"欹"字，如"红欹醉玉天上""半欹雪醉霜""微醉欹红""路欹华表"等。"清铅素靥"三句，无论构思还是词句字眼，皆吴文英惯用之笔。"昨夜冷中庭"至"惊回心未稳"四句，写昨夜与水仙在庭中相见，冷月澹然，睡中但觉风寒袭人，醒后懵懂心惊。此四句化用赵师雄在罗浮山遇梅仙故事。旧题柳宗元《龙城录》载赵师雄过罗浮山，"天寒日暮，在醉醒间，因憩仆车于松林间酒肆傍舍，见一女子淡妆素服出迓师雄，时已昏黑，残雪对月色微明，师雄喜之，与之语，但觉芳香袭人，语言极清丽……顷醉寝，师雄亦懵然，但觉风寒相袭久之，时东方已白，师雄起视乃在大梅花树下，上有翠羽啾嘈相顾，月落参横，但惆怅而尔"。词中与水仙"月下相认""凄风紧""惊回心未稳"云云，皆从此故事而来。"送晓色"三句写清早郭希道送水仙来，方知昨夜水仙之梦乃是预兆。"一壶葱蒨"形容水仙苍翠茂盛，生机勃勃，与梦中之"小娉婷"互相印证，见花梦之准。

过片"湘娥化作此幽芳"三句，将水仙比作湘妃。湘妃投水而成神，亦是"水仙"。诗词中常将花之水仙比喻做湘妃、洛神、汉水神女等人之水仙，如"初疑邂逅，湘妃洛女，似是还非"（王炎《朝中措·九月末水仙开》），"梦湘云，吟湘月，吊湘灵。有谁见、罗袜尘生。凌波步弱，背人羞整六铢轻"（高观国《金人捧露盘·水仙花》），"佩解洛波遥，弦冷湘江渺"（卢祖皋《卜算子·水仙》），等等。三句写水仙幽香馥郁，似为湘妃所化，一路凌波而来，在古岸边留下满怀遗恨。"云沙遗恨"，指屈原作《怀沙》沉水而死，辛弃疾《贺新郎·赋水仙》:“灵均千古怀沙恨。”屈原投楚江而死,湘娥自楚而来,自然记得当年之事。“临砌影”三句写砌下梅花幽香零乱,因寒冷而藏韵。“临砌影”指梅花,南唐李煜《清平乐》词:“砌下落梅如雪乱。”“藏韵”即收敛风韵,王炎《念奴娇·海棠时过江潭》词:“藏韵收香,谁能描貌,阁尽诗人笔。”梅与水仙花期相近,香气俱清雅宜人,诗中常常并写。黄庭坚《王充道送水仙花五十枝欣然会心为之作咏》诗:“山矾是弟梅是兄。”王十朋《四日雪坐间有江梅水仙花因目曰三白》诗:“得水成仙最风味,与梅为弟各芬香。”梅与水仙孰更胜一筹,是诗词中一段公案。有像黄庭坚一样认定梅为兄水仙为弟的,也有认为“水仙未可呼为弟,此是春风第一花”(艾性夫《山礬代山谷改评》),或者“同在寒梅应愧死,枯枝犹说傲冰霜”(曹彦约《水仙》)的。此词中,以梅花为衬,不写二者标格之高低,而写二者所处之不同。梅花在室外,韵寒香乱,而水仙则在室内,被人珍惜。“熏炉畔”三句,写水仙置于熏炉之畔,又转而移至枕边,亲见其花容绀鬓,以“玉人”呼应“湘娥”。“料唤赏”三句,逆笔写郭希道送水仙之前情景。词人料想水仙送来之前,郭氏一定呼朋伴侣,在清华池馆满斟美酒,共赏水仙之幽韵清香,点明题目中郭氏送水仙以索赋之意。“台杯”,双关酒杯与水仙花。水仙花形如酒杯,上品者有金盏银台之说,水仙诗词中多赋其事,如韦骧《减字木兰花·水仙花》“玉盘金盏”、辛弃疾《贺新郎·赋水仙》“但金杯的皪银台润”等等,词人在此处以“台杯”二字轻轻写过,便觉灵巧。

此词咏水仙而从梦境下笔,以友人送水仙来印证花梦,起笔不俗。将水仙比作湘娥,亦从花梦而来。先写梦中,再写梦后,又以砌下冻梅为衬,更见枕旁水仙之珍重,而结笔逆写友人送花前之酌酒赏花,则将梦前梦中梦后之事全部写到,完足“花梦”。

(孔燕妮)

浣溪沙

门隔花深梦旧游，夕阳无语燕归愁。玉纤香动小帘钩。

落絮无声春堕泪，行云有影月含羞。东风临夜冷于秋。

这是怀人感梦之词，所怀所梦何人，难以查考。旧日情人，一度缱绻，而今离隔，欲见无由。思之深故形之于梦，不写回忆旧游如何，而写所梦如何，已是深入了一层。

“门隔花深”，指所梦旧游之地。当时花径通幽，春意浓郁。不料我去寻访她时，本拟欢聚，却成话别。为什么要离别，词中并未明说。时则斜照在庭，燕子方归，也因同情人们离别之故，黯然无语，相对生愁。不写人的伤别，而写惨淡的自然环境，正是烘云托月的妙笔。前结“玉纤香动小帘钩”，则已是二人即将分手的情景了。伊人纤手开帘，二人相偕出户，彼此留恋，不忍分离。“造分携而衔涕，感寂寞而伤神。”（江淹《别赋》）下片就是深入刻画这种离别的痛苦。

下片用的是兴、比兼陈的艺术手法。“落絮无声春堕泪”，这兼有两个方面的形象，一是写人，“执手相看泪眼，竟无语凝咽”（柳永《雨霖铃》），是写离别时人的吞声饮泣。但这略去了。絮花在空中飘落，好像替人无声堕泪，这是写春的堕泪，而人即包含其中。“行云有影月含羞”，和上句相同，也是一个形象表现为两个方面：一是写人，“别君时，忍泪佯低面，含羞半敛眉”（韦庄《女冠子》），是写妇女言别时的形象，以手遮面，主要倒不是为了含羞，而是为了掩泪怕被人知，增加对方的悲伤；二是写自然，行云遮月，地上便有影子，云遮月是由于月含羞。刘熙载说：“词之妙，莫妙于以不言言之，非不言也，寄言也。”(《艺概·词曲概》)又说：“词以不犯本位为高。”(同上)此词“落絮”“行云”一联就是“寄言”，就是“不犯本位”。表面是写自然，骨子里是写人。词人把人的感情移入自然界的“落絮”与“行云”，造成了人化的大自然。而大自然的“堕泪”与“含羞”，也正是表现了人的离别悲感的深度，那就是说二人离别，连大自然也深深感动了。这两句把离愁幻化成情天泪海，真乃广深而又迷离的至美的艺术境界。“悲莫悲兮生别离，乐莫乐兮新相知”(《九歌·少司命》)，“死别已吞声，生别常恻恻”(杜甫《梦李白》)。这种黯然消魂，心折骨惊的离情，怎么能忘怀呢！有所思，故有所梦；有所梦，更有所思。无明无夜，度日如年，这刻骨相思是够受的。

如此心情，如此环境，自然完全感觉不到一丝春意，所以临夜的东风吹来，比萧瑟凄冷的秋天还萧瑟凄冷了。这是当日离别时的情景，也是梦中的情景，而且也是今日梦醒时的情景。古人有暖然如春、凄然如秋的话，词人因离愁的沉重，他的主观感觉却把它倒转过来，语极警策。

陈廷焯《白雨斋词话》：“《浣溪沙》结句贵情余言外，含蓄不尽，如吴梦窗之‘东风临夜冷于秋’，贺方回之‘行云可是渡江难’，皆耐人玩味。”薛道衡《奉和月夜听军乐应诏》诗：“月冷疑秋夜。”韩偓《惜春》诗：“节过清明却似秋。”春天月夜风冷，是自然现象；加上人的凄寂，是心理现象，二者交织交融，就酿成了“东风临夜冷于秋”的萧瑟凄冷的景象，这种气氛笼罩全篇，这是《浣溪沙》一调在结构上得力的地方。

(万云骏)

【原文】

玉楼春京市舞女

茸茸狸帽遮梅额，金蝉罗翦胡衫窄。乘肩争看小腰身，倦态强随闲鼓笛。　　问称家住城东陌，欲买千金应不惜。归来困顿殢春眠，犹梦婆娑斜趁拍。

这是写京城的年小舞女。京市，即指南宋都城临安。周密《武林旧事》卷二"元夕"条："都城自旧岁冬孟驾回，则已有乘肩小女，鼓吹舞绾者数十队，以供贵邸豪家幕次之玩。而天街茶肆，渐已罗列灯毬等求售，谓之灯市。自此以后，每夕皆然。三桥等处，客邸最盛，舞者往来最多。每夕楼灯初上，则箫鼓已纷然自献于下。酒边一笑，所费殊不多，往往至四鼓乃还。"这些小女舞队，每逢佳节，游人众多，就穿街过市，到天街茶肆，箫鼓齐鸣，为游客演出。

这词上片写舞女列队过街的情况。"茸茸狸帽遮梅额，金蝉罗翦胡衫窄"，这是写舞女的装束与打扮。先写头面。头戴着细毛茸茸的狸皮帽子，它遮掩了妆饰着梅花的额角。梅妆，是额妆。据《太平御览·时序部》引《杂五行书》："宋武帝女寿阳公主，人日卧于含章殿檐下。梅花落公主额上，成五出花，拂之不去。皇后留之，看得几时。经三日，先之乃落。宫女奇其异，竞效之。今梅花妆是也。"把梅花瓣的样子画在额上就是梅花妆。狸帽没有全掩额角，故美丽的梅妆仍隐约可见。接着是写舞女身上的穿着。她们穿着金色的薄如蝉翼的罗衫，窄小称身。再接着是写到这些小女骑在大人肩上，细腰袅娜，但由于太累而显出倦态；又不得不随着鼓笛的节拍而勉强做出与之相适应的姿势。

下片写小女们的舞技,但不从正面而从侧面写出:一是年少的观众争相问讯舞女们的家住何处,问后才知她们住在城东的街巷里。二是那些小女们的舞技实在精妙,所以词人观赏困倦回来以后,在梦中还仿佛见到她们婆娑起舞呢。柳永有四首《木兰花》都是写艺妓们的歌舞的,其中第三首云:

虫娘举措皆温润,每到婆娑偏恃俊。香檀敲缓玉纤迟,画鼓声催莲步紧。　　贪为顾盼夸风韵,往往曲终情未尽。坐中年少暗消魂,争问青鸾家远近。

这首柳词,可说是吴文英《玉楼春》的蓝本。不过柳词写得明显,吴词则含蓄。柳词中正面写虫娘舞技的语句很多,如说她举止温雅,动作准确,手足的一举一动和檀板、画鼓的节奏快慢密切配合;她跳舞时喜欢显示自己的美妙的技艺,顾盼生姿,风韵不尽,到了歌曲终结时好像还没有舞得过瘾。这词共八句,却用了六句正面写舞蹈。末了两句是年少的观众由于对虫娘色艺的欣赏而争问她家的住处,是侧面衬托的笔法。我们再把吴词和柳词比较一下,写法便觉得有较大的不同。吴词正面写小女舞蹈的句子不多,只有"倦态强随闲鼓笛"一句,而且我认为这只是她们乘肩时的姿态,只是过街时作"广告"性质,还谈不上正式的表演。过片"问称家住城东陌,欲买千金应不惜",是写观众的反应,借以衬托她们舞技的精妙。而结句"归来困顿殢春眠,犹梦婆娑斜趁拍",则是作者观赏小女们舞蹈后印象极深,梦中还重现她们依着音乐节拍婆娑起舞的姿态。这两句看来是闲笔,却比正面写舞技的精妙还要有力量。正好像听到传说中韩娥的歌唱,余音绕梁三日不绝一样,耳朵里的美妙歌声久久未能消歇。吴文英善于用梦幻来衬托真实,反映真实。"衬托不是闲言语,乃相形相勘紧要之文,非帮助题旨,即反对题旨，所谓客笔主意也。”（刘熙载《艺概·经义概》）吴文英的词善于写梦，善于用“客笔”来表现“主意”。如他有名的《点绛唇·试灯夜初晴》，下片“辇路重来，仿佛灯前事。情如水。小楼熏被，春梦笙歌里”，结处“情如水”三句谭献极加欣赏，说是“足当‘咳唾珠玉’四字”。这词精警处在于结尾，因为“情如水”三句通过梦境，把元宵前夕忆旧伤今的感伤情绪非常含蓄地反映出来了。《玉楼春》结句“归来困顿殢春眠，犹梦婆娑闲趁拍”二句写的梦境，一方面固然是赞美这些年小舞女们姿色艺技的高超，但另一方面也未尝不包蕴着词人对她们随人摆布的不自由的生活遭遇的怜惜。读第四、五、六句可见。这样就使这词的思想境界提高一步了。

（万云骏）

点绛唇 试灯夜初晴

【原文】

卷尽愁云，素娥临夜新梳洗。暗尘不起，酥润凌波地。

辇路重来，仿佛灯前事。情如水。小楼熏被，春梦笙歌里。

南宋都城临安的灯市，在每年元宵节以前就已极其热闹。据周密《武林旧事》卷二记载：“禁中自去岁九月赏菊灯之后，迤逦试灯，谓之‘预赏’。一入新正，灯火日盛。……天街茶肆，渐已罗列灯毬等求售，谓之‘灯市’。自此以后，每夕皆然。……终夕天街鼓吹不绝。都民士女，罗绮如云。”都城的灯市，是词人所熟悉的，当年良辰美景、人月双圆的赏心乐事，仍然历历在目，难以忘怀；如今韶华逝去，人事沧桑，孤身只影，每遇佳节，但觉慨恨良多，兴味索然，真可谓是“少年情事老来悲”了。本词调名下题云：“试

灯夜初晴”，据《百城烟水》云：“吴俗十三日为试灯日。”可见是写灯节之事；但词人并未从正面落笔描绘灯市的盛况，而是以试灯夜的景象作为陪衬，用怅惘的笔调透露自己逢佳节而倍觉神伤的落寞情怀，虽仅寥寥数语，却写得纡徐顿挫，舒卷自如，从而宛转地道出内心的万千感慨。

上片“卷尽”两句，写试灯日有雨，而入夜雨散云收，天青月朗气象；以月宫仙女“素娥”代指月亮，即以“新梳洗”形况月容明净，比拟浑成，三字兼带出“雨后”之意。这是写天上。“暗尘”两句写地上，化用苏味道“暗尘随马去，明月逐人来”（《正月十五日夜》）和韩愈“天街小雨润如酥”（《早春呈水部张十八员外》）诗句，而又有所变化、增益，切合都城灯夜雨后光景。“凌波地”，是靓装舞儿行经的街道。《洛神赋》：“凌波微步，罗袜生尘。”凌波原本是形容洛神亭亭出现于水上的姿态，后来就借指步履轻盈的美女。《武林旧事》卷二“元夕”又载姜白石诗云：“南陌东城尽舞儿，画金刺绣满罗衣。也知爱惜春游夜，舞落银蟾不肯归。”形象地刻画了天街月夜的歌舞场面。上片不用一个雨字、灯字、人字，读后便觉灯月交辉，地润无尘，舞儿歌童，结队而至，赏灯士女，往来不绝，这是巧用语言之功。

谭献说此词云：“起稍平，换头见拗怒，‘情如水’三句，足当‘咳唾珠玉’四字。”（谭评《词辨》）说“起稍平”，这是由于上片只是客观地描叙场景；下片才是密切结合自己的回忆、联想，抒发感慨，借此反映出不平静也即“拗怒”的心理状态。“辇路”两句，写词人重游旧地，沉入回忆之中。“辇路”，是帝王车驾经过之路，这里指京城繁华的大街。“重来”，说明词人对眼前的景象曾经相识，从而引起联想，又以“仿佛”两字形容触景念旧的心境。“灯前事”，即赏灯往事。那时自己春衫年少，风致翩翩，记得也是这样的夜晚，月色灯光，交相辉映，箫鼓舞队，绵连数里，真是灯若连珠，人同比翼。在今夜荧煌炫转的灯影下，往昔相偕游赏的镜头又浮现眼前，但“重来”“仿佛”，点出眼前景不是旧时欢，只能引起无限惆怅和感喟。

【原文】

末尾三句，写往事如烟、柔情似水；月与灯依旧，伊人无觅处，自己一往情深的凄凉心事，又向何人去诉说呢？赏灯不能解愁遣怀，反而增添无限慨恨，只好踽踽而行，废然而返，独上小楼，熏被而眠，遥想伊人此刻，心情亦复如是，“谁教岁岁红莲夜，两处沉吟各自知”（姜夔《鹧鸪天》）。“春梦”句紧接上文，描绘深夜入睡以后，那悠扬的歌声乐声，继续不断地萦回荡漾在梦的涟漪中。这里将“拗怒”的词意，融入流转悠忽、委婉多情的笔调之中，形成惝恍迷离的朦胧意境，显得余音袅袅，韵味无穷，真可称得上是“咳唾珠玉”。

（潘君昭）

夜游宫

春语莺迷翠柳。烟隔断、晴波远岫[1]。寒压重帘慢拕[2]绣。袖炉香，倩[3]东风，与吹透。　　花讯[4]催时候。旧相思、偏供闲昼。春澹情浓半中酒[5]。玉痕[6]销，似梅花，更清瘦。

〔注〕 ① 远岫：远山。岫，山峦。 ② 拕：同“拖”，下垂的意思。 ③ 倩：请。宋辛弃疾《水龙吟·登建康赏心亭》词：“倩何人，唤取红巾翠袖，揾英雄泪。” ④ 花讯：即花信。 ⑤ 中酒：病酒。宋张先《青门引》：“庭轩寂寞近清明，残花中酒，又是去年病。” ⑥ 玉痕：美人玉容。

这是一首早春闺怨词。女主人公在早春之时独坐屋中，渴望春风送暖，又惆怅花期易过，青春短暂，而意中人仍不归来，只有旧日相思，饮酒消愁，更见瘦损。

【鉴赏】

上阕首句“春语莺迷翠柳”，“春语”指莺啼。“莺迷翠柳”，而不是莺藏翠柳，可见柳叶未浓，不能藏莺，还能透出黄莺之影，点明早春节令。“迷”字又关合下面“烟”字。早春二月，嫩柳如烟，将水波与远山稍稍隔断，难以看清。“晴波远岫”既指山水，亦暗喻女子眉眼。王观《卜算子》词：“水是眼波横，山是眉峰聚。”秦观《眼儿媚》词：“也应似旧，盈盈秋水，淡淡春山。”春烟隔断山水，亦隔断了女子望向远方的目光，为下文“旧相思”张本。“寒压重帘幔拕绣”一句，从室外移至室内。帘幕重重而仍曰“寒压”，可见春寒之重。“幔拕绣”即绣幔垂之意。重帘阻隔，绣幔闲垂，此时之寒不光春寒，还有女子心中之孤寒。“袖炉香”三句写女子试图驱寒，一面袖着香熏手炉取暖，一面希望东风早日吹透大地，吹透重重帘幕，将春色带入闺中。上阕从室外之春写至室内之寒，透露“思春闺怨”之消息。

下阕以“花讯”二字承上“东风吹透”，写东风带来花讯，花讯又会催动春光流逝。“旧相思、偏供闲昼。”正是花开之时，偏偏无人与共，只有旧日相思，大白天惹愁牵恨。唐杜秋娘《金缕衣》歌：“劝君莫惜金缕衣，劝君惜取少年时。花开堪折直须折，莫待无花空折枝。”花讯催时，花枝待发，而折花之人不在，春光与青春眼看就要流逝，此情此景，何其恼人。“旧相思”，可见折花人远去已久，相思也已陈旧。“供”字是“献愁供恨”之“供”，见女子之愁闷。春日渐长，又值“闲昼”，百无聊赖，为下文饮酒浇愁做铺垫。“春澹情浓半中酒”，春光尚澹，春情已浓，这是女子烦闷之由，也是病酒之由。“半中酒”，说明还未全醉，尚余清醒，符合闺中人身份，若大醉狼藉，则不成体统矣。“玉痕销”三句写女子玉容消减，犹如梅花清瘦。莺语柳翠之时，梅花已经残落，而比梅花更清瘦，可见玉容消减之快，真是“思君如满月，夜夜减清辉”。

此词写思春闺怨，写出闺中人心思曲折处。因春寒而渴望东风吹透，春回大地，又怕花信催时，春光太快，不及意中人归来便已流逝殆尽。以梅花

【原文】

比喻闺中人,正因梅花开在早春之时,因春寒料峭而思春盼春,而春回大地之后,梅花又先一步凋零,伤春怨春,一抔春泪。此中曲折,正与闺中人同意。"春澹情浓"是全篇之题旨,上阕"春语莺迷""寒压重帘""倩东风,与吹透"写春澹,下阕"旧相思""半中酒""似梅花,更清瘦"写情浓。因春澹而思,因情浓而怨,春思春怨中包含着盛年处房室、锦瑟年华谁与度的忧愁苦闷。

(孔燕妮)

醉桃源 芙蓉

青春花姊[①]不同时。凄凉生较迟。艳妆临水最相宜。风来吹绣漪[②]。　　惊旧事,问长眉。月明仙梦回。凭阑人但觉秋肥。花愁人不知。

〔注〕 ① 花姊:指先于芙蓉开放的其他花,因时节早于芙蓉,故曰"花姊"。② 绣漪:形容涟漪如绣。

这是一首咏荷花词。首二句,"青春花姊不同时。凄凉生较迟。"说荷花不像百花开在春天,而是开在六七月中,生不同时。"占断人间六月凉。"(辛弃疾《卜算子·荷花》)"自是荷花开较晚,孤负东风。"(幼卿《浪淘沙》)花姊指开放早于荷花的其他花,称"花姊",有拟人之意。"艳妆临水最相宜。风来吹绣漪。"两句情绪一转,写荷花如艳妆美人,临水而舞,荷风吹拂,涟漪如同纹绣一般细密美丽。荷花虽然生不逢时,却天生丽质难自弃,艳妆照水之时,连风都来吹动涟漪,形成绮丽的纹绣,以衬托其美。

“惊旧事,问长眉。月明仙梦回。”“旧事”,似指汉宫旧事。“长眉”出《古今注》:“魏宫人好画长眉。”此处指宫人侍女。“仙梦”似指赵飞燕风中起舞欲仙去之事。旧题汉伶玄《赵飞燕外传》载汉成帝宠爱赵飞燕,在太液池中起瀛洲,造广榭,高四十尺。赵飞燕在池上歌舞《归风》《送远》之曲,舞到酣处,狂风大起。赵飞燕在风中摇摇欲去,扬袖曰:“仙乎? 仙乎? 去故而就新,宁忘怀乎?”汉成帝让人拽住她的裙子,风止,裙为之皱。赵飞燕不得飞去,哭泣说:“皇帝宠爱我,使我不能仙去。”宫人仿效她的褶皱之裙,号曰“留仙裙”。张炎在咏荷词《绿意》中用此典,“回首当年汉舞,怕飞去、漫皱,留仙裙褶。”荷花如当年的赵飞燕一般在风中翩跹起舞,如欲仙去,却忽从仙梦中惊醒,但见月明如水。惊于旧事,便向旁边的侍女询问。荷花本是仙品,“此花端合在瑶池”(陆龟蒙《白莲》),却不能仙去而被迫滞留人间,自然愁苦。“凭阑人但觉秋肥。花愁人不知。”凭阑之人只觉秋天鱼藕肥美,却不知道荷花生不逢时又不能归去仙界的愁苦。“秋肥”形容秋季万物成熟肥美。吴文英《木兰花慢·饯赵山台》:“争似西风小队,便乘鲈脍秋肥。”历来常说花不解人愁,如白居易《过元家履信宅》:“落花不语空辞树,流水无情自入池。”方岳《春词》:“花不知愁句又尘,晚寒独自倚栏频。”欧阳修《蝶恋花》:“泪眼问花花不语。乱红飞过秋千去。”朱淑真《菩萨蛮·咏梅》:“人怜花似旧,花不知人瘦。”晏幾道《鹧鸪天》:“花不语,水空流。年年拚得为花愁。”此处说“花愁人不知”,做翻案语,颇为新颖。

此词两句一转,从生不逢时的凄凉转到艳妆临水的高昂,再转到月明梦回,方知一切都是旧事,最后归结于“花愁人不知”,呼应起首“凄凉”之意。“花姊”“艳妆”“绣漪”,造语绮丽,“凄凉”“旧事”“梦回”,字字哀愁,共同构成一幅飘渺朦胧、含蓄深沉的惜花图。其中或许有词人感叹自己生逢末世、怀才不遇的身世之悲,或许有感叹南宋日薄西山的家国之感。繁华旧事已如仙梦飘渺,不可复追,而人们尚自只顾眼前“秋肥”,沉浸于享乐之中，不知花事已毕，凛冬将至。

（孔燕妮）

定风波

密约偷香□踏青，小车随马过南屏。回首东风销鬓影，重省，十年心事夜船灯。　　离骨渐尘桥下水，到头难灭景中情。两岸落花残酒醒，烟冷，人家垂柳未清明。

吴文英中年时客寓杭州，在一个春天乘马郊游，行至西陵路偶然遇见某贵家歌姬，由婢女传送书信，即与定情。此后，他们曾春江同宿，共游南屏，往来西陵、六桥，享受着爱情的幸福。他们这种爱情也注定是以悲剧收场的。最后一次分别，双方都预感到不幸阴影的跟随，别情甚是悲伤。待到吴文英重访六桥时，那位贵家歌姬已含恨死去。许多年后，词人也不能忘记这段情事，重到西湖总是痛心彻骨地伤悼。这首小令便是吴文英晚年在杭州的悼念之作。

词人最难忘的一段情景是："密约偷香□踏青，小车随马过南屏。""踏青"前缺失一字，但无碍于词意的理解。自清末以来的词家们考证吴文英的词事，都以为其杭州情词都是为其"亡妾"而作。从此两句和《莺啼序》的"溯红渐、招入仙溪，锦儿偷寄幽素"看，可推翻其为梦窗"姬妾"的假说。南宋和北宋一样很重视清明节。这正是暮春之初，江南杂花生树，群莺乱飞，城中士庶都到郊外去踏青。周密记述南宋杭州清明盛况云："南北两山之间，车马纷然。……若玉津、富景御园，包家山之桃关，东青门之菜市，东西马塍，尼庵道院，寻芳讨胜，极意纵游，随处各有买卖赶趁等人，野果山花，别有幽趣。”(《武林旧事》卷三)吴文英是以主观抒情方式叙写往事的。他们是借踏青的机会来实践“密约”，达到“偷香”目的。“密约”为双方秘密的约会；“偷香”是指男女非法结合的偷情。晋时韩寿与权贵贾充之女私通，衣染贾氏奇香，为贾充发觉，后遂称韩寿偷香。“密约偷香”表明他们不是正当的恋爱关系，而双方却又情感热烈，只得采取为封建礼法所不容许的秘密而大胆的行为来实现对幸福的追求。如果吴文英这位踏青的女伴是其妾，就不会如此秘密而浪漫了。“南屏”为杭州城西诸山之一，因位于西湖之南，故又称南山，“南屏晚钟”为南宋西湖十景之一。山“在兴教寺后，怪石秀耸，松竹森茂，间以亭榭。中穿一洞，崎岖直上，石壁高崖，若屏障然，故谓之南屏”(《淳祐临安志》卷八)。这个地方是人们喜去的踏青之地，而且距贵家歌姬住处甚远，一北一南，西湖横隔，不易为人发觉。“小车随马”也是较秘密的办法。北宋时就有一种棕盖车，为宅眷乘坐的车子，有勾栏和垂帘，用牛牵引；南宋时制作得更精致小巧。《清明上河图》里也有这种车，妇女坐在车内，男子乘马在车前导引，或在车后跟随。南屏踏青偷香的情节，在梦窗恋爱过程中是值得纪念的，这种回忆是甜蜜的。词意忽然转变，“回首东风销鬓影”。以“回首”二字连接今昔的关系，既表示南屏之事属于往昔，又表示时间过得真快，回首之间东风销尽花容鬓影，当年踏青女伴早已不在了。这句淡语却有着人世沧桑的深沉感慨。“重省”这个短句，有力地紧承沧桑之感，表示回忆和省认，欲认真地重新审视往事。当春夜在船上对着孤灯，“十年心事”一一涌上心头。词的上阕由幸福的回忆到深沉的反思，逐渐将词情向高潮推进。

苦苦萦绕的“十年心事”是无尽的痛苦悔恨：“离骨渐尘桥下水，到头难灭景中情”。这迸发出作者多年的积恨，沉痛的至情经过艺术的千锤百炼，以精整工稳的语句浓缩而出，具有强烈的感染力。“离骨”，谓伊人已死之遗骨；“尘”，名词作动词用，即成尘，谓其死已久；“桥下水”，桥当是西湖六桥，即《莺啼序》“别后访、六桥无信，事往花委，瘗玉埋香”所述，其人或竟葬身西湖。此句与陆游悼忆唐氏的“玉骨久成泉下土”（《十二月二日夜梦游沈氏园亭》）绝相类。“到头”即“到底”“毕竟”之意；“难灭景中情”即上阕首两句南屏踏青的密约偷香之情，其人虽杳，旧事难忘。词情在高潮之后忽由强烈的抒情转到纡徐的写景，从另一侧面更含蓄和形象地深化词意：“两岸”与上阕之“夜船”呼应，暗示抒情的现实环境；“落花”当是虚拟，象征人亡；“残酒醒”提示结尾的线索。“烟冷，人家垂柳未清明”，是“残酒醒”后对景物的感受。春夜湖上的寒烟，衬托情绪的凄凉。我国习俗，“清明前三日为寒食节，都城人家，皆插柳满檐，虽小坊幽曲，亦青青可爱，大家则加枣䭔于柳上，然多取之湖堤”（《武林旧事》卷三）。“人家垂柳未清明”显为寒食日。词人来到六桥之下悼念情人，这也是十年前踏青的时节，所以重省南屏旧事。三日后即是清明，按照传统习惯应当去为亡故的亲友扫祭，可是作者又能到何处去扫祭情人的芳冢呢！可见他是怕到清明的，那将会更加伤心了。

这首小词里，往昔与现实，抒情与写景，错综交替；上阕与下阕开始两句，今昔对比；结构曲折多变，但转折关系又是较清楚的。词中所表达的悲伤而真挚的情感，亦至动人。

（谢桃坊）

祝英台近

春日客龟溪游废园

采幽香，巡古苑，竹冷翠微路。斗草溪根，沙印小莲步。自怜两鬓清霜，一年寒食，又身在、云山深处。　　昼闲度。因甚

【原文】

天也悭春，轻阴便成雨。绿暗长亭，归梦趁风絮。有情花影阑干，莺声门径，解留我、霎时凝伫。

从词题看，本词是吴文英作客龟溪，在寒食节游春时所写。龟溪在浙江德清县，古名孔愉泽，即余不溪之上流。而废园，是当地一个荒芜冷落的所在，本来已经引不起人们的注意，但词人却在这繁华衰歇之地度过了寒食节。家有盛衰，园有兴废，人也有哀乐；废园的笙歌悠扬的盛时已如过眼烟云，如今只余下苔径野花；词人即以废园的景物作为陪衬，抒发自己的身世之感，两者起着主次分明而又相互衬映的作用。词人黯然的思乡之情就是在四周清幽的环境描写中逐步地透露出来。

废园是个怎么样的所在呢？词人进入园中，但见野花自在地发出幽香，引他伸手去攀摘；丛竹掩映之下的小径，由于人迹罕至而长满了青苔，显得那样清冷凄寂。这里对"古苑"也即废园的景色描写，是着重在一个"废"字。

词人漫步来到龟溪之畔，四顾悄然无人，但是沙滩上却留着不少女子的脚印（小莲步），还有许多弃掷在地的花草，使他意识到由于今天是寒食节，当地女子曾来这儿踏青斗草。寒食节踏青斗草是当时习俗。眼前所见，引起作者一系列的联想。自己远别亲人，作客他乡，逢此节日，不能不触动愁思，由此又生发出下面"自怜"三句词意。

"自怜"三句含有三层意思。作者此次重来德清，已是晚年，所以有两鬓斑白、自伤人老之叹，这是第一层；逢此一年一度的寒食节，又有光阴似箭之叹，这是第二层；再看自己，置身家人遥望不到的异乡，徒增两地相思之叹，这是第三层。各种思绪，交并在一起，真可以说是百感交集了。

换头继续写词人在园中的所见与所感。先说长日闲度，十分无聊；这是由于春天气候多变，忽然间小阴成雨，因此埋怨天公太不作美，为什么如此吝惜春光，使人被雨所阻而不能尽情游赏。在无聊之余，思乡之念倍增，正如唐代无名氏《杂诗》所道："近寒食雨草萋萋，著麦苗风柳映堤；等是有家归未得，杜鹃休向耳边啼。"这也就是所谓的"每逢佳节倍思亲"罢。此处虽然是写天气阴雨无常，但却上接"云山深处"，下开"归梦"，贯串思乡之情，亦非闲笔。

雨丝风片，引出归梦，接着用想象手法加深词意。归期无定，一片乡情只能寄于梦中，但幽思飘渺，犹如随风轻飏的飞絮；自己的归梦也仿佛悠然飘荡在绿阴满地的长亭路上。一个"趁"字极言归梦之迫切。这种写法极富暗示性，并且形象地说明了词人当时苦于有家归未得的内心活动。

异乡的寒食节是在龟溪废园中度过的，在结尾词人是用什么手法来总括词意并收合题目中的"游"字呢？他以拟人化的手法将无情之物化为有情，如杜甫《春望》诗所云"感时花溅泪，恨别鸟惊心"，即是将无情之物化为有情：在词人眼里，那阑干边扶疏的花影，小门畔宛转的莺语，都好像满含情思，其中不仅有对思乡客子同情的慰安，还有殷勤的挽留；使得词人伫立凝思，恋恋不忍离去。这样的结局，亦是别开生面，除了将题意交代清楚，同时又点出园虽废而仍能在客子心头留下美好的回忆，因此也就更耐人寻味了。

（潘君昭）

祝英台近 上元[1]

晚云开，朝雪霁，时节又灯市[2]。夜约遗香[3]，南陌[4]少年事。笙箫一片红云，飞来海上，绣帘卷、缃桃[5]春起。　旧游地，素蛾[6]城阙年年，新妆趁罗绮。玉练冰轮[7]，无尘涴[8]流水。晓霞红处啼鸦，良宵一梦，画堂正、日长人睡。

〔注〕 ① 上元：即元宵节，又称元夕、元夜，在农历正月十五。 ② 灯市：元宵节彩灯。代指元宵。宋周密《武林旧事·元夕》："都城自旧岁孟冬驾回……天街茶肆，渐已罗列灯球等求售，谓之'灯市'。自此以后，每夕皆然。" ③ 遗香：美人遗下之香泽。 ④ 南陌：泛指繁华之地。唐卢照邻《长安古意》诗："北堂夜夜人如月，南陌朝朝骑似云。" ⑤ 缃桃：红色千叶桃花。比喻美人。 ⑥ 素蛾：妇女元宵节插戴的头饰。 ⑦ 玉练冰轮：玉练，月光。练，煮过之丝帛，柔软洁白。冰轮，喻月。 ⑧ 涴：污染。

这是一首元夕感怀词。上阕回忆昔日元宵佳节的胜景，下阕写如今元宵灯市依旧，自己却已不复当日之情怀。

上阕首三句写雪从早上开始下，傍晚时分才云开雪晴，又到了一年一度的赏灯时节。这三句写现在。"夜约遗香"写夜间与人偷期约会。"遗香"本指佳人遗落之香泽，此处指佳人。元宵节是中国古时男女幽会的佳节，欧阳修《生查子》词："去年元夜时，花市灯如昼。月上柳梢头，人约黄昏后。"辛弃疾《青玉案》词："蛾儿雪柳黄金缕，笑语盈盈暗香去。众里寻他千百度，蓦然回首，那人却在、灯火阑珊处。""南陌少年事"点明这都是词人少年时代的旧事，转入回忆。"笙箫一片红云，飞来海上，绣帘卷、缃桃春起。"四句形容元宵之胜景。"红云"指帝王之云，《事文类聚》卷二引《翼圣传》："玉帝所居，常有红云拥之，虽真仙亦不得见其面。"诗词中常用"红云"来比喻皇帝所处之贵重，如苏轼《上元侍饮楼上三首呈同列》诗之一："侍臣鹄立通明殿，一朵红云捧玉皇"，葛胜仲《醉蓬莱·天宁节作》词："缥缈红云，望九重天表"等，也常用"红云"的仙境之意来比喻元宵节灯光遍射、辉煌灿烂

【鉴赏】

之景，如曾巩《钱塘上元夜祥符寺陪咨臣郎中丈燕席》诗："红云灯火浮沧海，碧水楼台浸远空。"本词"红云"取后者之意。"海上"指蓬莱三山。据孟元老《东京梦华录》载："灯山上彩，金碧相射，锦绣交辉，面北悉以彩结，山沓上皆画神仙故事。"因此宋词咏元夕，常以仙山、三山、碧海等比喻灯市，如"云移碧海三山近"（叶梦得《鹧鸪天・元夕次韵幹誉》）。"缃桃"代指美女。这四句是说元宵佳节笙箫鼎沸，灯市花光如射，如同一片红云飞入蓬莱仙境，辉煌飘渺，家家楼上绣帘高卷，美女如云，如同千叶桃花在春日盛放。"缃桃春起"，把美女比作在春天睡起的桃花，新奇有趣，灵动非常。吕渭老《惜分飞・元夕》词："帘映春窈窕，雾香残腻桃花笑。"将帘下美人比作桃花笑，远不如"缃桃春起"新巧。宋朝元宵非常繁华，《武林旧事》载："终夕天街鼓吹不绝。都民士女，罗绮如云，盖无夕不然也。至五夜，则京尹乘小提轿，诸舞队次第簇拥前后，连亘十余里，锦绣填委，箫鼓振作，耳目不暇给。……花边水际，灯烛灿然，游人士女纵观，则迎门酌酒而去。又有幽坊静巷好事之家，多设五色琉璃泡灯，更自雅洁，靓妆笑语，望之如神仙。"观此可以想见"笙箫一片红云，飞来海上，绣帘卷、缃桃春起"四句之景。

下阕以"旧游地"呼应"时节又灯市"，点明以上都属回忆。"素蛾城阙年年"两句，说元宵灯节年年举办，插戴素蛾的女郎和往常一样遍身罗绮，竞夸新妆。"玉练冰轮"两句写元宵之月色。上文有"晚云开，朝雪霁"之语，此处便写雪霁云开，涌出一轮冰月。月似冰轮，光如匹练，月光如流水一般洒满人间，没有一丝埃尘。此玉宇澄清之意。宋词中常形容元夕月光澄澈如仙境，如李光《汉宫春・琼台元夕次太守韵》"星河澹澹，天衢迥绝纤尘。琼楼玉馆，遍人间、水月精神"，刘一止《醉蓬莱・秀城元夕》"共水光澄澈。霜瓦楼台，参差似与，蓬壶相接"，与此词"玉练冰轮"意境颇为相似。"晓霞红处啼鸦"四句，写朝霞红满，啼鸦阵阵，词人身处画堂，日长人睡，旧游种种犹如良宵一梦。"良宵一梦"既可指昨夜刚刚经行过的"旧游地"犹如一梦，也可指少年时代元宵佳节之“笙箫一片红云，飞来海上，绣帘卷、缃桃春起”犹如一梦。“晓霞红处啼鸦”对照回忆中之“笙箫一片红云”。昔日所见是花光散射犹如仙境红云，如今所见是朝霞满眼画堂人静；昔日所闻是笙箫歌吹人声鼎沸，如今所闻是啼鸦阵阵呕哑嘲哳。昔日“夜约遗香”，如今“日长人睡”。昔日“绣帘春起”，今日“画堂日长”。佳景略同，心境大异，正是“物色旧时同，情味中年别”（刘克庄《生查子·元夕戏陈敬叟》）。两相对照，不仅是良宵一梦，更有人生如梦之感。章良能在《小重山》词中写：“旧游无处不堪寻，无寻处，惟有少年心。”可以总结本词意旨。

吴文英好用代字，此词可以看出。词中三处提到美人：遗香、缃桃、素蛾。“遗香”指当年和词人约会之美人。因元宵常有“遗香”之事，成为男女艳情之引，“一片笙箫何处，花阴定有遗簪”（毛滂《清平乐·元夕》），“有多少、佳丽事，堕珥遗簪，芳径里，瑟瑟珠玑翠羽”（丘密《洞仙歌·辛卯嘉禾元夕作》），因此以“遗香”来代指约会之美人。美人盛装打扮，在帘下看灯，靓妆笑语，望之如神仙，连肩并立，如花团簇簇，“蛾眉无数卷帘窥”（邹应龙《鹧鸪天·任静江经略安抚日元夕奉亲出郊》），因此以“缃桃”来代指帘下之美人。女郎于元夕夜佩戴素蛾出游，“闹蛾儿、满城都是”（史浩《粉蝶儿·元宵》），成为元宵节的一大特征，因此以“素蛾”代指城中出游之女郎。根据场合需要，词人用了三组不同词汇来代指元宵美人，可谓工于炼字，穷极精巧。

（孔燕妮）

祝英台近 除夜立春

剪红情，裁绿意，花信上钗股。残日东风，不放岁华去。有人添烛西窗，不眠侵晓，笑声转、新年莺语。　旧尊俎。玉纤

【原文】

曾擘黄柑，柔香系幽素。归梦湖边，还迷镜中路。可怜千点吴霜，寒销不尽，又相对、落梅如雨。

“每逢佳节倍思亲”，这是人之常情。除夕，恰恰又逢立春，浪迹异乡的客子，心情是难堪的。这首词上片极写节日的气氛和他人的欢乐，从中反衬出自己的凄苦。

先写立春。“剪红情，裁绿意，花信上钗股。”“红情”“绿意”指红花、绿叶；赵彦昭《奉和圣制立春日侍宴内殿出剪彩花应制》诗：“花随红意发，叶就绿情新。”花信，指花信风，应花期而来的风。立春，标志着春天的到来，人们剪彩为红花绿叶，作成春幡，插鬓戴发，以应时令。春风吹上了钗股，像是吹开了满头花朵。“花信上钗股”，着一“上”字，用笔婉细，可与温飞卿词“玉钗头上风”（《菩萨蛮》）媲美，似比辛稼轩词“美人头上，袅袅春幡”（《汉宫春》）更为蕴藉风流。

再写除夕守岁。“残日东风，不放岁华去。”在岁暮的最后一天，西坠的夕阳欲下未下，仍在空中留恋；东风缓缓地吹拂，既送来了新春的气息，又好像在挽留将尽的年华，不想让它溜走。这两句写岁月匆匆，时不待人，且切合“除夕立春”的题意。“放”字用得妙。宋人方岳《春晚》诗云：“只有小桥杨柳外，杏花未肯放春归”，可与此句参读。“有人添烛西窗，不眠侵晓，笑声转、新年莺语。”终于，除夕之夜降临，守岁的人们彻夜不眠，剪烛夜话，笑声不绝，在莺啼声中迎来了新岁的清晨。“新年莺语”，用杜甫“莺入新年语”（《伤春》）诗意。

以上的一切，欢欢喜喜，笑语喧喧，都是客中过节者的眼中所见、耳中所闻，则其人自身的孤寂愁苦，自在不言中了。从热闹中写出寂寞，从欢乐中写出凄凉，从笑语中写出辛酸。这位客居在外、有家难归的人，失去了与亲人相聚之乐，是“花无人戴，酒无人劝，醉也无人管”(无名氏《青玉案》)啊。

上片渲染了浓厚的节日欢乐气氛，不能不唤起下片对家庭温馨生活的回忆。陈洵评此词云：“前阕极写人家守岁之乐，全为换头三句追摄远神。”(《海绡说词》)换头云：“旧尊俎，玉纤曾擘黄柑，柔香系幽素。”尊俎：古代盛酒肉的器皿，代指宴席。回忆旧日与家人迎春饮宴，伊人以黄柑荐酒，“纤手破新橙”，香雾噀人，那光景至今仍萦绕心头。客中回忆及此，当然别是一番滋味。上片以景之可喜反衬己情之可悲，人之欢乐反衬己之愁苦，此处又以昔之温馨反衬今之凄清。

对往事的追忆、神往，终于逼出了梦境。而阻隔既久，山水迢递，过去的美好情事，连梦中也难以寻到了：“归梦湖边，还迷镜中路。”湖水如镜，梦影朦胧，离魂游荡，难觅归路。往事，散如轻烟，徒觉无穷迷惘而已。

往事已矣，而今，与谁相对呢？“可怜千点吴霜，寒销不尽，又相对、落梅如雨。”吴霜，用李贺《还自会稽歌》字面：“吴霜点归鬓。”如今是春风吹融了冰雪，可是永远不能销去飞上鬓毛的寒霜，这已经够可悲的了；更何况，落梅如雨，纷飞砌下，斑斑白发与点点白梅相对，这岂不令人凄绝！杜甫咏梅诗意：“江边一树垂垂发，朝夕催人自白头。”在此又一现。

梦窗此词委曲吞吐，欲藏还露，颇得清真风神，而其抒情线索，了然可寻。吴梅论梦窗词云：“貌观之，雕缋满眼，而实有灵气行乎其间。细心吟绎，觉味美于方回，引人入胜，既不病其晦涩，亦不见其堆垛。”(《词学通论》)自是研讨有得之言。真情实感是艺术的生命。有一股真情流贯其中，则无论出之以何种形式与风格，都有其动人之处。此词后半，愈出愈奇。“归梦湖边，还迷镜中路”，意境的幽深冷峭，词中少见，唯白石名句“淮南皓月冷千山，冥冥归去无人管”(《踏莎行》)，可与比并。歇拍处，情意的痛切，设想的灵巧，堪与东坡咏榴花词“若待得君来向此，花前对酒不忍触。共粉泪、两簌簌”(《贺新郎》)前后辉映。

(孙映逵)

澡兰香 淮安重午

盘丝系腕,巧篆垂簪,玉隐绀纱睡觉。银瓶露井,彩箑云窗,往事少年依约。为当时曾写榴裙,伤心红绡褪萼。黍梦光阴,渐老汀洲烟蒻。　　莫唱江南古调,怨抑难招,楚江沉魄。薰风燕乳,暗雨梅黄,午镜澡兰帘幕。念秦楼也拟人归,应剪菖蒲自酌。但怅望、一缕新蟾,随人天角。

这首词,从内容来看是怀念作者的一位能歌善舞的姬妾。此时他作客淮安(今属江苏),又逢端午佳节,不免思念家中的亲人,因而写了这首词。

词写于端午节,所以词中以端午的节候、风俗作为线索贯穿所叙之事和所抒之情。

“盘丝系腕,巧篆垂簪,玉隐绀纱睡觉。”“盘丝”指盘曲的五色丝。端午节古人有以五色丝系臂的风俗,认为这样可以驱鬼祛邪。“巧篆”指书写了咒语或符箓的小笺,姬人把它戴在自己的发簪上,古人认为端午佩带符箓可以避兵气。“绀纱”指天青色的纱帐,此物也正当时令。三句为倒装句,从追怀往昔情事写起:过去每逢端午佳节这位冰肌玉肤的人儿都要早早推帐揽衣而起,准备好应节的饰物,打扮停当,欢度佳节。这里颠倒叙述次序,意在强调题面之“重午”。“银瓶露井,彩箑云窗,往事少年依约。”“银瓶”本指酒器,这里借代为宴饮,“露井”本指没有覆盖的井,因乐府古辞有

"桃生露井上"句,这里泛指花前树下。"彩箑",彩扇,歌儿舞女所持,这里代指歌舞。"云窗"指镂刻精美的花窗。"银瓶"三句词人用了四个富于色彩的名词来描绘往昔的赏心乐事:树下花前的觞往杯来,华堂之中的轻歌曼舞,这一切都随着端午的来临而涌上心头,好像就在眼前;又因时地悬绝,而恍如隔世,令人隐约难辨。"为当时曾写榴裙,伤心红绡褪萼。""写榴裙",用《宋书·羊欣传》典。书法家王献之到羊欣家,羊著新绢裙午睡,献之在裙上书写数幅而去。这故事反映南朝士人洒脱的性格,词人用来表现他和姬人的爱情生活。这两句也是倒装,词人看到窗外榴花将谢,由榴花想到石榴裙,于是自然想起在姬人裙上书写的韵事。石榴花谢,人分两地,乐事难再,不由得使人伤感。"黍梦光阴,渐老汀洲烟蒻"。"黍梦"指黄粱梦,典出唐沈既济的传奇小说《枕中记》。本指人生如梦,这里形容光阴似箭,也暗切端午节吃粽子(也叫角黍)的习俗。"烟蒻"形容嫩蒲的细弱,蒲草也是当令植物。此二句言时如转瞬,连细弱的嫩蒲都要变老,更不要说石榴花了。这也是词人看到外面景色所引起的联想。陈洵说:"'榴'字融人事入风景,'褪萼'见人事都非,却以'风景不殊'作结。"(《海绡说词》)也就是说从景物的衰败中以见人事的变迁,但上片结句点明的"渐老汀洲烟蒻"却是当令景象,风景不殊,更使人感慨人事全非。

"莫唱江南古调,怨抑难招,楚江沉魄。"过片一句也是当时淮安端午日景象,如果说"汀洲烟蒻"是词人眼中所见的话,"江南古调"则是他耳中所闻,用此紧接上片。"沉魄"指屈原。端午节是纪念屈原的,所以后人哀怨抑郁地唱着怀念屈原并为他招魂的歌曲。词人的心情已经非常沉重,这阵阵袭来的"江南古调",更加使之不堪。因此,下片第一韵虽是紧承上片末韵写淮安端午景象,但冠以"莫唱",实际上是表达词人的心绪。"薰风燕乳,暗雨梅黄,午镜澡兰帘幕。"前两句以景物烘托时令。"燕乳"即燕生新雏,《说文》:"人及鸟生子曰乳。"周邦彦《荔枝香近》"看两两相依燕新乳",

【鉴赏】

也用此义。燕子春末夏初生雏，五月梅子黄，梅熟时雨曰黄梅雨。此非必当时实见，故陈洵谓之“空中设景”。“午镜”也是当令物品。端午最重“午”时，吴自牧《梦粱录》中记载端午这天书写符箓、烧香都要正逢午时。白居易在《新乐府·百炼镜》中说：“百炼镜，熔范非常规，日辰处所灵且奇。江心波上舟中铸，五月五日日午时。”此日此时所铸之镜才能“灵且奇”，具有驱鬼避邪之功能，所以在端午日要高悬此镜。“澡兰”，古代风俗，端午节人们要用兰汤洗浴（见《大戴礼记·夏小正》），因此《梦粱录》中记载端午又称为“浴兰令节”。“帘幕”设以避人。“午镜澡兰”都是室内情景，为帘幕所屏避。这是作者看到家家帘幕低垂而引起的联想，他想自己所思念的人这时也正在洗浴吧。此句又转回到端午，逼出下两句：“念秦楼也拟人归，应剪菖蒲自酌”。“秦楼”指女子所居。“日出东南隅，照我秦氏楼。”（《陌上桑》）这里用以代指姬人。“拟”，盘算。“菖蒲”为端午当令物品。《荆楚岁时记》言：“端午岁以昌蒲一寸九节者泛酒，以避瘟气。”《梦粱录》中记载端午这天“正是葵榴斗艳、栀艾争香，角黍包金，菖蒲切玉”，可见宋代还有端午剪碎菖蒲泡酒的习俗。此二句意为我想姬人也在独酌菖蒲酒的时候盘算着我何时才能归来吧！“但怅望一缕新蟾，随人天角。”“新蟾”指新月，照应端午，“天角”，天涯海角，指淮安，当时已是南宋北部边界。二句言她的等待也是徒然，她只能同我一样望着天边的新月苦苦相思吧！结句用共望新月表达了无穷无尽的思念之情。

这首词颇能体现梦窗词的特点，它在铺写展开过程中打乱了时间、空间的顺序，也就是说时间、空间可以任意变换。从时间上说是现在和过去的交叉，从空间上说是词人居处淮安和姬人所居之处的交叉。这些片段画面围绕着端午节的风物、景色、风俗组合在一起，似断实续。在风格上也体现了吴词绵密缜丽的特点，词中多意象而少动作，好像它们中间缺少必要的勾连。并爱用丽字和典故，显得意深而词奥。但是抓住了词人感情的脉络和吴词在结构上的特点,还是可以弄明白的。

(王学太)

风入松

听风听雨过清明,愁草瘗花铭。楼前绿暗分携路,一丝柳,一寸柔情。料峭春寒中酒,交加晓梦啼莺。　　西园日日扫林亭,依旧赏新晴。黄蜂频扑秋千索,有当时、纤手香凝。惆怅双鸳不到,幽阶一夜苔生。

唐圭璋《唐宋词简释》云:"此首西园怀人之作",良是。

西园为词人寓居之地。梦窗词中屡提到西园,如《风入松》咏桂:"暮烟疏雨西园路,误秋娘、浅约宫黄",《莺啼序》咏荷:"残蝉度曲,唱彻西园,也感红怨翠",《浪淘沙》:"往事一潸然,莫过西园。"西园在吴地,是梦窗和情人寓居之处,而二人分手也在这里,故词中屡及之。

此词上片情景两融,所造形象意境有独到之处,勿泛泛读过。首二句是伤春,三、四两句即写到伤别,五、六两句则是伤春与伤别的交织交融,形象丰满,意蕴深厚。"听风听雨过清明","清明"点时令,不错,但还应深入形象,探得词意所在。"清明时节雨纷纷",寒食、清明凄冷的禁烟时节,连续刮风下雨,那是更够凄凉的。风雨不写"见"而写"听",值得注意。日夜风雨,摧残鲜花,"林花谢了春红,太匆匆,无奈朝来寒雨晚来风"(李煜《相见欢》),这是说白天。"夜来风雨声,花落知多少"(孟浩然《春晓》),这是说晚上。白天对风雨中落花,不忍见,但不能不听到;晚上则为花无眠、以听

【鉴赏】

风听雨为常。首句四个字就写出了词人在清明节前后，听风听雨，愁风愁雨的惜花伤春情绪，使读者生悽神撼魄之感。“愁草瘗花铭”一句紧承首句而来，五字千锤百炼，意密而情浓。落花满地，应加收拾，遂把它打扫成堆，给以埋葬，这是一层意思；葬花已毕而仍不惬于心，心想应该为它草就一个瘗花铭，庾信有《瘗花铭》，此借用之，这是二层意思；草（此为动词）铭时为花伤心，为花堕泪，愁绪横生，故曰“愁草”，这是三层意思。词人为花而悲，为春而伤，情波千叠，都集中反映在此五字中了。“楼前绿暗分携路，一丝柳，一寸柔情”，接着写伤别。梦窗和情人分手，就在这里。“暮烟疏雨”的“西园路”，“感红怨翠”的西园，是词人终生不能忘的地方，所以说“往事一潸然，莫过西园”。这里是抓住依依杨柳来叙写别情。“红稀”自然“绿暗”，此二句和首二句仍有内在联系。杨柳是多情的，一枝柳含一寸柔情，万丝柳有千尺柔情，睹此柔丝袅娜的杨柳，能不回想别时，痛伤别后！“料峭春寒中酒，交加晓梦啼莺”，二句可对可不对，此用对偶，意象更为密集。春寒病酒，是为春伤，意重伤春，但何尝不包括别情在内？晓莺破梦，是梦中惜别，是伤别，但也何尝不包括伤春在内。“料峭”“交加”用得好，病酒往往畏寒，而“料峭”的春寒又复侵袭之，真是“残寒正欺病酒”。“交加”，杂多重沓貌，此指梦境，亦指莺声，人迷困在杂沓的梦境之中，莺啼声声，时醒时梦，写出愁梦困扰情况，他笔所不能到。上片是愁风雨，惜年华，伤离别，意象集中精练，而又感人至深，显出梦窗词密中有疏的特色。

下片写清明已过，风雨已止，天气放晴了。但思念已别的情人，何能忘怀！有一种写法，是因深念情人，故不忍再去园中平时二人一同游赏之处了，以免触景生悲，睹物思人。但梦窗却用进一层的写法，那就是写照样（依旧）去游赏林亭。“依旧”者，虽不忍去，而仍不忍不去也。及其去后，见秋千索而思旧日荡秋千之人，但却不正面写，而从侧面写，写黄蜂因索上凝着荡秋千人纤手的香气而频频扑去。黄蜂如此，则人可知矣。这就是前人词话中常说的"不犯本位"(刘熙载《艺概·词曲概》)。谭献云:"此是梦窗极经意词,有五季遗响。'黄蜂'二句,是痴语,是深语。结处见温厚。"(谭评《词辨》)怀人之情至深,故即不能来,还是痴心望着她来。"日日扫林亭",就是虽毫无希望而仍望着她来。离别已久,秋千索上的香气未必能留,但仍写黄蜂的频扑,这是幻境而非实境。陈洵说:"见秋千而思纤手,因蜂扑而念香凝,纯是痴望神理。"(《海绡说词》)这也可说是诗的真实和生活的真实的区别吧?结句"双鸳不到"(双鸳是一双绣有鸳鸯的鞋子),明写其不再来而生出惆怅。而这惆怅之情,仍不抽象地说出,而用形象来表达。"幽阶一夜苔生",语含夸张。庾肩吾《咏长信宫中草》:"全由履迹少,亦欲上阶生。"李白《长干行》:"门前迟行迹,一一生绿苔。"梦窗此句似从上二诗脱化而来。不怨其不来,而只说"苔生",这就是谭献所说的温厚。又当时伊人常来此处时,阶上是不会生出青苔来的,现在人去已久,所以青苔滋生,但不说经时而说"一夜",也见出二人双栖之时,欢爱异常,印象深刻,仿佛如在昨日,故云"一夜苔生",这样的夸张,在事实上并不如此,而在情理上却是真实的,所以说"见温厚"。

(万云骏)

风入松 邻舟妙香

画船帘密不藏香。飞作楚云狂。傍怀半卷金炉烬[①],怕暖销、春日朝阳。清馥晴熏残醉,断烟无限思量。　凭栏心事隔垂杨。楼燕[②]锁幽妆。梅花偏恼多情月,慰溪桥、流水昏黄。哀曲霜鸿凄断,梦魂寒蝶[③]幽飏。

【原文】

〔注〕 ①“傍怀”句：傍怀，形容香气依人。金炉烬，金炉香烬。 ②楼燕：代指女子。苏轼《永遇乐》：“燕子楼空，佳人何在，空锁楼中燕。” ③寒蝶：用庄周梦蝶事。《庄子·齐物论》：“昔者庄周梦为胡蝶，栩栩然胡蝶也。自喻适志与！不知周也。俄然觉，则蘧蘧然周也。不知周之梦为胡蝶与？胡蝶之梦为周与？周与胡蝶，则必有分矣。此之谓‘物化’。”

此词写因为邻舟飞来的熏香而引起愁绪情思。上阕吟咏“邻舟妙香”，下阕勾画词人心事。

上阕首句“画船帘密不藏香”，反用陆放翁诗“重帘不卷留香久”（《书室明暖终日婆娑其间倦则扶杖至小园戏作长句》），写画船虽然帘幕严密，但香气仍然飞洒而出，幻作一片销魂楚云。香必有烟，云从烟来，然而飞作楚云者，非谓香真能化云，而谓闻香者心头自生楚云、自惹情思耳。楚云而“狂”，可见闻香者心中情思何其丰富，脑中联想何其发达。以下皆是“狂”之描述。“傍怀半卷金炉烬”三句，写闻香者想象香烟依傍美人身旁，烟雾半卷，香灰欲烬，仿佛香气销魂蚀骨，就快要融化在春日朝阳之中。“朝阳”呼应“楚云”，楚怀王梦神女，神女自言旦为朝云，暮为行雨。“春日朝阳”，象征着闻香者此时的情绪正如春阳般暖酥销魂。“清馥晴熏残醉”两句写清香馥郁，在晴空暖日下熏醒了残醉之人，烟断香残，引人心中思量无限。“残醉”，可见闻香者之前醉酒，为上文闻香而引发“楚云狂”做一解释。香气能醒醉，有前例，如“嗅蕊醒残醉”（韩维《九日席上赋得茱萸》）。“晴”字自上“春日朝阳”而来。前已说“金炉烬”，此处言“断烟”，可见照应。因断烟而引起无限思量，思量者，不仅在“烟”，更在“断”。闻香者所思者，当为一如妙香般诱人，又如断烟般离去之女子。

下阕从“无限思量”进一步展开。“凭栏心事隔垂杨。”凭栏者，凭高怀远；垂杨者，水边垂杨。点明闻香者所处之地点。如高观国《解连环》词所写："隔垂杨，故人望断，浸愁万斛。"凭栏怀人，所怀者在下一句"楼燕锁幽妆"中。闻香者所思之人如燕子深锁楼中，"幽妆"写其无心理妆，装饰清淡。"梅花偏恼多情月，慰溪桥、流水昏黄。"三句用林逋"暗香浮动月黄昏"诗意。恼，撩拨、招惹的意思。周密《曲游春》："燕约莺期，恼芳情偏在，翠深红隙。"梅花偏要撩拨多情明月，映着溪桥流水，浮动暗香无限。此处绾合题目"妙香"，以邻舟妙香引出梅花暗香。以梅花比喻所思之人，以多情月比喻自己。"慰"字是反写一笔，既已远隔深锁，偏偏又要留香恼人，慰而不慰，引人遐想，更引人相思烦恼。"哀曲霜鸿凄断"一句，从梅花而来。哀曲指《梅花落》，姜夔《疏影》咏梅："还教一片随波去，又却怨、玉龙哀曲。""霜鸿"指秋鸿，上言春日，此时自然不可能有秋鸿。"霜鸿"是闻香人自比，从哀曲而来。上句写梅花暗香惹月，下句已入《梅花落》之哀曲，令闻香者顿如霜鸿般悲凄断肠。"凄断"呼应上阕之"断烟"。思量本因香气而起，香烟既断，则想象中梅香亦断，梅落香残，相思者自然悲凄难耐。"梦魂寒蝶幽飏"，用庄生梦蝶事。香残梦断，闻香者黯然销魂，梦魂如秋日寒蝶一般幽幽飞飏，廓落惆怅。"寒蝶"如同"霜鸿"，都是词人神魂所化。

全词以"邻舟妙香"为引，引出无限思量。词人的情绪跟随香气而变化，当初初闻到香气之时，富有刺激性的气味令词人情思骀荡，不能自已，引发"楚云狂"，想象香气缭绕在美人怀抱之间，依依袅袅，像是要在春日阳光中融化。此是一片销魂之情。随着香烟渐散，词人的情绪随之直转而下。香气令他想起了旧日情人的幽香，情人已去，香气犹存留在词人记忆之中，当受到相似的气味引发，情人之香便在词人心中悠悠复起，如同梅花暗香浮动，偏要招惹多情明月。而邻舟金炉香烬，香烟断绝，在词人心理上所引发的"梅香"也随之断绝，如同梅花凄然而落，引发词人无限悲哀，犹如再经历了一次和情人的离别。此情此景，令词人恍然如梦，神魂如寒蝶一

【原文】

般凄冷飞飏。词人的情绪化作意象，从“楚云”变成“春日朝阳”，再变成“多情月”，最后便成“霜鸿”与“寒蝶”。整首词的色调由暖至寒，从“暖销”到“凄断”，从“飞作楚云狂”到“梦魂寒蝶幽飏”，不依照现实逻辑，而依照词人的情绪转变而选用意象、构造意境，反映了吴文英的词作在构思上情绪化与意识流，在遣词造句上幽邃密丽、富有象征意味的特征。

（孔燕妮）

莺啼序

残寒正欺病酒，掩沈香绣户。燕来晚、飞入西城，似说春事迟暮。画船载、清明过却，晴烟冉冉吴宫树。念羁情、游荡随风，化为轻絮。　　十载西湖，傍柳系马，趁娇尘软雾。溯红渐、招入仙溪，锦儿偷寄幽素。倚银屏、春宽梦窄，断红湿、歌纨金缕。暝堤空，轻把斜阳，总还鸥鹭。　　幽兰旋老，杜若还生，水乡尚寄旅。别后访、六桥无信，事往花委，瘗玉埋香，几番风雨。长波妒盼，遥山羞黛，渔灯分影春江宿，记当时、短楫桃根渡。青楼仿佛，临分败壁题诗，泪墨惨淡尘土。　　危亭望极，草色天涯，叹鬓侵半苎。暗点检：离痕欢唾，尚染鲛绡，亸凤迷归，破鸾慵舞。殷勤待写，书中长恨，蓝霞辽海沈过雁，漫相思、弹入哀筝柱。伤心千里江南，怨曲重招，断魂在否？

《莺啼序》是词中最长的调子。梦窗有三首《莺啼序》。此词集中地表现了他的伤春伤别之情，艺术地、形象地概括了屈原《招魂》的“目极千里兮

伤春心，魂兮归来哀江南”，曹植《洛神赋》的“人神道殊，长吟永慕”，江淹《别赋》的“春草碧色，春水渌波，送君南浦，伤如之何”。它在思想、艺术上达到了很高的层次，可说是撷古代辞赋的菁英，熔慨身与慨世于一炉，堪称吴文英的代表作。夏承焘说：“集中怀人诸作，其时夏秋，其地苏州者，殆皆忆苏州遣妾；其时春，其地杭者，则悼杭州亡妾。”(《吴梦窗系年》)对方是妾还是所恋歌妓，尚可商榷，因其中所忆“招入仙溪，偷寄幽素”等似仅是艳遇范围之内的事而已。此词美不胜收，我们先从其抒情结构入手，串讲其大意。陈廷焯评《莺啼序》说：“全体精粹，空绝千古。”(《白雨斋词话》)陈洵评此词也说：“通篇离合变幻，一片凄迷，细绎之，正字字有脉络，然得其门者寡矣。”(《海绡说词》)从篇章结构入手，此词典范性就更突出；故陈廷焯、陈洵的分析，也颇有中肯处。

全词分为四段。

第一段，闲闲叙起，“伤春起，却藏过伤别”(《海绡说词》)，这是对的。因为把伤别放在伤春的情境中写，也可说在典型环境中表现典型情绪吧。时值春暮，残寒病酒。“病酒”属人事，“残寒”属天时，“天时人事日相催”(杜甫《小至》)。开头第一句凄紧，已把典型环境中的典型情绪写出，并以此笼罩全篇，笔力遒劲，寄正于闲，寓刚于柔，是梦窗词结构上的特色之一。这时词人闭门不出，但燕子飞来唤我出游，好像说，春天已快过去了。于是“驾言出游，以写我忧”。在湖中看到岸上的行行烟柳，不禁羁思飞扬起来。“念羁情、游荡随风，化为轻絮”两句是警句，不但为了束上生下的需要，也为了抒情造境的需要。试想，伤春伤别，思绪万端，从何写出，现在把羁情融化在茫茫飞絮中，便觉对此苍茫，百感交集，所谓烟水迷离之致，所谓推隐之显，就是指这样一种境界。词的承接处大都在前段之末或后段之前，多数用领字或虚字作转换。周邦彦和吴文英的词，则往往用实句作承转，不大用领字。这就是所谓“潜气内转”，非具大气力不可，这是他们和其他词人不同的地方。何谓“潜气”？就是人的内心深处日积月累而形成的潜意识，它具有深微幽隐而非表达出来不可的情感力量。作者写到这里，便有一片羁情，像轻絮一样随风游荡，随风展开；而下面三段所写内容，便都包含在此三句中了。西方美学理论，对于形象创造有“在特殊中显示一般”和“为一般而寻找特殊”的区别，这也就是歌德和席勒的区别，莎士比亚和席勒的区别。梦窗词擅长于即物托兴，于特殊景物中显示一般的情意，因此能从有限中显示无限，言有尽而意无穷。这是特别适合于诗词的表达的。

第二段便追溯别前情事，写初遇时的欢情。时节在清明，地点在西湖，这在吴词中屡次写到。如《渡江云·西湖清明》：“旧堤分燕尾，桂棹轻鸥，宝勒倚残云。千丝怨碧，渐路入仙坞迷津。肠漫回，隔花时见，背面楚腰身。”地点在西湖的苏堤与白堤交叉之处，故云“旧堤分燕尾”。当时词人舍陆而舟，故云“千丝怨碧”“宝勒倚残云”，又云“桂棹轻鸥”“渐路入仙坞迷津”；而在此词中则云“傍柳系马”，又云“溯红渐、招入仙溪”，也是舍陆而舟，借锦婢传情示意，招入“仙溪”的伊人居处。词人其他词中写此事还有的是。“倚银屏、春宽梦窄，断红湿、歌纨金缕”二句，是写初遇时悲喜交集之状。“春宽梦窄”是说春色无边而欢事无多；“断红湿、歌纨金缕”，“断红”，指红泪，因欢喜感激而泪湿歌扇与金缕衣。“暝堤空，轻把斜阳，总还鸥鹭”三句，也是警句，是进一步写欢情，但含蓄不露，周邦彦写爱情也是如此。这是同样写男女欢情，品格自高。我们不妨将秦观《望海潮》前结“柳下桃蹊，乱分春色到人家”来对比一下，同样写男女欢遇，也是十分含蓄的。这三句用写景寓人事，意谓时间已近黄昏，暮色笼罩的湖堤上，游人尽去，而我幸得在“仙溪”留宿：“斜阳只与黄昏近”，斜阳原是添愁惹恨之物，如今却与我无分。“今夕何夕，见此粲者。”斜阳啊，你还是伴着湖中鸥鹭，一同憩息去吧！陈洵说：“炼风景入人事，则实处皆空。”这三句既蕴藉而又空灵，意味无穷，足供寻味。

第三段写别后情事。“幽兰旋老”三句突接，跳接，峰断云连。因这里和上片结处，从事实说，还有较大距离。如欢会之后，如何分手；分手之后，其人如何谢世；等等。但这些放在三段中写。此段先写暮春又至，自己依然客处水乡。这既与二段“十载西湖”相应，又唤起了伤春伤别之情。于是从别后重寻旧地时展开一片想象，在头脑中再现初遇、临分等难以忘怀的种种情景。“别后访”四句是逆溯之笔，即一层层地倒叙上去。先是写花谢春空，芳事已付流水，“瘗玉埋香”，是写风雨葬花，实也暗示其人已经去世。这也是赋而比也，是写风景而兼写人事，所谓一笔而两面俱到的。于是逆溯上去，追叙初遇。“长波妒盼”至“记当时短楫桃根渡”，这是倒装句，依文法次序应是：“记当时短楫桃根渡”，“长波妒盼，遥山羞黛，渔灯分影春江宿”。这几句是写当时艳遇。伊人顾盼生情，多么艳丽，即使是潋滟的春波，也要妒忌她的眼色之美；苍翠的远山也羞比她的蛾眉，而自愧不如。因为这是最难忘的事，所以在重访时思想中又会出现此印象。这几句于第二段为复笔：“短楫桃根渡”即是“溯红渐、招入仙溪，锦儿偷寄幽素”；“渔灯分影春江宿”，即是“瞑堤空，轻把斜阳，总还鸥鹭”。复笔的妙处，在于事件复而意象不复。但那里是实写（虽然也是追叙），而这里是在生离死别的心情下的追写。还有，这里所写，又和第一段无一笔犯复，述事不殊，而形象各别，这是词人在艺术技巧上的非常高明之处。如“瞑堤空，轻把斜阳，总还鸥鹭”，是写初遇时自幸、欢快的心情，未将伊人的奇丽绝艳写出，而“长波妒盼，遥山羞黛”二句则将此写出了。这是复笔中的补笔。“渔灯分影春江宿”，即是“瞑堤空，轻把斜阳，总还鸥鹭”，但前一句写景，后二句写情，深得情景双融之妙。此段结处写临分，承上几句而是顺叙。第二段未写分手情况，此则为补写。“青楼仿佛”四字，则把渡头短楫桃根、春江留宿，俱一扫而空，仅供今日的凭吊而已。离情永镌脑海，而人天永隔，真是“此恨绵绵无绝期”了。

接着第四段淋漓尽致地写对逝者的凭吊之情。此段感情更为深沉，意境更为开阔。因伊人逝去，已非一日，词人对她的悼念，也已经岁经年。但绵绵长恨，不随伊人的逝去日久、自己的逐渐衰老而有所遗忘。于是词人便在更长的时间中，更为广阔的空间内，极目伤心，长歌当哭，继续抒写他胸中的无限悲痛之情。这里主要是怅望：“危亭望极，草色天涯，叹鬓侵半苎”；是寄恨：“殷勤待写，书中长恨，蓝霞辽海沉过雁”；是凭吊：“伤心千里江南，怨曲重招，断魂在否？”也有睹物思人的回忆：“暗点检：离痕欢唾，尚染鲛绡，亸凤（钗）迷归，破鸾（镜）慵舞。”鸾镜是妇女日常梳洗的镜台，“鸾镜与花枝，此情谁得知？”（温庭筠词）镜台上饰物凤翅已下垂，而鸾已残破，暗示镜破人亡，已无从团聚。陈洵说：“‘欢唾’是第二段之欢会，‘离痕’是第三段之临分。”这样论词，可谓心细如发。

最后谈谈比兴寄托问题，这也是深入理解、欣赏优秀词篇的关键问题之一。词中的比兴对诗来说有很大的发展。比兴二字可以连读，也可以叫做“兴”。《诗经》中有赋、比、兴，赋与比都容易搞清楚，只有兴比较难明，比较曲折隐蔽。自后屈原《离骚》对兴的运用起了具有本质意义的变化。在《诗经》中，兴有两个特点：一是“先言他物以引起所咏之辞”，如“关关雎鸠，在河之洲。窈窕淑女，君子好逑”（《关雎》），以“他物”关雎，兴起所咏之辞“淑女”是君子的好匹配。二是《诗经》的兴有时是单纯起兴，不含比意。而屈原以后文人作品中的兴，没有不含比意的。而且兴到了屈原手里，在形式上发展到更为高级的程度，它即以“他物”包括“所咏之辞”。如以香草比贤人，省去了贤人，把他即包含在香草之中。自此以后，在诗、词、曲中，兴总是含有比意，总是用高级的形式，是赋而比也，故也连称比兴。而《诗经》的那种形式，除民歌外，已经舍弃不用了。

这种比兴手法，在词中得到了很大发展，如此词中写“游荡随风”的柳絮是赋，但也有比，以它比羁旅之情。“瘗玉埋香，几番风雨”，是写风雨葬花，是赋；但也比伊人的逝世，她墓上已经宿草离离了。

从比兴传统的历史发展看，词中对伤春伤别的传统，发展得最为充分。所谓伤春，不仅伤春光的消失，而且还伤华年的消逝，而且还伤封建王朝的衰颓。伤别，包括生别与死别，还意味着与京都、君王的暌离。故吴文英此词，也寄寓着家国身世之慨。南宋当吴文英时，内则佞臣弄权（贾似道），外则蒙古入犯，国势已处于风雨飘摇之中。晚唐诗人的作品，往往“以艳情寓慨”，唐宋词因之，有更大的发展。“以身世之感，打并入艳情”，更为常见。“惟草木之零落兮，恐美人之迟暮”（《离骚》），这种美人香草的优良的比兴传统，至周邦彦、吴文英而极。屈原《招魂》，“入后异彩惊华，缤纷繁会”，“幽邑瞀乱，觉此身无顿放处”（蒋骥《山带阁注楚辞·余论·招魂》）；而曹植《洛神赋》的“无良媒以接欢兮，托微波以通辞”，联系他的《美女篇》的“盛年处房室，中夜起长叹”，谁能说一赋一诗绝无怀才不遇之恨？沈祥龙《论词随笔》说：“词比兴多于赋。”用伤春伤别的比兴传统来分析唐宋词，才能深入理解其中丰富的意蕴。本文在开头时说，梦窗《莺啼序》集屈原《招魂》、曹植《洛神赋》、江淹《别赋》的大成。如今读至终篇，可以见到词中人去春空、美人迟暮之感，纷至沓来，确含《楚骚》的遗意；而蒿目时艰，风雨如晦，王室式微，身世之慨，君国之忧，也洋溢于字里行间。但这些都不直接说出，而寄托于伤春伤别的形象之中，使此词具有多义性，复叠性，多层次性与朦胧不确定性，而又能从特殊中显示一般，从有限中表现出无限。所以读周邦彦、吴文英的词，不能停留在欣赏它们的名章俊语，缤纷词藻上，而必须掌握其中的比兴深意，否则是会如入宝山空手归的。

（万云骏）

【原文】

莺啼序

横塘棹穿艳锦，引鸳鸯弄水。断霞晚、笑折花归，绀纱低护灯蕊。润玉瘦，冰轻倦浴，斜拖凤股盘云坠。听银床、声细梧桐，渐搅凉思。　　窗隙流光，冉冉迅羽，诉空梁燕子。误惊起、风竹敲门，故人还又不至。记琅玕、新诗细掐，早陈迹、香痕纤指。怕因循，罗扇恩疏，又生秋意。　　西湖旧日，画舸频移，叹几萦梦寐。霞佩冷，叠澜不定，麝霭飞雨，乍湿鲛绡，暗盛红泪。练单夜共，波心宿处，琼箫吹月霓裳舞，向明朝、未觉花容悴。嫣香易落，回头澹碧销烟，镜空画罗屏里。　　残蝉度曲，唱彻西园，也感红怨翠。念省惯、吴宫幽憩，暗柳追凉，晓岸参斜，露零沤起。丝萦寸藕，留连欢事，桃笙平展湘浪影，有昭华秾李冰相倚。如今鬓点凄霜，半箧秋词，恨盈蠹纸。

梦窗词今存三百四十首，恋情词约一百二十余首，约占总数的百分之三十五，绝对数则超过了两宋词人。这一百二十余首词中，有关两个抒情对象的词就占了三分之二，情感较为执着。吴文英恋情词的抒情对象是苏州的一位民间歌妓和杭州的一位贵家歌姬。她们都是封建社会中的不幸妇女，前者是“贱民”，后者虽是贵家之妾而实属家妓性质的。吴文英是著名的词人，许多歌妓都在歌筵舞席前求他即席赋词，不言而喻，体态的优美，亲密的交往，融洽的旨趣等等，使得他们之间发生恋情。但由于封建礼教的压力和封建制度的限制，因而不可避免地在他第一个恋爱悲剧发生之

后，又发生第二个悲剧。吴文英因为政治失意，事业无成，其情感倾注于对爱情的追求，从中追求着人间美好的情感，去发现情感的美和世界的美。这首晚年作的慢词长调《莺啼序》原题为“荷和赵修全韵”，是他借咏荷而抒写了一生的恋爱悲剧，是梦窗词体大思精的杰构之一。

此词具有明显的主观抒情特点，绝非泛泛地咏物。全词共分四叠。第一叠借出水芙蓉的美艳与抒情对象巧妙地重合，生动地刻画了所恋女性的优美形象。“横塘”在苏州盘门之南十余里，北宋词人贺铸曾在此写过名篇《青玉案》，首句便是“凌波不过横塘路”。吴文英曾在盘门寓居，但这女性抒情对象很难知其具体所指。作者以倒叙方法，叙写当年的一个片断。他们在某湖乘舟穿过“艳锦”般的荷丛，观赏和戏弄湖里的鸳鸯。她在晚霞中“笑折花归”，“花”自然是荷花。“绀纱低护”指红黑色的纱帐低掩了灯光，室内的光线暗淡而柔和。这两句包含了自湖归室和由黄昏到晚上的过程，写得简炼蕴藉。“润玉瘦，冰轻倦浴，斜拖凤股盘云坠”，勾画出有似出水芙蓉的女性形态之美。“润玉”以温润洁白的玉喻人；“瘦”是宋人以纤细为美的美感经验；“冰”当是冰肌玉骨之谓。“凤股”为妇女首饰，即凤钗，钗分两股；“盘云”谓妇女发髻，盘绾犹如乌云。她凤钗斜拖，发髻松散欲坠，玉瘦冰轻，浴后十分困倦娇慵。至此作者省略了其余的细节，并且词意跳跃。“银床”为井栏，乐府古辞《淮南王篇》云：“后园凿井银作床。”庭园中井畔常栽梧桐，魏明帝曹叡有“双桐生空井”之句，以后诗词中“井梧”“井桐”之类更颇多见。桐叶飘坠的微细声响引起了他心中秋凉将至的感觉。这结两句难知其是今是昔，或许在词人的感受中已混杂了。

第二叠写作者现实的抒情环境。时光过如飞鸟，往事已隔多年。燕子归来，旧巢不存，惟有空梁，比喻伊人已去。思之思之，风吹竹响，引起错觉，有似故人敲门，但很快便知道，故人是不会像以往一样叩门而入了。这里化用李益“开门复动竹，疑是故人来”（《竹窗闻风》）诗句。因竹而及故

【鉴赏】

人，因故人又想起与竹有关的一件事情："记琅玕、新诗细掐，早陈迹、香痕纤指。"琅玕，指竹。当年她在嫩竹竿上用指甲刻写诗句，香痕犹在，已成陈迹，睹物思人，旧情可堪追忆！"罗扇恩疏"，应是她当时的怨语，而今竟成事实，特别感到后悔和自责。由此引起关于许多往事的种种回忆。第三叠是回忆西湖情事的。第四叠是回忆苏州情事的，顺序恰恰颠倒了，可能作者写作时的意识流程便是这样的。

当年夜泛西湖，"画舸频移"，缓荡双桨，轻波叠澜，香雾空濛。"乍湿鲛绡，暗盛红泪"，是她感极而泣，是欢喜的泪。"练单"即单薄的布被。"练单夜共，波心宿处"，是他们最幸福的夜晚。这个晚上，她为知音者尽情歌舞。"琼箫吹月霓裳舞，向明朝、未觉花容悴"，兴奋欢乐，使她容光焕发，毫无倦意。她为自己所爱者而不顾一切。这段生动感人的描写是吴文英杭州情词中写得很成功的，使人们产生关于青春的欢乐、真挚的情感、浪漫的趣味的联想。词意忽然逆转，以叹息的语气写出西湖情事的悲剧结局："嫣香易落"。"嫣"为红色之姣艳者，"嫣香"以花代人。"回头"与此叠起第三句之"几萦梦寐"相照应，合理地插入这一段艳情的回忆。结尾处痛感往事已烟消云散了。这一叠词，有头有尾，在描写时又处处体现物性，仿佛荷花含烟浥露，在夜风中舞动。

西园是吴文英寓居苏州时所住的阊门外西园，在那里曾多次与所恋的苏州歌妓幽会。他事后在词中伤心谈到："西园有分，断柳凄花，似曾相识"(《瑞鹤仙》)；"西园日日扫林亭，依旧赏新晴。黄蜂频扑秋千索，有当时、纤手香凝"(《风入松》)；"往事一潸然，莫过西园，凌波香断绿苔钱"(《浪淘沙》)。这感伤和怀念的地点总是在西园。此叠词是作者追叙在西园的一段艳情。古代吴王的馆娃宫在苏州，"吴宫"当借指苏州某处，或者就是西园。他与苏州的恋人于"吴宫幽憩"，垂柳掩映，湖岸横斜，为夏季避暑追凉的佳处。"晓岸"句，暗示时间由夜到晓。"桃笙"即凉席。宋人朱翌说："刘梦得云‘盛时一失难再得，桃笙葵扇安可常’。东坡云‘扬雄《方言》以簟为笙’。则知桃笙者，桃竹簟也。”（《猗觉寮杂记》卷上）“湘浪影”，谓竹簟花纹有似湘波之影。“有昭华秾李冰相倚”，谓与美人同此枕簟。黄山谷有诗，题为“赵子充示竹夫人诗，盖凉寝竹器。憩臂休膝，似非夫人之职，予为名曰青奴，并以小诗取之，二首”，其第一首云：“青奴元不解梳妆，合在禅斋梦蝶床。公自有人同枕簟，肌肤冰雪助清凉。”第二首云：“秾李四弦风拂席，昭华三弄月侵床。我无红袖堪娱夜，政要青奴一味凉。”任渊注：“秾李、昭华，贵人家两女妓也。昭华，盖王晋卿（诜）驸马家吹笛妓。”这两句词是合黄诗第一首末二句与第二首首二句之意，很含蓄地写夏夜的“欢事”；“昭华”“秾李”，又借指其人的歌妓身份。“丝萦寸藕，流连欢事”，可见两情之深。这些旧事，可念，亦可痛。全词以“如今鬓点凄霜，半箧秋词，恨盈蠹纸”为结。现在词人已是霜鬓了，“凄霜”谓凄苦之情使鬓发斑白，表明多年以来为旧情所折磨。吴文英在严酷黑暗的南宋后期仅是一位多愁善感的文人，对于现实无能为力，即使对于自己情事的不幸也无法挽回，只有写下恨词来悼念曾爱过的不幸女子。“秋词”意为悲凉之词；“箧”，竹箱，词稿半箧，言其积恨之多；“蠹纸”为虫蠹过的旧纸，言词笺已陈旧。多年积恨，写满蠹纸，这不是一般的闲情逸致，是作者以一生的两件爱情悲剧写成的血泪词。

这首词内容丰富，经过高度艺术处理，是吴文英一生情事的总结。作者以咏物方式表现出来，有意将词意表现得曲折变幻，令人难测。其情感的秘密不愿让人们过于清楚知道，所以构思时，情事的次序先后错乱，某些形象可能竟是两位恋人的叠合，而且将两地两时的情事纠结一起，很难分辨。因其词笔奇幻曲折，词语秾艳，很能代表梦窗的艺术风格。由于此词结构的复杂并将两个情事糅合，谁知竟给后人留下误解，以致曾有词家考证吴文英情事，误以为其情词之抒情对象乃一“去姬”，“吴苑是其人所在，其人既去，由越入吴也”。尽管梦窗词以晦涩难解著称，纵观其全部情词，其情事还是有可解的线索。

（谢桃坊）

绛都春

燕亡久矣，京口适见似人，怅怨有感

南楼坠燕[①]。又灯晕夜凉，疏帘空卷。叶吹暮喧，花露晨晞秋光短。当时明月娉婷伴。怅客路、幽扃[②]俱远。雾鬟依约，除非照影，镜空不见。　　别馆。秋娘[③]乍识，似人处、最在双波凝盼。旧色旧香，闲雨闲云情终浅。丹青谁画真真面[④]。便只作、梅花频看。更愁花变梨霙，又随梦散[⑤]。

〔注〕 ① 南楼坠燕：指亡妾。用绿珠坠楼事。《晋书·石崇传》：“崇有妓曰绿珠，美而艳，善吹笛。孙秀使人求之。……崇竟不许。秀怒，乃劝伦诛崇、建。……崇谓绿珠曰：‘我今为尔得罪。’绿珠泣曰：‘当效死于官前。’因自投于楼下而死。” ② 幽扃：幽闭之门。亦指坟墓。扃：栓门。 ③ 秋娘：唐李锜有妾名杜秋，诗词中常以秋娘代指歌妓。唐白居易《琵琶行》：“曲罢曾教善才伏，妆成每被秋娘妒。” ④“丹青”句：唐进士赵颜，于画工处得一软障，上有一美人。颜谓画工曰：“世无其人也，如可令生，余愿纳为妻。”画工曰：“余神画也，此亦有名，曰真真。呼其名百日，昼夜不歇，即必应之，应则以百家彩灰酒灌之，必活。”赵颜照做，于是真真遂活，从画中下来，饮食言笑如常人，终岁生一子。后友人曰：“此妖也，必与君为患！余有神剑，可斩之。”真真携子上软障，不复再见，唯障上添一子。事见唐杜荀鹤《松窗杂记》。 ⑤“更愁”句：梨霙，梨雪。霙，雪。此以梨雪比喻梨花梦。

【鉴赏】

这是一首忆亡妾词。词人在京口(今江苏镇江)遇到一名和亡妾面貌相似之女子,为之悲感万端,遂赋此词。上阕自怜孤栖,回忆亡妾。下阕写女子面目似亡妾,但终究不是伊人,难慰相思,且相聚时短,纵然是梦,也难长久。

首句"南楼坠燕",用石崇爱妾绿珠坠楼事,点出所思之人身份。吴文英常用"燕"字指离去姬妾。"又灯晕夜凉,疏帘空卷。"写爱妾亡故后自己之孤栖。"又"字指日复一日。"灯晕夜凉"写室内之孤寒,灯晕是烛火之光晕,周邦彦《丁香结》词:"夜寒灯晕。""疏帘空卷"过渡到室外。帘子卷起,却已无人在帘下并肩携手,看庭院风光,是为"空卷"。以下两句写庭院景色。"叶吹暮喧"写树叶簌簌作声,暮色苍茫,周邦彦《过秦楼》词:"叶喧凉吹。""花露晨晞秋光短",写花露在晨光中干涸,如同秋光短暂,此用古挽歌《薤露》意:"薤上露,何易晞。露晞明朝更复落,人死一去何时归。"爱妾已如花露溘逝,词人余下之辰光也已如秋光短暂。此伤妾复伤己之情。以上四句从夜至暮又至晨,显见不是一日之景,而是爱妾亡逝后词人的生活片段。日复一日,词人过着花露晨晞、叶吹暮喧、灯晕夜凉的生活,萧瑟凄凉,哀思不尽。回忆起爱妾生时,"当时明月娉婷伴",爱妾娉婷之影,曾在月下与词人成双作对。此处化用李白《宫中行乐词》"只愁歌舞散,化作彩云飞"和晏幾道《临江仙》"当时明月在,曾照彩云归"词意。当时明月如今仍在,而美人却已如彩云飞去,一去不归,呼应上文"南楼坠燕",伏笔下文"镜空不见"。"怅客路、幽扃俱远。""幽扃"指门户深锁,此处指坟墓。唐骆宾王《乐大夫挽词五首》之五:"华表迎千岁,幽扃送百年。"两句写词人身在异乡,爱妾则深埋墓中,与"当时明月娉婷伴"之景俱已遥远。"远",不仅是空间上的遥远,更是时间上的遥远。"雾鬟依约,除非照影,镜空不见。"三句承接"远"字,写爱妾亡故已久,影像模糊,除非能像当年一样,有镜子能照

【鉴赏】

出她的模样，但是哪里又有镜子能照出伊人呢？为下文遇到面目似亡妾之女子张本。梅尧臣《梨花忆》诗："白玉佳人死，青铜宝镜空。"上阕以"南楼坠燕""花露晨晞""当时明月""幽扃俱远""镜空不见"等词句，连用典故，写足亡妾之恨。

换头"别馆"二字，点出与似亡妾之女子偶逢之地。"秋娘乍识"三句写此人是一名歌妓，和亡妾最相似之处在双眼，令词人乍见之下悲喜交集。人的五官之中，眼睛最能传神。该女子与亡妾相似，正在秋波顾盼之间的凝视。上文写爱妾的模样已经模糊，除非镜中照影，才能再见。此时望见相似之人，彼此凝视，正如镜中见故人。"旧色旧香，闲雨闲云情终浅。""旧色旧香"出周邦彦《玲珑四犯》："休问旧色旧香，但认取、芳心一点。""闲雨闲云"指男女之情。歌妓虽然有亡妾之旧容，但与词人的感情却远远不如亡妾深厚。镜中之影终是虚幻，似人而毕竟不是那人。"丹青谁画真真面。"对着歌妓，就像是有丹青妙手把昔日爱妾画了下来，但是词人与歌妓的感情还太浅，不能像赵颜唤真真一样，让亡妾之情在歌妓身上复生，"便只作、梅花频看。"因此只能将歌妓当作梅花来欣赏，遥寄相思。然而即使如此，也只怕这种相处难以长久。"更愁花变梨霙，又随梦散。"用唐王建《梦好梨花歌》诗意，以梨雪比喻梨花梦。只愁梅花会变作一片梨云，如梦般消散。

此词上阕写"燕亡久矣"，下阕写"适见似人"，上下阕满是新愁旧恨，写尽"怅怨有感"。爱妾已逝，此是一苦；见似亡妾之人而知其不是亡妾，此是二苦；欲将似亡妾之人当作寄情之花，聊以自慰，而又份浅缘悭，便连此寄情之花也将如梨花一梦，散去无踪，此是三苦。苦境层层深入，惆怅怨望之情溢于言表，颇堪玩味。明知不是伊人而偏要"频看"，既想"怜取眼前人"又不忍背离对亡妾之情，既遗憾与新人感情不如与旧人深厚，又担忧不及与新人相处便要别离，其中蕴藏着十分微妙的感情，几有现代心理小说的曲折细腻。回首"花露晨晞"之语，方知不仅是亡妾如花露易晞，即此似亡妾之“梅花”亦如花露易晞。词人与亡妾之情缘易散，与其他女子的情缘又何尝不是如此？花露易晞，花梦易散，“大都好物不坚牢，彩云易散琉璃脆。”行文至此，便有“千红一哭，万艳同悲”之感。这首词的佳处，除了吴文英惯常的构思巧妙、造语精心之外，还在于在感伤亡妾之中，写出了相当细腻曲折的情感和一种深沉普遍的人生痛苦。

（孔燕妮）

惜黄花慢

次吴江小泊，夜饮僧窗惜别，邦人赵簿携小伎侑尊，连歌数阕，皆清真词。酒尽已四鼓，赋此词饯尹梅津。

送客吴皋。正试霜夜冷，枫落长桥。望天不尽，背城渐杳；离亭黯黯，恨水迢迢。翠香零落红衣老，暮愁锁、残柳眉梢。念瘦腰，沈郎旧日，曾系兰桡。　　仙人凤咽琼箫，怅断魂送远，《九辩》难招。醉鬟留盼，小窗翦烛；歌云载恨，飞上银霄。素秋不解随船去，败红趁、一叶寒涛。梦翠翘。怨鸿料过南谯。

这是吴文英饯别好友尹惟晓的一首词。“送客吴皋”三句，以实叙开头，点明“送客”；长桥，即吴江垂虹桥，见《吴郡志》。“试霜”“枫落”，点出时间是在秋天霜夜枫落之时。唐崔信明有“枫落吴江冷”佳句传世。此用之，以写出送别时的凄清景色。下面几句乃着意渲染。“望天不尽”四句以对偶形式出之，极写水行相送，伤离惜别的情景，情致绵邈。客船面向水天而去，而无有尽头，向后一望，则离城越来越远了。主客离别之处已隐约可

【鉴赏】

见，意味着分袂在即；而一水迢迢，充满离恨，也像水天远去无尽。前“望天”二句写景，而景中含情；后“离亭”二句写情，而情中带景：深得景语情语浓淡相间之妙。“翠香零落”以下五句，写水中、岸上所见景物，进一步描绘离情。“红衣”，指荷花，翠叶凋零，花老香消，情兼比兴。李璟《浣溪沙》有句云：“菡萏香消翠叶残，西风愁起绿波间。还与韶光共憔悴，不堪看。”王国维以为有美人迟暮之感。“残柳”是岸上之物，它枝叶黄落，愁烟笼罩，也似替人惜别。睹凋荷而伤年华，见残柳而添离恨，迟暮之嗟，离别之恨，于此交织交融，令人难以为怀了。“念瘦腰”三句，再从“残柳”生发，感旧伤今，今昔映衬，愈增离思。“沈郎”，原指沈约，用其瘦腰事，此词人自喻。过去也曾小泊江边，傍柳系舟，但心情不同，以昔乐衬今苦，而离别黯然消魂之情状愈加突出。

上片写送客的情景，下片则写僧窗夜饮惜别的情景。饯别席上，当地人姓赵的主簿命小妓歌清真词侑尊，所唱可能有别词，如《兰陵王》（柳阴直）、《夜飞鹊》（河桥送人处）、《尉迟杯》（隋堤路）、《浪淘沙慢》（昼阴重）等都是。换头“仙人”三句，用萧史、弄玉吹箫，其后夫妇成仙事，此只喻倚箫唱清真词的小妓，歌声美妙，好似弄玉吹箫作凤鸣一般。《九辩》传为宋玉所作，开头有“憭慄兮若在远行，登山临水兮送将归”之句。这里把弄玉、宋玉两个典故联系起来，意谓即使有像弄玉吹凤箫那样悲咽（即指小妓所歌清真词），作《九辩》的宋玉那样的才华情思，那也无法招悲痛欲绝的送客断魂。这断魂，分天上地下两路随飞云、随寒涛流驶而去。一方面小妓之歌，载着离恨，飞上云霄（醉鬟即指小妓，她也同情离别，故云留盼），这是说断魂化为歌云而飞上天去；另一方面，客人还是要乘船而去。素秋指悲秋伤别之情，不可能因客去而消失，只有一缕断魂，趁着寒涛败叶，一直跟客船远至天涯而已。写得真是离魂踯躅，别思飞扬。梦窗生花妙笔，善于把抽象的思想感情化为具体可感的，甚至可以触着的生动形象，所谓情景结合之妙，就表现在这些地方。结句"梦翠翘，怨鸿料过南谯"，更是神思缥缈。翠翘指所思女子，可能词人因"醉鬟留盼"而联想到所思之情人。他梦想远方的情侣，但不能相见，我这颗离心恐也会随过南楼的悲鸿而远去吧？这化用赵嘏"乡心正无限，一雁过南楼"的诗意。陈洵《海绡说词》说此词"题外有事"，可能就是指这些地方。

此词幻与真结合，隐与显结合，虚与实结合。上片"送客吴皋，正试霜夜冷，枫落长桥。望天不尽，背城渐杳，离亭黯黯，恨水迢迢"，是实叙，写实景，故易懂。"翠香零落红衣老，暮愁锁、残柳眉梢"，寄离愁于枯荷残柳，得情景交融之妙，已是虚实结合，似显而隐了。"念瘦腰，沈郎旧日，曾系兰桡"，不着重写今日的吴江小泊，而追溯旧日之在此系船，今昔映衬，虚实结合，表现灵魂深处隐微、复杂的感情，看似写旧日，实是加倍写今日。下片写僧窗惜别，是实，但别思飞扬，如"《九辩》难招"，"歌云载恨，飞上云霄"，"素秋不解随船去，败红趁、一叶寒涛"等都是幻想飞翔，而又不离实事实景。结句似乎离开了题目，想到自己身上去了，但此由自己与梅津的离别之苦，联系到自己与情人久离之苦，在形象上还有其内在的联系的。梦窗词往往幻多于真，醉多于醒，虚多于实，所以似乎隐晦，有些难读，但如反复吟味，注意其虚实结合处，那么不但可以自隐至显，由虚返实，而且其感情的脉络线索也是可以把握的。

（万云骏）

丑奴儿慢 双清楼

空濛乍敛，波影帘花晴乱；正西子梳妆楼上，镜舞青鸾。润逼风襟，满湖山色入阑干。天虚鸣籁，云多易雨，长带秋

【原文】

寒。　　遥望翠凹，隔江时见，越女低鬟。算堪羡、烟沙白鹭，暮往朝还。歌管重城，醉花春梦半香残。乘风邀月，持杯对影，云海人间。

在南宋，以“销金锅子”著称的西子湖，是不少词客们觞咏流连之地。说来也动听，他们是“互相鼓吹春声于繁华世界，能令后三十年西湖锦绣山水，犹生清响”（郑思肖《玉田词题辞》）。可惜的是大好湖山，就在这回肠荡气的玉箫声里断送了。吴梦窗，就是南宋后期为西湖写出不少词作的一人。

在梦窗所写的西湖词里，这首《丑奴儿慢》要算是较有深刻的思想性并有高度艺术成就的一阕。这里，不仅给西湖作了妍丽的写照，而且也反映了当时多少人们生活在怎样一个醉生梦死的世界里。上片，从雨后风光写起：空濛的雨丝刚才收敛，风片轻吹，荡漾得帘花波影，晴光撩乱。这一画境，已够浓丽。再以西子梳妆楼上，青鸾舞镜作比拟，染成了异样藻彩。西子比西湖的山水，青鸾舞镜比西湖，是比中之比。上面用了浓笔，“润逼风襟”二句，换用淡笔。它不仅把上文所渲染的雨气山光，一语点醒，而且隐然透示披襟倚阑，此中有人。“天虚鸣籁”三句，锤炼入细，写的是阴雨时节，给人以秋寒感觉。下片扩展到隔江远望，以低鬟越女比拟隐约中的隔江山翠。接着把自己所企羡的往还自由的烟沙白鸟，跟沉醉于重城歌管的人们作一对照。在万人如海的王城里，这种人不在少数，词人用“醉花春梦半香残”作嘲讽，当头棒喝，发人深省。于是意想突然飞越，自己要乘风邀月，对影高歌，云海即在人间。词人本身高朗的襟抱，跟醉花春梦者流，又来一个对照。

以“七宝楼台”著称的梦窗词，虽然以严妆丽泽取胜，但像这首词，就不是徒眩珠翠而全无国色之美的。

（钱仲联）

木兰花慢

游虎丘，陪仓幕，时魏益斋已被亲擢，陈芬窟，李方庵皆将满秩

紫骝嘶冻草，晓云锁，岫眉颦。正蕙雪初消，松腰玉瘦，憔悴真真[①]。轻藜渐穿险磴，步荒苔、犹认瘗花痕。千古兴亡旧恨，半丘残日孤云。　开尊，重吊吴魂。岚翠冷，洗微醺。问几曾夜宿，月明起看，剑水星纹。登临总成去客，更软红、先有探芳人。回首沧波故苑，落梅烟雨黄昏。

〔注〕 ① 真真：唐代名妓。唐范摅《云溪友议》："真娘者，吴国之佳人也。比于钱塘苏小小，死葬吴宫之侧，行客感其华丽，竟为题诗。"

此词写于苏州。据夏承焘《吴梦窗系年》云吴文英曾在苏州仓幕任职。仓幕同僚魏益斋将离开苏州，前往京城杭州，同事为他饯行，同游虎丘，梦窗写了这篇词记录游宴，抒惜别之情，并寄寓了身世和兴亡之感。

"紫骝嘶冻草，晓云锁，岫眉颦。"词一开篇就点明这次游宴的时令和气氛，这是通过景物描写表现的。紫骝马不肯吃冻草而长鸣，说明了时令，并暗示分别（李白《送友人》有"萧萧班马鸣"的句子）。天空阴云密布，虎丘也好像双眉紧皱。"锁"字点明一点阳光也没有，并给人以沉甸甸的感觉。马嘶、冻草、云锁、岫眉颦几个意象使全篇笼罩了凄凉的气氛。"正蕙雪初消，松腰

【鉴赏】

玉瘦，憔悴真真。”三句凭吊真娘。“蕙雪”承“冻草”“晓云”而来，这里用“蕙”来形容雪，和下面凭吊美人相应。“松腰”二句用憔悴美人来形容松树枝干之瘦，又把它和楚宫细腰，名妓真娘联系起来，立意颇新。实际上这二句也是一笔双写，既是描写虎丘前的松树，又是凭吊真娘（真娘墓就在进山门不远处）。梦窗有一妾早亡，睹真娘墓未免生感。“轻藜渐穿险磴，步荒苔，犹认瘗花痕”。这是写登虎丘的过程。“轻藜”指很轻的藜杖，梦窗等人扶杖而攀登虎丘。此句用个“穿”字，意在表明虎丘道上林木浓密。“瘗花痕”指埋葬美好事物的痕迹。苏州曾是吴国的国都，阖庐、夫差在这里建立了不少宫殿园囿。词人在险磴荒苔之间辨认过去的繁华的遗迹。“千古兴亡旧恨，半丘残日孤云。”这是词人在一一辨认了过去美好繁华遗迹后发出的感慨。阖庐振兴了吴国，最后在与越国交战中身亡。其子夫差，为父报仇，灭了越国，但最后却放走了越王勾践，耽于酒色享乐，最终又被勾践灭国杀身。“千古兴亡旧恨”一句的涵意是极丰富的，既有夫差如何励精图治，兴邦雪耻；也包括夫差如何被胜利冲昏头脑，沉溺于享乐而导致亡国杀身。“半丘”句是写吊古的环境，把“兴亡旧恨”融入到半丘残照孤云的画面当中，不仅写出吊古在词人心中引起的凄凉之感，而且这个凄凉的画面也正是南宋残山剩水的写照。吴国兴亡的教训在南宋是个敏感的话题。张伯麟在太学墙壁上写了“夫差，尔忘越王之杀尔父乎？”于是被刺配，所以词人就在写景中打住了。

“开尊，重吊吴魂，岚翠冷、洗微醺。”过片紧承上片而来。上片已写到“兴亡旧恨”，所以下片说“重吊”，如果“步荒苔”之时只是由于繁华遗迹所引起的一时枨触的话，那么此时便有开尊细论之意。“吴魂”是包括了吴地的英雄美人的，如阖庐、夫差、伍子胥、西施之类。“岚翠”即指山岚，山间雾气因绿树映衬而呈翠色，往往日暮最浓，故戎昱诗云：“每到夕阳岚翠近。”此与上“残日”呼应。湿润的山雾如寒水浸面，使得微有醉意的人们清醒了，所以他们才能“重吊吴魂”。“问几曾夜宿，月明起看，剑水星纹。”借吊古抒发自己的怀抱。传说阖庐死葬虎丘,以扁诸、鱼肠(均为名剑)三千殉葬,阖庐墓外有水池绕之,名曰剑池。古代传说宝剑沉埋于地下,剑气可以上冲斗牛之间,于夜晚可以看到。因此吊吴魂,必然说到剑池之下的宝剑,谈到宝剑沉埋,必然要说到夜间可以在此看到剑气上冲斗牛。这和辛弃疾《水龙吟》(过南剑双溪楼)中所写"人言此地,夜深长见,斗牛光焰。我觉山高、潭空水冷,月明星淡"的意境有点类似,只是梦窗以疑问句出之,比稼轩平和一些。其中有感叹自己和同事们久沉下僚之意。"登临总成去客,更软红、先有探芳人。"二句送别魏益斋。言登临之后魏就要离吴进京了。"软红"喻指繁华的京师,言魏被亲擢,到杭州后一定春风得意,有如先去探花的使者,这既切合当时节令,又有祝贺魏进京和预祝即离苏州仓幕的陈芬窟、李方庵之意。"回首沧波故苑,落梅烟雨黄昏。"二句以写景总结了全篇,其表达的情感是复杂的。"故苑"即长洲苑,汉吴王林苑,此指苏州。此处有吊古意,所以称"故苑"。站在虎丘上回望苏州,在一片迷茫浩渺的烟雨沧波中,黄昏来临了,梅花虽被风雨所败,但它的飘落也正预示着春天的到来。这幅画面所蕴涵的感情是复杂的,既有吊古伤今、惜别怀人所产生的怅惘情绪,也有因友被拔擢而产生的希望。

这首词是一首记游词,它是按照时间顺序来写的,从早晨到虎丘写起,一直写到傍晚宴会结束。但词人在选材和结构上颇费匠心。首先是起句,词论家们很重视起句,主张开门见山,少些纡徐曲折。这首词开篇即点明"游",干净利落。"紫骝嘶冻草"五个字点明了出游、时令和离别时的气氛。结尾用景语收,融情入景,仿佛无限烟波在眼前荡漾。上片收尾似意已完,叙事、写景、抒情皆备,而下片能另开一境,把吊古、抒怀与惜别结合起来,但并没有离开"游虎丘"这个题目,而且是游虎丘必应有的节目。过片处承前启后把上下片粘合得很紧。在叙写中富于变化,在结构上则是严谨的。

(王学太)

【原文】

木兰花慢

送翁五峰[①]游江陵

送秋云万里，算舒卷、总何心？叹路转羊肠，人营燕垒，霜满蓬簪。愁侵。庾尘[②]满袖，便封侯、那羡汉淮阴[③]。一醉莼丝脍玉[④]，忍教菊老松深。　　离音。又听西风，金井树[⑤]、动秋吟。向暮江目断，鸿飞渺渺，天色沉沉。沾襟。四弦夜语，问杨琼、往事到寒砧[⑥]。争似湖山岁晚，静梅香底同斟。

〔注〕 ① 翁五峰：翁孟寅，字宾旸，号五峰，钱塘人，有《五峰词》一卷。 ② 庾尘：用东晋庾亮（字元规）与王导争斗之典。庾亮与王导俱是东晋权臣。《晋书·王导传》："亮虽居外镇，而执朝廷之权，既据上流，拥强兵，趣向者多归之。导内不能平，常遇西风尘起，举扇自蔽，徐曰：'元规尘污人。'" ③ 汉淮阴：汉淮阴侯韩信，西汉开国功臣，助刘邦取天下，后被吕后杀死。 ④ 莼丝脍玉：莼菜羹、鲈鱼脍。脍玉：细切的鱼肉洁白似玉。据《世说新语·识鉴》载，西晋张翰"在洛见秋风起，因思吴中菰菜羹，鲈鱼脍，曰：'人生贵得适意尔，何能羁宦数千里以要名爵！'遂命驾便归。"因以莼鲈之思喻思乡之情。 ⑤ "又听西风"句：古时井旁常种梧桐。李白《赠别舍人弟台卿之江南》诗："梧桐落金井，一叶飞银床。" ⑥ "四弦夜语"句：四弦指琵琶。白居易《琵琶行》："四弦一声如裂帛。"夜语，指琵琶语。《琵琶行》："小弦切切如私语。"杨琼，唐代江陵歌女，和白居易等有交往。白居易写有《寄李苏州，兼示杨琼》："就中犹有杨琼在，堪上东山伴谢公。"词中多用此典。周邦彦《绮寮怨》词："江陵旧事，何曾再问杨琼。"寒砧：寒秋捣衣声。砧，捣衣石。唐沈佺期《独不见》诗："九月寒砧催木叶，十年征戍忆辽阳。"

【鉴赏】

翁五峰是吴文英的朋友，去贾似道幕府中做官，吴文英写了这首送别词。吴文英往来于达官权贵之间，对贾似道颇有谀辞，集中不少投赠贺寿之作，如《水龙吟·过秋壑湖上旧居寄赠》《宴清都·寿秋壑》《金盏子·赋秋壑西湖小筑》《木兰花慢·寿秋壑》（贾似道别号秋壑）等等，但对于翁五峰投奔贾似道，吴文英似乎并不十分赞同，词中屡有劝退归隐之意。

上阕首句以秋云起兴，“送秋云万里”，起笔高远。“算舒卷、总何心？”秋云舒卷，算来它们又有何心思呢？如李白诗所言：“时时或乘兴，往往云无心。”（《送韩准、裴政、孔巢父还山》）云卷云舒自然没有什么心思，不过辽阔高远，悠然自在而已。三句勾勒出秋云万里，卷舒自如之景，一为离别做背景，二暗示“云无心以出岫，鸟倦飞而知还”（陶渊明《归去来兮辞》）之归隐意，为全词定下基调。接下来以“叹”字领起，一连用了三个短句“路转羊肠”“人营燕垒”“霜满蓬簪”来描述翁五峰此去之艰辛。此去之路是羊肠小路，“羊肠坂诘屈，车轮为之摧。”（曹操《苦寒行》）羊肠小路还要“转”，可见行路之难，道途之艰，亦暗喻翁五峰仕途不畅。此去所为如同燕子垒巢，辛苦经营，翁五峰去贾似道幕中，更如同燕巢危幕，不仅辛苦，而且危险。此去经历风霜，劳苦辛勤，可以想见将来之“尘满面，鬓如霜”。“蓬簪”绾合“转蓬离本根”与“浑欲不胜簪”，写人如飞蓬，发短难簪。这三句将翁五峰此去之辛苦做了极为夸张的描述。顺理成章引出“愁侵”二字。词人替翁五峰愁绪满腹。为何？“庾尘满袖，便封侯、那羡汉淮阴。”三句做了解释。此去贾氏幕中为官，免不了勾心斗角，官场倾轧，就像东晋时的王导与庾亮互相争斗一般，而就算是争斗赢了，封侯拜爵，又能如何？汉朝淮阴侯韩信，国士无双，功劳盖世，仍然落得个身死族灭的下场，这难道值得羡慕吗？“庾尘满袖”，再用“满”字，呼应上句之“霜满蓬簪”。“霜满蓬簪”还只是个人之辛苦，“庾尘满袖”已见官场之险恶，“便”字更进一层，进一步强调了即

【鉴赏】

使暂时风光，但遇到狡诈奸险之主，最终也不会有好下场。贾似道擅权专政，《宋史》评曰："似道既专恣日甚，畏人议己，务以权术驾驭，不爱官爵，牢笼一时名士，又加太学餐钱，宽科场恩例，以小利啖之。由是言路断绝，威福肆行。"吴文英为朋友忧虑，乃至"愁侵"，用了许多艰险之语来儆戒友人不要贪恋官场。末两句"一醉莼丝脍玉，忍教菊老松深"，更是以莼鲈之思、松菊之赏来劝告友人应当及早归隐。及时归来，还能一醉方休，享受莼丝脍玉之美，难道你忍心迟迟不归，让松菊等到花谢树深吗？"忍"在这里是岂忍的意思。菊、松象征隐者，陶渊明《归去来兮辞》："三径就荒，松菊犹存。"此处呼应开头的"送秋云万里，算舒卷、总何心？"

换头"离音"一句回到送别题面。"又听西风"三句描述离别场景。西风又起，秋树叶落，阵阵秋吟，一片萧飒。"金井树"用"梧桐落金井"之典，泛指秋树。秋吟泛指秋声。昔日张翰"见秋风起，因思吴中菰菜羹，鲈鱼脍"，遂辞官而去，飘然归乡，而友人偏偏在此时踏入官场，辜负莼丝脍玉，忍教菊老松深，更令词人觉得可惜。"西风"既呼应上阕开头之"秋云"，又照应"莼丝脍玉"之语。"向暮江目断"三句，写沧江日暮，一片凄寂，即使望断江边，也只见到鸿飞渺渺，天色沉沉。友人从水上离去，"江湖多风波，舟楫恐失坠"，词人感伤离情，不由得泪下沾襟。此时离筵正在奏乐，歌妓琵琶之声在秋风中凄凄夜语，此处用白居易《琵琶行》"浔阳江头夜送客"诗意。杨琼和白居易相熟，是江陵著名歌妓，白居易有《问杨琼》诗。此处用此典，切合"送翁五峰游江陵"题目。送客之人和杨琼之流的歌妓谈说往事，不觉已到深夜，寒砧四起。砧声、琵琶声，凄绝萧瑟，令人肠断。末两句"争似湖山岁晚，静梅香底同斟"，重申劝退之意。此去艰辛，不如和三两好友共赏湖山，度此晚岁，在梅树之下静静酌酒赏花。

吴文英一生未登科第，也不曾仕进，早年在苏州做幕僚，以后游走于达官贵人如丞相吴潜、嗣荣王赵与芮等人之家，做了清客，与官僚贵族们唱和酬酢,但始终未曾做官,最后潦倒以终。从本词中来看,他对于官场深有畏惧,不做官之原因,除了客观因素之外,恐怕也有不愿意、不乐意的主观因素在内。

（孔燕妮）

高阳台

丰乐楼分韵得如字

修竹凝妆,垂杨驻马,凭阑浅画成图。山色谁题?楼前有雁斜书。东风紧送斜阳下,弄旧寒、晚酒醒余。自消凝,能几花前,顿老相如。　　伤春不在高楼上,在灯前攲枕,雨外熏炉。怕舣游船,临流可奈清臞?飞红若到西湖底,搅翠澜、总是愁鱼。莫重来,吹尽香绵,泪满平芜。

丰乐楼是宋时杭州涌金门外的一座酒楼。据《淳祐临安志》载,此楼"据西湖之会,千峰连环,一碧万顷,柳汀花坞,历历栏槛间,而游桡画鹢,棹讴堤唱,往往会合于楼下,为游览最"。淳祐九年(1249),临安府尹赵与𥲅以旧楼卑小,撤去重建,宏丽冠西湖,成为缙绅聚拜之地。吴文英在淳祐十一年春曾作《莺啼序》,大书于楼壁,一时为人传诵。这首《高阳台》,从内容看,应是他晚年重来之作。

词的起首三句写丰乐楼内外所见景色,由楼边的修竹,写到楼下的垂杨,再写登楼远眺,眼底湖山如画。这三句,如杨铁夫在《吴梦窗词笺释》中所分析,"'凝妆',远见;'驻马',则近前矣;'凭阑',已登楼。层次井然。"第

【鉴赏】

四、五两句则紧承第三句。凭阑一望，展现在眼底的湖光山色既宛如天开图画；而天际适有雁阵横空，又恰似这幅画图上的题字。到此，写足了望中所见之景，也点出了分韵题词之事。接下去，按照一般写法，也许应当铺叙宴饮尽醉场面，但词笔跳过了这些场面，在后两句“东风紧送斜阳下，弄旧寒、晚酒醒余”中，所写的已是酒醒之后。句中以“东风”点明季节，以“斜阳下”点明时间。其“旧寒”二字则暗示此次是旧地重来，从而引出过拍“自消凝，能几花前，顿老相如”三句。这时，酒已醒，日已暮，晚风送寒，一天欢会已到终场。词人抚今思昔，楼犹是楼，景犹是景，春花依然如旧，而看花之人已老。其怅惘之情，近似苏轼《东阑梨花》诗所写的“惆怅东阑一株雪，人生看得几清明”。这里，不说“渐老”，而说“顿”老，以见岁月流逝之疾，人事变化之速。

下片换头三句，既承上片最后已表露出的花前“伤春”之感，而又把词意推开，另辟新境，如陈廷焯所说：“题是楼，偏说‘伤春不在高楼上’，何等笔力！”（唐圭璋《宋词三百首笺注》中引）这也就是周济所指出的：“梦窗每于空际转身，非具大神力不能。”（《介存斋论词杂著》中引良卿语）周济还说：“换头……或藕断丝连，或异军突起，皆须令读者耳目振动，方成佳制。”（《宋四家词选目录序论》）这首词的换头，可以说既达到了“藕断丝连”、又达到了“异军突起”的要求。上片，句句未离丰乐楼；下片一开头就以“不在高楼上”五字撇开此楼，把“伤春”之地由“楼上”转到“灯前”“雨外”。可是，词笔刚转换，再推开。下面“怕舣游船，临流可奈清臞”两句，又把想象跳到游湖与“临流”。句中的“清臞”二字是回应上片“顿老相如”句。下片，词人即就湖水展开想象，在“飞红若到西湖底，搅翠澜、总是愁鱼”两句中，把词思在空间上由湖面深入到“湖底”，并推己及物，寄情于景，想象湖底的游鱼也将为花落春去而生愁。结拍“莫重来，吹尽香绵，泪满平芜”三句，更把词思在时间上由现在跳跃到未来，想象此次重来，点点落红已令人百感交侵，异日重来，柳绵也将吹尽。那时只见一片平芜，就更令人难以为怀了。

吴文英生当南宋末期，到他的晚年，国势垂危，因而他后期的词作常发为感时哀世之音。这首词也是如此。它写于酒楼会饮、即席分韵的场合，而词人竟悲从中来，以咽抑凝回的词语表达了这样深切的感慨。其所触发的花前“伤春”之情，近似杜甫在一首《登楼》诗中所说的“花近高楼伤客心，万方多难此登临”。词中的“斜阳下”“飞红”“吹尽香绵”，都不仅是描写景物，而是因物兴悲，托景寄意，所象喻的正是当时暗淡衰落的国运。其在词的结拍处所抒发的“莫重来”的感叹，则是他自己在另一首《金缕歌》中所怀的“后不如今今非昔”的殷忧。刘永济在《微睇室说词》中指出：“此词……感今伤昔，满腔悲慨。作者触景而生之情，决非专为一己，盖有身世之感焉。以身言，则美人迟暮也；以世言，则国势日危也。大有‘举目有河山之异’之叹。”陈洵在《海绡说词》中也认为这首词“是吴词之极沉痛者”。正因词人执笔之际，万念潮生，忧思丛集，其词情是感触多端、百转千回的，其词笔就也是跳动变换、忽彼忽此的。词中有空间的跳跃，也有时间的跳跃，特别是下片，步步换景，句句换意，每转愈深。但是，尽管词句的跳动大，转换多，而整首词又是一气流转，脉络分明的。梦窗词以深曲丽密为其主要的风格特征，属于质实一派，而其成功之作又往往密中见疏，实中见虚，重而不滞。这首词就是在丽密厚重中仍自具有空灵回荡之美。张炎曾在《词源》一书中说：“吴梦窗词如七宝楼台，眩人眼目，碎拆下来，不成片段。”不少人因这几句话而对梦窗词抱有偏见。针对这一偏见，麦孺博评这首词时说：“秾丽极矣，仍自清空。如此等词，安能以‘七宝楼台’诮之！”（《艺蘅馆词选》引）赏析梦窗词，正应看到这一点。

（陈邦炎）

【原文】

高阳台 落梅

宫粉雕痕，仙云堕影，无人野水荒湾。古石埋香，金沙锁骨连环。南楼不恨吹横笛，恨晓风、千里关山。半飘零，庭上黄昏，月冷阑干。　　寿阳空理愁鸾。问谁调玉髓，暗补香瘢？细雨归鸿，孤山无限春寒。离魂难倩招清些，梦缟衣、解珮[1]溪边。最愁人，啼鸟晴明，叶底青圆。

〔注〕 ① 解珮：刘向《列仙传》上《江妃二女》："江妃二女者，不知何许人也，出游于江汉之湄，逢郑交甫。见而悦之，不知其神人也，谓其仆曰：'我欲下请其佩。'……遂手解佩与交甫。"

宋人极赏梅花，各家几乎都有吟咏。南宋初黄大舆集咏梅词四百余阕，辑为《梅苑》，可见当时风气之一斑。建炎以后，词家所作更多。其中虽不免有语意熟滥者，但也不乏耐人吟诵的佳构。吴文英的这首《高阳台》就颇有特色。此词赋落梅。开端即写梅花落："宫粉"状其颜色，"仙云"写其姿质，"雕痕""堕影"，言其飘零，字字锤炼，用笔空灵。第三句为背景补笔。仙姿绰约、幽韵冷香的梅花，飘落在阒寂无人的野水荒湾。境界旷远，氛围淡寒。"古石"二句，上承"雕""堕"，再作渲染，由飘落而埋香，至此已申足题面。"金沙锁骨连环"，用美妇人——锁骨菩萨死葬的传说故事来补足"埋香"之意。黄庭坚《戏答陈季常寄黄州山中连理松枝》诗云："金沙滩头锁子骨，不妨随俗暂婵娟。"任渊注引《续玄怪录》说："昔延州有妇人，颇有姿貌，少年子悉与之狎昵。数岁而殁，人共葬之道左。大历中，有胡僧敬礼

其墓，曰：'斯乃大圣，慈悲喜舍，世俗之欲，无不徇焉。此即锁骨菩萨，顺缘已尽尔。'众人开墓以视其骨，钩结皆如锁状，为起塔焉。"（《续玄怪录》全文见《太平广记》卷一〇一）又《五灯会元》卷十一载：僧问风穴延沼禅师："如何是清净法身？"师曰："金沙滩头马郎妇。"马郎妇，世言是观音化身，与锁骨菩萨传说不同，其事当出一源，看黄山谷诗与风穴语皆涉及"金沙滩头"可知。化为妇人，与少年子狎昵数岁，而一则曰"大圣慈悲喜舍"，一则曰"清净法身"。词用以拟梅花，言梅花以美艳之身入世悦人，谢落后复归于清净的本体，受人敬礼，可谓爱之至，尊之至，而哀悼之意亦在其中。接下来三句陡然转折，"不恨"与"恨"对举，词笔从山野落梅的孤凄形象移向关山阻隔的哀伤情怀，隐含是花亦复指人之意。笛曲中有《梅花落》（李白《与李郎中钦听黄鹤楼上吹笛》诗云："黄鹤楼中吹玉笛，江城五月落梅花。"）。可见，"南楼"句空际转身而仍绾合本题。故陈洵誉为"是觉翁（吴文英晚号觉翁）神力独运处"（《海绡说词》）。下边转换空间，由山野折回庭中。"半飘零"三句，从林逋《山园小梅》"暗香浮动月黄昏"化出。梅既落矣，自无人月下倚阑赏之，故言"月冷阑干"，与下片"孤山无限春寒"同意。下片言"寿阳"，言"孤山"，皆用梅花故实。《太平御览》卷三十《时序部》引《杂五行书》："宋武帝女寿阳公主人日卧于含章殿檐下，梅花落公主额上，成五出花，拂之不去。皇后留之，看得几时，经三日，洗之乃落。宫女奇其异，竞效之，今梅花妆是也。""鸾"是"鸾镜"，为妇女妆镜。"调玉髓""补香瘢"，又用三国吴孙和邓夫人事。和宠夫人，尝醉舞如意，误伤邓颊，血流，医言以白獭髓，杂玉与琥珀屑敷之，可灭瘢痕，见唐段成式《酉阳杂俎》前集卷八。这里合寿阳公主理妆之事同说，以"问谁"表示已无落梅为之助妆添色。孤山在今杭州西湖，宋林逋曾于此隐居，植梅养鹤，人称"梅妻鹤子"。此处化用数典，另翻新意。分从双方落笔，先写对逝而不返的落梅的眷恋，再写落梅蓬山远隔的幽索。"离魂"三句，仍与落梅相扣。"缟衣"与"宫粉"拍合，"溪

【鉴赏】

边"亦与"野水荒湾"呼应。不过，这里用郑交甫遇江妃二女事，并非泛写梅花。"缟衣解珮"暗指昔日一般情事，寄寓了往事如梦、离魂难招的怀人之思。最后一韵，从题面伸展一层，写花落之后的梅树形象。"叶底青圆"四字，用杜牧《叹花》诗"绿叶成阴子满枝"句意，包孕着人事变迁、岁月无情的蹉跎惆怅。

据夏承焘《吴梦窗系年》，梦窗在苏州曾纳一妾，后遣去；在杭州亦纳一妾，后亡故。对去姬亡妾的深深眷念，是吴文英词的一大主题。他有不少实是怀人之作的咏物词，这首《高阳台》便是其中之一。表面看来，似乎只是一篇吊梅花文，其实，写花也就是写人，抒发了挚着深沉的感旧追思之情。"此词当有所指"（俞陛云语），"中有怨情"（陈廷焯语），"有楚骚招魂遗意"（邝士元语），前人所评，确已触及词旨底蕴。虽所怀对象词中未曾明言，但若联系作者的经历并证以其他词章，则此词为去姬亡妾而发，当可基本肯定。

咏物词有白描与用事之别，本篇属于后者。对这首词的用事，批评意见颇多："杂凑""斧凿""不连贯""不融合"，甚至贬之为"碎拆下来，不成片段"的典型代表。其实，这些看法并不公允。用事多，是事实，若说是"失去了文学的整体性和联系性"则未必。"用一故实，必有数故实以辅佐之"，"合数典为一典"（陈匪石《旧时月色斋词谭》）是此词用事的一大特点。"锁骨""寿阳""孤山""解珮"诸事，在看似不相连属的字面的深层，流动着脉络贯通的感情潜流，它们从不同的时空、层面，渲染了隐秘的情事和深藏的词旨。"咏物最争托意，隶事处以意贯串，浑化无迹，碧山（王沂孙，号碧山，又号中仙）胜场也"（周济《宋四家词选序论》）。陈廷焯《白雨斋词话》甚至称赞此词"既幽怨，又清虚，几欲突过中仙咏物诸篇"，恐也着眼于此。不过，若以"浑化无迹"的尺度来衡量，似亦稍逊。

（高建中）

高阳台 过种山

帆落回潮，人归故国，山椒感慨重游。弓折霜寒，机心已堕沙鸥。灯前宝剑清风断，正五湖、雨笠扁舟。最无情，岩上闲花，腥染春愁。　　当时白石苍松路，解勒回玉辇，雾掩山羞。木客歌阑，青春一梦荒丘。年年古苑西风到，雁怨啼、绿水蘋秋。莫登临，几树残烟，西北高楼。

种山在今绍兴北，越王勾践灭吴后，杀了功臣文种，葬在此山。南宋高宗也曾杀掉功臣岳飞，吴文英写词的感兴，或由此起，但词中却不是咏史，而是咏自己重过种山凭吊的感慨的。

梦窗这首词是具有一定豪放情调的，与其他词情调略有不同。“帆落回潮”写日晚潮回时舟船降帆靠岸，“人归故国”即文英回到越王故地。“山椒感慨重游”即在种山山顶怀着感慨再度游观。起三句叙时、地，点出感慨。“弓折霜寒，机心已堕沙鸥”，二句紧承感慨抒发。鲍照《代出自蓟北门行》：“马毛缩如猬，角弓不可张。”这里是比喻语，尽管霜冷而弓断，喻南宋末国事日危，自己已经无意立功名，“机心已堕沙鸥”是说但“机心”不死，虽不用弓箭，沙鸥仍被自己猎心惊堕。这典故是用《列子·黄帝篇》的一个故事的，说有个人好鸟，与鸥鸟同游，一天父亲让他猎取鸥鸟，鸥鸟就舞而不下。意思是人如果心动于内，禽鸟是会觉察的。梦窗用以自喻壮心并未真死。下面说：“灯前宝剑清风断，正五湖、雨笠扁舟。”清风是剑名，灯前照看已断了的清风宝剑，但自己却正驾一叶扁舟，青箬笠，绿蓑衣，用来抵挡风雨，而遨游五湖。感情沉郁而又放浪形骸，自然是有难言隐痛。辛弃疾《破阵子》：“醉里挑灯看剑，梦回吹角连营。”上句就同于辛弃疾词首句意，但表现的是剑已断，人已五湖遨游了！这里只有五湖游是实笔，其他都是借喻虚笔。结三句：“最无情，岩上闲花，腥染春愁。”这里才暗点题，写到思文种，说：最无情的亦即最有恨的事，是文种墓石岩上的闲花野草，似带有剑下血腥气，染成一片春愁。腥字下得触目惊心。文种是越王赐剑让他自杀的。正是“英雄已死嗟何及，天下中分遂不支”！作者的感慨蕴而不露。上片全属兴亡感慨，沈郁顿挫，含意深长，心情矛盾交综，但又不正面写一字，必须从深一层去体会。

后片深入写文种昔日葬处，“当时白石苍松路，解勒回玉辇，雾掩山羞。”当日文种墓道白石路，几列苍松，葬后解下系马的缰绳，送葬玉辇回去，雾气杳冥，山也为忠贤之死替越国含羞。古代写忠贤不幸死去，往往记当日雾气四塞，所以词这样写。这几句纯作想象之笔。下二句写：“木客歌阑，青春一梦荒丘。”这也是用想象的笔写山上的荒凉，“木客歌阑”就是李贺《秋来》诗：“秋坟鬼唱鲍家诗”的意思。《南康记》：“山间有木客，形骸皆人也。……一名山精。”苏轼《虔州八境》诗：“山中木客解吟诗。”木客即山鬼，二句说：秋坟山鬼歌罢，英雄人物的青春一梦只剩下荒凉丘墓。

下三句：“年年古苑西风到，雁怨啼、绿水葓秋。”写种山一带古林苑，只留有水边鸿雁在绿水和秋葓（红蓼花）间哀怨啼鸣。从文种墓把词境扩展到种山一带古越林苑来。这一层也是把梦窗的感慨更扩展开来，从而联系到国家的兴亡。下面三句“莫登临，几树残烟，西北高楼”，就又递进一层，涉及南宋现实了。辛弃疾《水龙吟》“举头西北浮云，倚天万里须长剑”，和这里的“西北高楼”，都和《古诗》“西北有高楼，上与浮云齐”用词有联系，但同时是借西北边患，指北方强敌而言。辛弃疾《菩萨蛮》“西北望长安，可怜无数山”，也和这首词结尾相近。而“几树残烟”也和辛弃疾《摸鱼儿》“休去倚危栏，斜阳正在烟柳断肠处”相类似。所以梦窗这首词讲“莫登临，几树残烟，西北高楼”，即陡然转入自己国家处境，说：不要登山临水吧，只见疏柳残烟，西北高楼，不见长安。最后几句很陡健，也很沉痛。不过这时北方强大对手是蒙古人了。

吴文英写这首词，是有辛词成分在内，婉约中呈现豪放，爱国感慨深沉，别具一格。词心委曲婉转，又不同于豪放派。先写自己重游种山，在弓折剑残，无限无可奈何之情后，遨游五湖，因而再来种山。由自己及南宋处境写起，上片结尾才暗点文种。下片便过渡到文种，写得朝廷是多么失策，然后用“木客歌阑”二句写英雄人物的壮志成灰的悲凉，再转入现实，千古一辙，万世同悲！这种层次也是艺术构思的自然高妙，没有丝毫造作痕迹。但句句都要深一层理解，才能明白作者的深意。而吴梦窗字眼、字面之美，仍然可见，像“腥染春愁”句法奇特，“雾掩山羞”字面幽新。上片“弓折霜寒”到“正五湖、雨笠遨游”，虚笔实笔结合，绝不同于明白铺叙，是词人善于体现内心处，变一般写法为异美，也见词人多么珍惜自己感情的心理。“木客”“古苑西风”“绿水蒗秋”又近于李贺诗句，这些都是为本词增色的。

（王达津）

三姝媚

过都城旧居有感

湖山经醉惯。渍春衫、啼痕酒痕无限。又客长安，叹断襟零袂，涴尘谁浣？紫曲门荒，沿败井、风摇青蔓。对语东邻，犹是曾巢，谢堂双燕。　　春梦人间须断。但怪得当年，梦缘能短！绣屋秦筝，傍海棠偏爱，夜深开宴。舞歇歌沉，花未减、红

【原文】

颜先变。伫久河桥欲去，斜阳泪满。

吴文英一生曾几度寓居都城临安，有爱姬，情好绸缪，不幸别后去世。这首词便是重访杭州旧居时悼念亡姬之作，情辞哀艳，体现出梦窗词的抒情艺术特色。

开头，词人面对湖光山色，不禁回忆起往昔和爱姬一起醉饮湖上的欢娱生活。“渍春衫、啼痕酒痕无限”，是说至今残存在春衫上的斑斑泪痕和酒渍，正是当年悲欢离合种种情事的形象记录。晏幾道有词云：“衣上酒痕诗里字，点点行行，总是凄凉意。”(《蝶恋花》)梦窗由此脱胎，而词意更为丰富含蓄，明写过去的欢娱，暗示今日的悲凉。

“又客长安”，回到眼前。长安，借指临安。下以一“叹”字转入伤逝悼亡的主题。“断襟”二句一面形容自己凄苦飘零、风尘仆仆的情状，一面表达失去爱姬的伤痛怀抱。涴尘，衣物为尘土所污。“涴尘谁浣”用反问的语气，婉转流露昔日与爱姬相处时感情的诚笃朴厚，意谓：以往每到临安，必有爱姬为之洗尘浣衣，温存体贴无比；今番旧地重游，已是人亡室空，再也见不到殷勤慰问之人了。这两句和贺铸悼亡词“空床卧听南窗雨，谁复挑灯夜补衣”(《半死桐》)比较，确有异曲同工之妙。

旧欢既不可复，尚有旧居可寻。“紫曲”以下便叙写重访旧居的经过和感触，是全词的重点部分。

紫曲，旧指妓女所居的坊曲，原是过客川流不息的场所，眼下门庭冷落，满目荒凉。院子里，只有败井一口，青青蔓草，爬满井台，在微风中轻轻摇摆。周围，死一般的静寂，唯有呢喃对语的双燕，依然栖宿在东邻旧梁之上(似乎在诉说着人间的不幸)。这里，接连五句写景，其中风摇青蔓和双燕对语采用以动衬静的描写手法，艺术效果很好。谢堂双燕，语出刘禹锡

《乌衣巷》诗“旧时王谢堂前燕，飞入寻常百姓家”，此处除表示人事沧桑外，又借成双成对的燕子，反衬人物的孤独失伴。

下片由谢堂双燕引出对往日欢爱生活的追忆。欢爱的生活，如同春梦：甜蜜、温柔，可又飘忽、短暂。白居易词云：“花非花，雾非雾；夜半来，天明去。来如春梦几多时，去似朝云无觅处。”（《花非花》）即以春梦作比，歌咏迷离飘忽的爱情生活。梦窗这里先直说：“春梦人间须断”，须，应、必。按自然发展的规律看，再美满的姻缘、再幸福的爱情都有终止的一天。然后，追进一层说：“但怪得，梦缘能短！”令人奇怪的只是：自己和爱姬之间的缘分竟如此短暂！能短，这么短、如此短暂。能，意同“恁”。逝梦虽短而令人留恋，下文再紧扣“梦”字回忆铺叙，展衍开去。忆当年，绣屋藏娇人，纤指按秦筝。最喜欢的是，我们紧挨着花枝，深夜设宴，醉入花丛。如今，风流云散，“舞歇歌沉”，红花虽然娇艳，而似花的人面却已早早凋残，更哪儿去寻觅她那婀娜舞姿、宛转歌喉！这一段回忆，选择了海棠夜宴的优美场景，采用对比和衬托的手法，以花衬人，集中抒发词人对似花美眷的怀恋和悼惜，悲恸之情达到高潮，具有很强的感染力。

最后两句回到现实，以景结情，写词人不知何时已移步伫立桥头，带着满襟泪痕、满眶泪花，在夕阳的余晖中，告别了旧居。

吴文英是继周邦彦之后，又一抒写艳情的能手。他善于援引心田的溪流，回环往复地咏唱爱之歌、愁之曲；又善寓情于景、寓情于物，借助实景、虚景，抒写真情实感。词中湖上、荒庭、败井、梁燕均能引出旧情，春衫、啼痕、秦筝、海棠皆可寄托哀思。遣词造句，尤重彩色，如：紫曲、青蔓、绣屋、红颜，斑斓陆离，令人目眩。通篇布局细密连贯，前以湖山开头，后以河桥收束；前云“啼痕”，后曰“泪满”，端如贯珠，累累不绝，极才人之能事。

（蒋哲伦）

【原文】

八声甘州

渺空烟、四远是何年，青天坠长星？幻、苍厓云树，名娃金屋，残霸宫城。箭径酸风射眼，腻水染花腥。时靸双鸳响，廊叶秋声。　　宫里吴王沉醉，倩五湖倦客，独钓醒醒。问苍波无语，华发奈山青。水涵空、阑干高处，送乱鸦斜日落渔汀。连呼酒，上琴台去，秋与云平。

梦窗词人，南宋奇才，一生只曾是幕僚门客，其经纶抱负，一寄之于词曲，此已可哀；然即以词言，世人亦多以组绣雕镂之工下视梦窗，不能识其惊才绝艳，更无论其卓荦奇特之气，文人运厄，往往如斯，能不令人为之长叹！

本篇原有小题，曰“陪庾幕诸公游灵岩”。庾幕是指提举常平仓的官衙中的幕友西宾，词人自家便是幕宾之一员。灵岩山，在苏州西面，颇有名胜，而以吴王夫差的遗迹为负盛名。

此词全篇以一“幻”字为眼目，而借吴越争霸的往事以写其满眼兴亡、一腔悲慨之感。幻，有数层涵义：幻，故奇而不平；幻，故虚以衬实；幻，故艳而不俗；幻，故悲而能壮。此幻字，在第一韵后，随即点出。全篇由此字生发，笔如波谲云诡，令人莫测其神思；复如游龙夭矫，以常情俗致而绳其文采者，瞠目而称怪矣。

上来句法，选注家多点断为“渺空烟四远，是何年、青天坠长星？”此乃拘于现代“语法”观念，而不解吾华汉文音律之故也。词为音乐文学，当时一篇脱手，立付歌坛，故以原谱音律节奏为最要之“句逗”，然长调长句中，又有一二处文义断连顿挫之点，原可适与律同，亦不妨小小变通旋斡，而非机械得如同读断“散文”“白话”一般。此种例句，俯拾而是。至于本篇开端启拍之长句，又不止于上述一义，其间妙理，更须措意。盖以世俗之“常识”而推，时、空二间，必待区分，不可混语。故“四远”为“渺空烟”之事，必属上连；而“何年”乃“坠长星”之事，允宜下缀也。殊不知在梦窗词人意念理路中，时之与空，本不须分，可以互喻换写，可以错综交织，如此处梦窗先则纵目空烟杳渺，环望无垠——此“四远”也，空间也，然而却又同时驰想：与如彼之遥远难名的空间相伴者，正是一种荒古难名的时间。此恰如今日天文学上以“光年”计距离，其空距即时距，二者一也，本不可分也。是以目见无边之空，即悟无始之古，——于是乃设问云：此茫茫何处，渺渺何年，不知如何遂出此灵岩？莫非坠自青天之一巨星乎（此正似现代人所谓“巨大的陨石”了）？而由此坠星，遂幻出种种景象与事相；幻者，幻化而生之谓。灵岩山上，乃幻化出苍崖古木，以及云霭烟霞……乃更幻化出美人的“藏娇”之金屋，霸王的盘踞之宫城。主题至此托出，却从容自苍崖云树迤逦而递及之。笔似十分暇豫矣，然而主题一经引出，即便乘势而下，笔笔勾勒，笔笔皴染，亦即笔笔逼进，生出层层“幻”境，现于吾人之目前。

以下便以“采香泾”再展想象的历史之画图：采香泾乃吴王宫女采集香料之处，一水其直如箭，故又名箭泾，泾亦读去声，作“径”，形误。宫中脂粉，流出宫外，以至溪流皆为之“腻”，语意出自杜牧之《阿房宫赋》：“渭流涨腻，弃脂水也。”此系脱化古人，不足为奇，足以为奇者，箭泾而续之以酸风射眼（用李长吉《金铜仙人辞汉歌》之“东关酸风射眸子”），腻水而系之以染花腥，遂将古史前尘，与目中实境（酸风，秋日凉冷之风也），幻而为一，不知其古耶今耶？抑古即今，今亦古耶？感慨系之。“花腥”二字尤奇，盖谓吴宫美女，脂粉成河，流出宫墙，使所浇溉之山花不独染着脂粉之香气，亦且

【鉴赏】

带有人体之“腥”味。下此“腥”者，为复是美？为复是恶？诚恐一时难辨。而尔时词人鼻观中所闻，一似此种腥香特有之气味，犹为灵岩花木散发不尽！

再下，又以“响屧廊”之故典增一层皴染。相传吴王筑此廊，令足底木空声彻，西施着木屧行经廊上，辄生妙响。词人身置廊间，妙响已杳，而廊前木叶，酸风吹之，飒飒然别是一番滋味——当日之“双鸳”（美人所着鸳屧），此时之万叶，不知何者为真，何者为幻？抑真者亦幻，幻者即真耶？又不禁感慨系之矣！

幻笔无端，幻境丛叠，而上片至此一束。

过片便另换一番笔致，似议论而仍归感慨。其意若曰：吴越争雄，越王勾践为欲复仇，使美人之计，遣范蠡进西施于夫差，夫差惑之，其国遂亡，越仇得复。然而孰为范氏功成的真正原因？曰：吴王之沉醉是。倘彼能不耽沉醉，范氏焉得功成而遁归五湖，钓游以乐吴之覆亡乎？故非勾践范蠡之能，实夫差甘愿乐为之地耳！醒醒（平声如“星”），与“沉醉”对映。——为昏迷不国者下一当头棒喝。良可悲也。

古既往矣，今复何如？究谁使之？欲问苍波（五湖一说即太湖），而苍波无语。终谁答之？水似无情，山又何若？曰：山亦笑人——山之青永永，人之发斑斑矣。往者不可谏，来者犹可追欤？抑古往今来，山青水苍，人事自不改其覆辙乎？此疑又终莫能释。

望久，望久，沉思，沉思。倚危阑，眺澄景，见沧波巨浸，涵溶碧落，直到归鸦争树，斜照沉汀，一切幻境沉思，悉还现实，不禁憬然怅然，百端交集。“送乱鸦斜日落渔汀”，真是好极！此方是一篇之警策，全幅之精神。一“送”字，尤为神笔！然而送有何好？学人当自求之，非讲说所能“包办”一切也。

至此，从“五湖”起，写“苍波”，写“山青（山者，水之对也）”，写“渔汀”，写“涵空（空亦水之对也）”，笔笔皆在水上萦注，而校勘家竟改“问苍波”为“问苍天”，真是颠倒是非，不辨妍媸之至。“天”字与上片开端“青天”犯复，犹自可也，“问天”陈言落套，乃梦窗词笔所最不肯取之大忌，如何点金成铁？“问苍波”，何等味厚，何等意永，含咏不尽，岂容窜易为常言套语，甚矣此道之不易言也。

又有一义须明：乱鸦斜日，谓之为写实，是矣；然谓之为比兴，又觉相宜。大抵高手遣辞，皆手法超妙，涵义丰盈；“将活龙打做死蛇弄”，所失多矣。

一结更归振爽。琴台，亦在灵岩，本地风光。连呼酒，一派豪气如见。秋与云平，更为奇绝。杜牧之曾云南山秋气，两相争高；今梦窗更曰秋与云平，宛如会心相视！在词人意中，“秋”亦是一“实体”，亦可以“移动坐标”，亦可以“计量”，故云一登琴台最高处，乃觉适才之阑干，不足为高，及更上层楼，直近云霄，而“秋”与云乃在同等“高度”。以今语译之，“云有多高，秋就有多高！”高秋自古为时序之堪舒望眼，亦自古为文士之悲慨难置。旷远高明，又复低徊宛转，则此篇之词境，亦奇境也。而世人以组绣雕镂之工视梦窗，梦窗又焉能辩？悲夫！

（周汝昌）

新雁过妆楼

梦醒芙蓉。风檐近、浑疑佩玉丁东。翠微流水，都是惜别行踪。宋玉秋花相比瘦，赋情更苦似秋浓。小黄昏，绀云[①]暮合，不见征鸿。　　宜城当时放客[②]，认燕泥旧迹，返照楼空。夜阑心事，灯外败壁哀蛩[③]。江寒夜枫怨落，怕流作题情肠断

【原文】

红④。行云远，料淡蛾人在，秋香月中。

〔注〕 ① 绀(gàn)云：天青色的云彩。 ② 宜城：指唐代柳浑。客：琴客，柳妾。顾况有《宜城放琴客歌》下注曰："柳浑封宜城县伯。"其序云："琴客，宜城爱妾也。宜城请老，爱妾出嫁，不禁人之欲而私耳目之娱，达者也，况承命作歌。" ③ 蛩(qióng)：蟋蟀。 ④ 此句用红叶题诗典。唐范摅《云溪友议》记载御沟中飘出红叶，上有宫女题诗曰："流水何太急，深宫尽日闲。殷勤谢红叶，好去到人间。"

此篇为忆去妾之作。此妾去在夏秋之际，所以每当秋季就不免思念她。

"梦醒芙蓉。风檐近、浑疑佩玉丁东。"三句描写词人被风檐间铁马之声惊醒，以为是所思之人的佩玉丁东作响呢！"芙蓉"本指绣有荷花的被子，用在这里不仅为词句增加了色彩，亦借以点明时令。"佩玉丁东"不仅令人联想到玉佩和鸣的清脆的音响，而且还可以想象佩带此玉之人。"已闻佩响知腰细"，词人所思之人一定是非常美丽。开篇几句就语简意丰地描绘出一幅有声有色的图画。"翠微流水，都是惜别行踪"。上面写梦醒之后的联想和惆怅，这二句描写当时分别之处。"翠微"指青山。此言妾从此去，这里的山山水水都记录着她的行踪。山静止不动以喻居者，流水一去不返而喻行者。绿水青山，词人独寻遗迹，这又是一幅图画。这两幅画面都在表现词人的相思之苦。因此引出了"宋玉秋花相比瘦，赋情更苦似秋浓"两句。宋玉写《九辩》悲秋，并寄寓感士不遇的情怀，所以词人借用李清照"人比黄花瘦"来形容宋玉。这里宋玉只是被拉来陪衬"赋情"一句，说自己还不如他，除了落拓不偶外，所爱之人又离去，所以比他悲秋更苦几分。这是加倍的写法，使读者对于词人的赋情之苦有个具体的感受。"小黄昏，绀云暮合,不见征鸿。"具体地描写了自己的赋情之苦后,又给读者展现了一个画面。在接近黄昏的时候,沉沉的暮云逐渐布满了天空,天暗下来了,不见有征鸿飞过。"征鸿"照应前面的"秋"字,此句也暗示去妾毫无音讯。词中没有写自己,但和"翠微流水"二句一样,在这个沉寂的画面中是有一位怀着无限企盼之情的主人公的。此韵三句写景,更进一步补足上面所说的"赋情之苦"。

"宜城当时放客,认燕泥旧迹,返照楼空。""宜城"句点明了写此词的原因。"宜城"借唐朝柳浑以自指,"客"借琴客以指去姬。柳浑因自己年老而让爱妾琴客嫁人,当时传为美谈,顾况有《宜城放琴客歌》。词人在这里只是借用。梦窗和去妾的分别显然没有这么轻松,否则他就不会如此苦苦思念了。"认燕泥"二句描写燕子去后,空余旧迹,夕阳返照,射入空楼的情景,藉以表现"燕子楼空,佳人何在?空锁楼中燕"(苏轼《永遇乐》词句)的意境。唐代张愔妾关盼盼在愔死后,念旧爱而不嫁,居燕子楼十余年。这里暗用燕子楼典,有把去妾和关盼盼比较之意,也是藉此表现生死不渝之情。"夜阑心事,灯外败壁哀蛩。""夜阑",夜深,"败壁"点明自己生活潦倒,"寒蛩"点明时令。思人之苦,夜深更甚,萧瑟的秋风吹进败壁,送来寒蛩之声,这更增加了凄凉气氛。从这两句仿佛可以看到灯火如豆照着这位不能入睡的词人,灯影之外是败壁以及寒蛩交鸣的漆黑一片的田野。"江寒夜枫怨落,怕流作题情肠断红。"唐人崔信明名句"枫落吴江冷"形容吴江深秋的景象,这正是词人所居之地,也是去妾行踪所在,所以当他深秋怀人时也联想到吴江的枫叶也要飘落了,词人用了"怨落"一词,给枫叶涂上了感情色彩。从"落枫"又想到怨女传情时的红叶题诗。去妾恐怕会也在红叶上题诗表达对词人的思念吧?结句由揣测进一步料想,语气愈趋肯定。"行云远,料淡蛾人在,秋香月中。""行云远"用阳台典故,暗示去妾已远。"淡蛾人"指去妾,张祜有"淡扫蛾眉朝至尊"之句形容美丽的虢国夫人,这里用来形容去妾。此二句是对去妾处境的推想，他想象她一定过着孤独寂寞的生活。词人没有直叙而只是描绘了一幅清冷的画面，行云渐远，美丽的去妾在清寒而明亮的秋月之中，可望而不可即，两人相隔，如人间天上。结尾画面凄美，而悲徊无已。

这首怀人词不是按照时间或空间顺序来描写对去妾的思念的，而是为读者绘出一幅幅和怀人有关的图画，或是写自己，或是写去妾，都是围绕着相思的主题。这些图画让读者仔细品味，它比直接抒情包含着更丰富的内容。上片写了三个画面，“梦醒”三句应是早晨，“翠微”二句，时间不明，但空间与“梦醒”三句相隔甚远，一个室内，一个郊外。“小黄昏”三句地点不明，而时间是在傍晚。这些不同空间、时间的画面组接在一起，起着互相补充互相衬托的作用。下片所写的，词人在孤灯斗室、寒蛩交鸣声中沉思，和去妾在明亮的秋月之中孤独寂寞的生活也是互相补充的两个画面，使读者感到他们要在一起，该是多么完满和谐。这种艺术手法的运用，梦窗最为擅长。

（王学太）

夜合花

自鹤江入京，泊葑门外有感

柳暝河桥，莺晴台苑，短策频惹春香。当时夜泊，温柔便入深乡。词韵窄，酒杯长。剪蜡花，壶箭催忙。共追游处，凌波翠陌，连棹横塘。　　十年一梦凄凉。似西湖燕去，吴馆巢荒。重来万感，依前唤酒银罂。溪雨急，岸花狂。趁残鸦，飞过苍茫。故人楼上，凭谁指与，芳草斜阳。

【鉴赏】

夏承焘《唐宋词人年谱》的《吴梦窗系年》，考吴文英有两妾，一娶于苏州，中途离异；一娶于杭州，死于别后。苏妾离去，在淳熙四年(1244)文英四十五岁时或稍前。这首词当是怀念苏州去妾之作。鹤江，即白鹤溪，在苏州西部。作者自白鹤溪乘舟入南宋京城临安，途经苏州东城的葑门，在葑门停泊。

葑门外的溪流附近，看来是作者和他的去妾曾经居住、同游之地，或者又是他们的定情之处，所以故地重经，停舟夜泊，唤起无限的旧情。上片回忆过去，写团聚的欢乐。"柳暝河桥，莺晴台苑"，起两句用秀丽工巧的对偶句写苏州春景，一"暝"字写尽河边桥畔杨柳的浓密之态；不说晴天台苑中的黄莺尽情啼啭，而径称之为"莺晴"，炼字炼句极幽细。"短策频惹春香"，不明点出游，而屡携短策，自见作者多次出游；不写花开，而短策在路上频频沾惹春香，自是沿途春花盛开之状。上文写柳，这里又写花，丰富了春景，又不明点花字；上文不点春字，这里补点，又避免了重复。这一句从春景引出作者，又要由作者引出他所思念的人。"当时夜泊，温柔便入深乡"，时、空、人的关系更有一个跳跃：从苏州较大的范围缩小到葑门附近，从整个春日缩小到一个夜晚，从独游扩展到两人同泊(或者竟是初次定情)。以"温柔乡"写男女爱情，本是习用词语，用不好容易落入陈套。作者不连成一词用，而是把它拆开在句首、句末，中间插了"便入"二字，以见情急事谐，插了"深"字，以见情挚梦甜，便显得精警有力，起化旧成新的作用。"词韵窄，酒杯长。剪蜡花，壶箭催忙。"写夜泊时的对饮。进入"温柔深乡"，不单指双栖同宿，相对欢饮，也是情景之一。作者是填词老手，精于声韵之学，却忽然嫌词的韵律狭窄束缚人，有点出乎常情，其实他并非真叹体拘才难，而是强调两情欢洽，一时不易尽情抒写；酒杯何以能"长"？这"长"字得自杜甫《夜宴左氏庄》诗"检书烧烛短，看剑引杯长"的启发，无非是因饮之久、斟之深而已。烛花频剪，时入深夜，记时的壶箭移动本有定时，何能忙着相催？这也无非人因欢饮而忘却时间过去之快，故有此错觉。这四句情节平常，都曲一层说，便显得不平常。文英词琢句细密，平平叙事处也不肯轻轻放过，于此可见。“共追游处，凌波翠陌，连棹横塘。”时、空关系又有变化，总忆两人互相追随的游踪：或在陆上翠陌，看她绰约轻行，如洛妃的“凌波微步”；或同舟连棹，游于苏州城西南的横塘一带。内容扩大了，又用对偶句把它集中描写，炼句与起笔同工。

下片写当今，写她离去后的悲感。“十年一梦凄凉”，指出从欢聚到当今已时过“十年”，把旧事化成“一梦”，由欢乐转到“凄凉”。一句峭然独立，殆如周济评吴词所说的“空际转身”。“似西湖燕去，吴馆巢荒”，互文对偶，以西湖、吴馆中的燕去巢荒，比喻苏、杭二妾的生离死别，只有知其本事的才能明其所指。“重来万感，依前唤酒银罂。”“重来”照应上片的“当时”，“唤酒”照应上片的“酒杯长”，着以“万感”“依前”，便觉今昔事略同而情迥异，沉吟呜咽，凄怨欲绝。“溪雨急，岸花狂。趁残鸦，飞过苍茫”，是即目所见：急雨打击溪面，岸花随风狂舞，残鸦飞过“苍茫”的天空，眼中之景与心中之情同一凄迷。情绪由凄怨进入激动，笔调也由吞咽转为倾泻；情之变由怨之极，辞之变与情变相适应。急雨、飞花，见出时在春末或夏初；“花”字上片不用，留在这里用；“残鸦”见出是黄昏不是深夜，皆安排细致和不露针线痕迹之笔。“故人楼上，凭谁指与，芳草斜阳”，以景语结束叙事。在船上远望她旧时的住屋，已人去楼空，到这里才点出“故人”，点出同住之地。事与地已无人可与共同指点，只能孤独自念，付诸痛啮心胸的回忆；“芳草斜阳”，增添怀旧伤感之情，又更显示季节、时候。情绪由激动回到凄怨，笔调也由倾泻回到吞咽，借景物渲染，余情无限。

文英词以“秾密”著称。这首词时空多变换，不明着转接之辞，而脉络井井，“密”字表现分明；但笔调清疏，不在“秾”字上着力，可见其慢词风格也不尽限于一体。

（陈祥耀）

点绛唇 越山见梅

春未来时，酒携不到千岩路。瘦还如许，晚色天寒处。

无限新愁，难对风前语。行人去，暗消春素，横笛空山暮。

梦窗此词，刻画处不在字面而在句法章法，既无七宝楼台之眩，亦无捶幽凿险之奇，语语天然，何有生涩之失！盖其立意自高，取径自远，处处流露出真实性情，体现了清疏空灵之梦窗词本色。本词题为“越山见梅”。吴词中亦颇有咏梅佳作，多从色相描写，而本词则纯是写神，把梅花与词人自己拍合一起，抒发性灵，不粘不脱。

“春未来时，酒携不到千岩路。”起二语，从侧面落笔，所感甚大。当春天还未到来时，人们自然不会携酒探春，更不会来到这万壑千岩深处。“千岩”，点题越山。《世说新语·言语》：“顾长康（恺之）从会稽还，人问山川之美，顾云：‘千岩竞秀，万壑争流，草木蒙笼其上，若云兴霞蔚。’”时梦窗寓居会稽（今浙江绍兴），常游稽山，赏梅对雪，每有词作。次句点出“酒”字，便露微讽之意。“瘦还如许，晚色天寒处。”点题“见梅”。“瘦”，咏梅常语。姜夔《卜算子》咏梅词：“日暮冥冥一见来，略比年时瘦。”本词谓“瘦还如许”，可见词人已非在此初次见梅。四字有无限轻怜细惜之意。作者在词中发挥想象：梅花，仿佛一位超尘脱俗的女郎，在千岩路畔，日暮天寒，悄立盈盈，满怀幽思。

【原文】

过片二句，更推深一步。“无限新愁，难对风前语。”这新愁，是词人见梅后产生的愁绪？还是说梅花在寂寞无主的环境中如有幽愁？在寒风吹拂下，相对更无一语。那是怕它化作千万片缤纷的落英，更怕的是才得相逢又要别去。纵有无限的新愁，彼此也无法互倾心愫。古人咏花，多用“解语”故事，词中活用又反用此意，尤觉婉曲动人。末三句转笔换意。“行人去，暗消春素，横笛空山暮。”这也是“无限新愁”的注脚。借咏花而注入人事，可说已达到一种超妙入神的浑融境界。细细体味个中情景，词人所眷恋的女郎的形象，已是呼之欲出。“春素”，指洁白的梅花，亦喻女子素洁的形体。“暗消春素”，写梅花在春日里悄悄凋残，也喻女子为离愁而暗暗消减了容姿。咏梅诗词，多用闻笛故事。笛曲中有《梅花落》曲。听声声横笛，回荡在空山暮色之中，自然就想到梅花的零落了。梦窗《高阳台·落梅》词：“南楼不恨吹横笛，恨晓风千里关山”，当同此慨。本词末三句所表现的是离索之思，蹉跎之恨，而又写得这样温婉浑厚，含蕴不尽，如同空山中的笛声，余音袅袅，给人们留下了许多思索的余地。

（陈永正）

踏莎行

润玉笼绡，檀樱倚扇。绣圈犹带脂香浅。榴心空叠舞裙红，艾枝应压愁鬟乱。　　午梦千山，窗阴一箭。香瘢新褪红丝腕。隔江人在雨声中，晚风菰叶生秋怨。

吴文英的词集中，有大量忆旧怀人的篇什，其内容主要是忆念他的一

去、一死的苏、杭二姬。据杨铁夫《吴梦窗事迹考》断定，这首《踏莎行》是端午日忆苏州去姬的感梦之作。

叙说梦境的诗词，多把梦中的感受写得缥缈恍惚，给人以迷离朦胧之感。而这首词的上片却把梦中所见之人的容貌、服饰描摹得非常细腻逼真，使人很难看出是在写梦。前三句着意刻画梦中人的玉肤、樱唇、脂粉香气及其所着纱衣、所持罗扇、所带绣花圈饰，从色、香、形态、衣裳、装饰来显示其人之美。后两句，以“舞裙”暗示其人身份，以“愁鬟”透露两地相思，以“榴心”“艾枝”点明端午节令。上句的“空叠”二字，是感叹舞裙空置，料因无心歌舞；下句的“应压”二字，则瞥见发鬟散乱，想其应含深愁。

上片五句，句句写梦，却始终不说破是梦。直到下片换头，才以“午梦千山”一句点出以上所写原来只是一场“午梦”，正如陈洵在《海绡说词》中所说，“读上段，几疑真见其人矣。换头点睛，却只一梦”。句中的“千山”二字，表明梦魂此去之遥远。这一句虽然与姜夔的《踏莎行》“淮南皓月冷千山，冥冥归去无人管”两句所显示的意境有所不同，却都是写山长水远，道路阻隔，只有梦魂才无远弗届。对下句“窗阴一箭”，杨铁夫《吴梦窗词笺释》及另一些选注本都解说为：慨叹光阴似箭，与梦中人已经久别。但这句中的“一箭”，似指漏箭，如《周礼・夏官司马・挈壶氏》“分以日夜”句下郑玄所注：“漏之箭，昼夜共百刻。”这里，不是叹光阴逝去之速，而是说刻漏移动之微。联系上句，作者写的是：梦中历尽千山万水，其实只是片刻光景。这就是作者在另一首题为《淮安重午》的《澡兰香》中所写的“黍梦光阴”，也是岑参在一首《春梦》诗中所写的“枕上片时春梦中，行尽江南数千里”。两句合起来，既深得梦的神理，也道出了作者午梦初回时所产生的对空间与时间的迷惘之感。

换头两句刚写梦已醒，忽又承以“香瘢新褪红丝腕”一句，把词笔又拉回梦境，回想和补写梦中所见之人的手腕。这一词笔的跳动，似在章法上颠倒错乱，忽此忽彼，但正是如实地写出了作者当时的心灵状态和感情状态。在这片刻，对作者说来，此身虽已梦觉，而此心仍在梦中。梦中，他还分明见到其人依端午习俗盘系着彩丝的手腕，及其腕上的印痕似因消瘦而宽褪。如果联系他另外写的几首端午忆姬之作，其《满江红·甲辰岁盘门外寓居过重午》中有“合欢缕，双条脱，自香消红臂，旧情都别”诸句，《隔浦莲近·泊长桥过重午》中也有“愁褪红丝腕”句，《杏花天·重午》中又有“竹西歌断芳尘去，宽尽经年臂缕”两句，似可说明其对伊人之在端午日以彩丝系腕一事留下了特别深刻的印象。这就无怪他在这次梦中也注意及此，并在梦醒后仍念兹在兹了。歇拍“隔江人在雨声中，晚风菰叶生秋怨”两句，则再从梦境回到现实，并就眼前景物，寓托其自“午梦”醒来直到“晚风”吹拂这段时间内的悠邈飘忽的情思和哀怨。

周济在《介存斋论词杂著》中形容梦窗词之佳者如“天光云影，摇荡绿波，抚玩无斁，追寻已远”。王国维则说：“余览《梦窗甲乙丙丁稿》中实无足当此者。有之，其‘隔江人在雨声中，晚风菰叶生秋怨’二语乎。”(《人间词话》)为什么连最不喜欢梦窗词的王国维也对此二语加以赞赏，并称其足以当得起周济的那四句话呢？这不仅是因为这两句所摄取的眼前景物——“雨声”“晚风”“菰叶”，既衬托出、也寄寓着作者梦醒后难以言达的情思和哀怨，兼有以景托情和融情入景之妙；还因为这两句又是以景结情，宕出远神，既合乎沈义父所说的“结句须要放开，含有余不尽之意”(《乐府指迷》)，也做到沈谦所说的“以迷离称隽”(《填词杂说》)。两句，从空间看是把词境推入朦胧的雨中，推向遥远的江外；从时间看是把词思推入凉风中的暮晚，推向感觉中的清秋。这就跳出了前面所展现的空间和时间，把所写的梦中之境一笔宕开，使之终于归为乌有。陈洵在《海绡说词》中也曾指出：“‘生秋怨’，则时节风物，一切皆空。”更从全词看，它写了梦中人，也写了眼前景。照说，前者是虚幻的；后者是真实的。但对作者而言，其感受正相反：

回味梦中之人，其印象是如此亲切分明；怅望眼前之景，其心情是如此凄迷惝恍。因此，他在上片是以实笔来描摹虚象，写得形象十分真切；在结拍处却以虚笔来点画实景，写得情景异常缥缈。也许正因其幻而疑真，真而疑幻，所以具有“天光云影，摇荡绿波”之美，使人深为其境界所吸引，而又感其乍离乍合，难以追寻。《红楼梦》第一回中有一副对联是“假作真时真亦假，无为有处有还无”，不妨借来说明作者写这首词时的心理状态及其在词中所创造的意境。

（陈邦炎）

思佳客

赋半面女髑髅

钗燕拢云睡起时。隔墙折得杏花枝。青春半面妆如画，细雨三更花又飞。　　轻爱别，旧相知。断肠青冢几斜晖。断红一任风吹起，结习空时不点衣。

这首词题为“赋半面女髑髅”。这个题材在北宋时曾引起大文学家苏轼的兴趣。他作了一首《髑髅赞》云：“黄沙枯髑髅，本是桃李面。而今不忍看，当时恨不见。业风相鼓转，巧色美倩盼。无师无眼禅，看便成一片。”苏轼曾受过佛家思想的影响，因而诗赞中流露出青春不可恃的感叹，产生色相的了悟，向往达到佛家诸天色相亦无的境界。南宋初年一位享有盛名的径山宗杲禅师，借此题目发挥禅理，作了《半面女髑髅赞》。赞云：“十分春色，谁人不爱。视此三分，可以为戒。”宗杲想劝谕世人悟出色即是空的道

【鉴赏】

理。据说，他刚成这四句，忽然好像有人续道："玉楼清夜未眠时，留得香云半边在。"（见《浩然斋雅谈》卷中）仿佛女鬼有意蔑视佛法，揶揄禅师，嘲笑他的劝戒。如果说苏轼和宗杲都以超脱的态度来处理这个题材，南宋后期词人吴文英却由于触动了情感的创伤，因而在小词里也借以为题，寄托他对不幸女子青春生命的哀悼。

吴文英是情感丰富而具幻觉的词人，他以奇妙的想象和凝练生动的笔调从另一视角去赋女髑髅。它竟成了一个活的女鬼而又充满生活的情趣。她依然如生前一样，睡醒之时以钗燕轻轻梳理长长的香云。钗燕即玉钗，为妇女首饰。相传汉宫赵婕妤得汉武帝赐以神女所遗的玉钗，后来宫女谋欲碎之，开匣时钗化白燕飞去，故玉钗又称钗燕或燕钗。"云"即指妇女秀发浓密有似乌云。"钗燕拢云"意味着粗略草率的梳妆，显出睡意未消，心情慵倦，以此侧面地暗示了其难掩的天然丽质。古时的人们相信，鬼魂也同活人一样生活着，只是他们生活在阴间，而活动在夜深人静之时。她"睡起时"已是夜半了。南宋诗人有"春色满园关不住，一枝红杏出墙来"之句。这女鬼悠扬而轻易地从隔墙折来杏花枝嬉弄着。词人所表现的不是单纯的鬼趣，欲以说明她并未忘记春的到来，而特别折下标志艳丽春光的杏花，对人间美好事物依然留恋。第三句掉回词笔点明所赋的词题。词人在幻觉中这已不是"半面女髑髅"，而是"青春半面"的美丽女子，妆饰如画。以上三句极其恰当地描述女鬼的生活情趣，词笔都是轻快活泼的。到上阕结句，词情突然转变，以凄厉而悲惨的意象表示一个年轻的生命如夜半风雨春归的落花一样夭折了。这样不幸的夭折曾有过许多，而从半面女髑髅使人自然想到又是一个夭折的年轻生命。"花又飞"令作者的想象离开具体本题而勾起情事的感伤，因而下阕有着较为明显自我抒情迹象。

"轻爱别"是词人惋惜这女子轻易地便恩爱永别；"旧相知"是幻觉中感到半面女髑髅好似旧日相知的情人，因为她的命运也是如此。简短的两句,包含了多少人世沧桑、死生无常的凄凉情感。词情在过变之后转为强烈,紧接的一句“断肠青冢几斜晖”推向高潮。汉宫美人王昭君墓在塞外,昭君有许多遗恨,似乎草木有情,塞草皆白,惟其冢独青,后遂以青冢借指妇女的坟墓。现实环境里,芳冢挂着几缕落日的寒晖,特别令人感到凄凉和心酸,这里便埋葬着昔日所恋的人,触景生情,怎不悲痛。“断肠”正表达了悲痛的强烈程度。结尾两句,词意大大转折,作者也试图以超脱的心情进行自我安慰,以减轻悲痛。《维摩诘经》言天女以天花散诸菩萨,即皆堕落,至大弟子,便著不堕。天女问其故,答曰:“结习未尽,花著身耳;结习尽者,花不著也。”结习即积习、习染,指人的固有世俗意欲。如果世俗意欲已尽,本心便不为外物所诱惑了。显然这首词已是吴文英晚年的作品,力图摆脱旧情的缠绕,所以借佛经之意,想表示晚年心境已“结习尽者,花不著身”了。但这里的“花”并非鲜花,而是“断红”。这很切词题,以“断红”借指旧相知的亡灵,它有感有知,任风吹起。可是词人却有意抑制住自己的情感,努力使心境平静。结尾两句本欲以淡语忘情,但从全词所表现的对那死去的年轻女子的同情、爱怜和引起内心的波澜,都足以说明许多深刻的印象是不易轻轻抹掉的。

唐代诗人李贺的《苏小小墓》生动地描绘鬼的神秘世界,这很可能对吴文英有所影响,所以他也在词里表现了鬼趣,反映了对现实人生的消极悲观情绪。吴文英中年时代在西湖曾与某贵家一位歌姬相爱,而这种爱情的悲剧结局是注定了的,别后她不幸而死,“瘗玉埋香”之处也无从寻觅,因此词人在许多抒情或咏物词中都寄托了无限的哀思。此词在艺术表现方面将幻觉的描写与主观抒情巧妙地结合,词意较为含蓄曲折,甚至有些晦涩,也许是有意隐藏自己的情感。将它与苏轼和宗杲的《女髑髅赞》加以比较,便不难发现这首小词辞情优美,形象生动,有很强感染作用。这也可以理解,由于词人生活的不幸,特别是爱情的悲剧给他的沉重精神打击,因而其

【原文】

作品的情调大都是低沉感伤的，而这首小词尤其如此。

（谢桃坊）

采桑子

水亭花上三更月，扇与人闲。弄影阑干。玉燕重抽拢坠簪。　　心期偷卜新莲子，秋入眉山。翠破红残。半簟湘波生晓寒。

宋朝的沈义父曾经跟梦窗学过写词，他在《乐府指迷》中如此回忆这段经历："余自幼好吟诗。……癸卯，识梦窗。暇日相与倡酬，率多填词，因讲论作词之法，然后知词之作难于诗。盖音律欲其协，不协则成长短之诗，下字欲其雅，不雅则近乎缠令之体。用字不可太露，露则直突而无深长之味，发意不可太高，高则狂怪而失柔婉之意。思此，则知所以为难。"所语"音律欲其协""用字不可太露""深长之味""柔婉之意"云云，正是梦窗一生所孜孜恪守者。今以此词为例，来分析一下梦窗词的这种特点。

"水亭花上三更月"，首句点名时间与地点。水亭，即水边修建的亭子，古人常在其中避暑。宋赵葵曾有《避暑水亭作》诗："水亭四面朱阑绕，蔟蔟游鱼戏萍藻。六龙畏热不敢行，海波煎彻蓬莱岛。身眠七尺白虾须，头枕一枚红玛瑙。公子犹嫌扇力微，行人多在红尘道。"（参《宋诗纪事》卷六十五）此中正道出了水亭的作用。景物先于人物出场，正得曲折掩映之妙。家中可有水亭这样的建筑，亦隐隐暗示出主人公的身份——她很有可能是个大户人家的小姐，或是置身于豪宅之中的歌女或是宫女、侍女之类，总之,不会是普通细民家的女子。恐怕正是因为生存的环境不错,所以才会有下文的慵懒:"扇与人闲。"天色已晚,人自然不需再忙碌。又因天晚气温下降,故不用再打扇,所以扇子亦是"闲"了。在古典诗词中,这一个"闲"字,往往意味着一种相思或是无聊要从人物的心中升起来了。

女子既然无事,不免临水自照,"弄影阑干"了。"弄影",很容易使人想起张先的名句"云破月来花弄影"(《天仙子》)。有了这一句作中介,就很容易使读者展开逆向联想,想到女主人像是一朵"花"了。"玉燕重抽拢坠簪",此句承上句意而来。水畔弄影,已有自照之意。自照妆容不整,未免重新稍作梳理。因是重新整妆,故用一"重"字。玉燕,指钗。《说郛》卷六十五有"玉燕钗"条:"汉武帝元鼎元年,起招灵阁,有一神女留一玉钗与帝,帝以赐赵婕妤。至昭帝元凤中,宫人见此钗光莹甚异,共谋欲碎之。明视钗匣,唯见白燕直升天去。后宫人常作玉钗,因名玉燕钗。"以玉燕代钗,此正是埋字之法,盖若直用"钗"字则伤其露也。此法李贺亦常用之。明徐𤊹《徐氏笔精》卷五:"李长吉诗本奇峭,而用字多替换字面,如吴刚曰吴质,……裙曰黄鹅,钗曰玉燕。"清人孙麟趾说"词中之有梦窗,如诗中之有长吉"(《词径》)。梦窗词不仅在色彩上和长吉诗相类,在炼字之法上,亦是和长吉诗极为相似。

词之上片,主要是写人物的动作,下片则进一步写到人物的内心。"心期偷卜新莲子",吴蓓对"偷卜新莲"进行了解释,说意思是"暗自希望新莲上市时行人能回到自己身边。……'新莲'者,'新怜'也。"(《梦窗词汇校笺释集评》)新莲上市,此是只见"莲",而未见"子"也。按:此句中明有"莲子"二字,奈何将二者割裂言之?此句的意思,乃是讲女子心含期许,却不知希望能否实现,故用莲子占卜。至于她到底是用莲子代替蓍草,还是用莲子来打卦,则是不得而知了。问卦的结果如何?下一句,"秋入眉山"。作者在这里又用了曲折之法,没有明说,但读者自是已经知道了。秋,暗含着忧

【鉴赏】

愁之意。愁入眉峰，想必是占卜的结果并不理想。女子心中的期盼，怕是又要落空了。思人不得见，已是凄楚，此番弄得希望也无，尤见可怜。下一句“翠破红残”，翠破，是绿叶已经渐渐开始枯黄，红残，是说花朵亦已开败，可以理解成是在写荷花，也可以理解成是在泛写多种植物。叶残花败，本是秋天常见的景象，但在心中愁苦的人看来，则是格外凄凉。“半簟湘波生晓寒”，半簟湘波，是拆写“湘簟”二字。湘簟者，用湘竹制作的竹席也。竹席编织的花纹如波浪，且可反光，仿如流水，故用“湘波”以形容之。半簟者，席之一半也。女主人公睡一半，而另一半，本应属于一个温暖的伴侣。因席上无人，故玉簟生寒。这种寒，既是身体感受，亦是心理感受。而“寒”字复以“晓”字修饰之，更暗示出主人公似乎一夜未眠。在本词开首，“扇”还只是初“闲”，而到此，我们则仿佛是步入了寒冷的秋天。宋词当中，其实有不少对这种夹杂着肉体记忆的感受的描写。如柳永的《浪淘沙慢》：“梦觉、透窗风一线，寒灯吹息。那堪酒醒，又闻空阶，夜雨频滴。……愁极。再三追思，洞房深处，几度饮散歌阑。香暖鸳鸯被，岂暂时疏散，费伊心力。殢云尤雨，有万般千种，相怜相惜。……”就是属于写得比较露骨的一种。梦窗的写法，比柳永的含蓄，但表达的情绪，则是和柳词差不多。这，或许也算是“词为艳科”的一个证据吧。

本词在内容上，只是写一种在古典题材中常见的相思，但在写法上，却层层掩映，费尽周折。作者用景物来渲染，用动作来刻画，但就是不肯直写主人公的内心。可以说，作者一直在坚守着自己“下字欲其雅”“用字不可太露”的创作原则。孙麟趾曾说：“石以皱为贵，词亦然。能皱必无滑易之病，梦窗最善此。”（《词径》）以此词观之，梦窗的确仿佛国画画石，深擅层层皴染之法。沈义父有云：“有直为情赋曲者，尤宜宛转回互。”（《乐府指迷》）宛转回互四字，可谓道出了此词在章法上的最大特点。

（刘竞飞）

望江南

三月暮，花落更情浓。人去秋千闲挂月，马停杨柳倦嘶风。堤畔画船空。　恹恹醉，尽日小帘栊。宿燕夜归银烛外，流莺声在绿阴中。无处觅残红。

这是一首伤春怀远的艳情词，在名家的笔下，却写得完全不落春愁俗套，不涉绮靡恶趣。它以雅秀的笔意，绵密的章法，曲曲传出了恋人的真挚感情和深微心事。

整篇词的结构方法，上片记的是往日的欢情，下片写的是而今的别恨。上下片的情事属于两段时间，今昔比照，悲欢相续，构成了全词的浑然整体。

先读上片。暮春三月，一般说的是花落水流红、闲愁万种的时节，而这里不是。“更情浓”，浓情蜜意，看来指的是欢情。那么，“人去秋千闲挂月，马停杨柳倦嘶风。堤畔画船空”几句呢，初读“人去”“船空”，很可能觉得是在写“方留恋处，兰舟催发”的分手情状；“秋千闲挂月”，也容易使人联想到韩偓的《寒食夜》：“夜深斜搭秋千索，楼阁朦胧烟雨中”，或者梦窗自己的《风入松》：“黄蜂频扑秋千索，有当时纤手香凝。”细细寻绎下去，便会知道都对不上号。这里绝不是雨横风狂三月暮的凄凉景象。“人去”“马停”的笔墨，其实隐去了若干具体的情事。秋千挂月，倦马嘶风，画船堤畔云云，皆为陪衬之物。试想，人为何而去，马为何而停，船又因何而泊，岂非尽在不言之中！一幕情深意密的“相见欢”，写得如此隐约迷离，含浑蕴藉，手法

【鉴赏】

可真高明极了。不去实写柳阴摇出画船来的情状，不去细摹仕女秋千会的场景，完全看不到人的活动，作者只是侧击旁敲，轻灵地示现出了一个类似“空镜头”的画面：闲挂月中的秋千索、驻泊堤边的画船、拴系垂杨的马匹。秋千闲着，画船空着，马儿倦了。这一切都在无误地牵引着读者的神思，顺着词人的细密思路，顺理成章地凑泊过去：倦马嘶风、柳边船歇——待人归！夜已深沉，月已朦胧。全部的环境被一种静谧的、甜美的、圣洁的氛围笼罩。这，就是词的上片的不写之写。

实际上，而今乐事他年泪，上片的欢情又正是为下片的悲感作了厚实的铺垫。季节，由春入夏；情感，由似酒如蜜的浓情到神态恹恹的如痴如醉。事同春梦不多时，人似飞鸿无觅处。密约幽期不可复得，峡云无迹各自西东，剩下的是无穷的怅惘，不尽的忆念，她（或许是他）大概只会独自守着窗儿，整日价在情思昏昏中打发日子了。“宿燕夜归银烛外”，用的是温庭筠《池塘七夕》诗“银烛有光妨宿燕”的旖旎字面，而指的却是人的孤栖处境，“心怯空房不忍归”呵。下一句，绿阴内流莺啼啭，更是使人伤春不忍听，加倍烘托出主人公徬徨寂寞的心境。最后以“无处觅残红”歇拍，对应上文的“花落”，景情迥异，聚散匆匆，在哀婉的歌声里倾注着作者对不幸的主人公的绵邈深情。

梦窗词擅长于用离合吞吐之法，抒写感怀旧游之情。可以与《望江南》对读的，如《夜合花》，上片极写旧游之乐：“柳暝河桥，莺晴台苑，短策频惹春香。当时夜泊，温柔便入深乡。词韵窄，酒杯长。剪烛花，壶箭催忙。……”下片盛衰陡转：“十年一梦凄凉。似西湖燕去，吴馆巢荒。重来万感，依前唤酒银罂。溪雨急，岸花狂。趁残鸦，飞过苍茫。……”作法也同是分别写悲欢两面，脉络精微，对照鲜明，笔势凝重。但比较起来，长调慢词的篇幅毕竟易于酣畅铺排，直抒哀乐，而《望江南》这样的小词，要传出虚实相生、悲欢迭见的韵调，实在有着更高的难度。尤其是它咏写艳情而能用那种情事隐去、虚处传神的独特技法，来造出格调高雅、情意醇厚的空灵境界，哪能不令人击节叹赏。

（顾复生）

鹧鸪天 化度寺作

池上红衣伴倚栏，栖鸦常带夕阳还。殷云度雨疏桐落，明月生凉宝扇闲。　　乡梦窄，水天宽。小窗愁黛淡秋山。吴鸿好为传归信，杨柳阊门屋数间。

化度寺在杭州西部江涨桥附近，这首词是作者在杭州思念苏州家人之作。与此词同属《梦窗丁稿》的《夜行船・寓化度寺》，次序紧接，似为同时之作。那首词表示在杭州思念苏州姬妾颇明显，这首词内容也相近。

词的写作地点在化度寺，景物描写兼及苏州；写作季节在初秋，时间则有黄昏，有夜晚，有白天。全词以写景为主，时、事、情都在写景中表达。

上片，“池上红衣伴倚栏，栖鸦常带夕阳还。”写作者在池边独倚栏杆，无人与共，作伴的只有像穿着红衣的莲花；在栏杆边消磨到黄昏，看到的也只有背上似乎带着夕阳余晖的归鸦回来栖宿，鸦带日色，得自王昌龄《长信秋词》：“玉颜不及寒鸦色，犹带昭阳日影来。”这是在化度寺午后到傍晚所见的情景，像两幅画，表的是孤寂之情。“殷云度雨疏桐落，明月生凉宝扇闲。”浓云生时，雨脚斜度，稀疏的桐叶继续飞落，有点萧索；但雨后气温降低，天色更清，明月继续出现在上空，凉气随之而生，宝扇可以不用，又美得可爱，凉得可爱。“度”字、“疏”字写秋雨与梧桐的形态，很妥帖；“生”字把

“凉”归功于“月”，使月色倍觉宜人；这两句写寺中夜晚下雨与月明时的情景，又像两幅画。上两句不用对偶，这两句用对偶，笔调皆疏淡幽秀，引人入胜。

化度寺近水，当时自杭州至苏州，也多是走水路，下片接写“乡梦窄，水天宽”。“窄”字写梦，也是文英匠心提炼、喜欢运用的字，《莺啼序》不是也有“春宽梦窄”之句么？“窄”表短促，与水天“宽”对照，以见天长、水远而梦短的惆怅。心情全在感事感物的“宽”“窄”中透露。“小窗愁黛淡秋山”，写倚窗看到的远山的景致。它既是一幅画，也表惆怅之情。山是“秋山”，所以“黛”色浅淡；山本无“愁”，从愁人眼中看去，似乎其浅淡的暗绿色也不免带着愁态。正是“以我观物，故物皆着我之色彩”。远山似眉，由景又联想到思念的人。这一句又暗用卓文君“眉际若望远山”之典，由写景过渡到怀人。“吴鸿好为传归信”，看到天上鸿雁，盼望它是从作者久居而当作家乡的“吴”地飞来的；离家已久，怀人情切，因而盼望它能代传“归信”。这简直像是直接的呼告之辞，其实只是心中的盘算而已。“归信”传到哪里呢？“杨柳阊门屋数间”，是苏州城西阊门外，秋柳萧疏、几间平屋的地方。这环境虽极平凡，却富有幽雅的画意，它又是作者感情眷念之所在，更像一幅出自高手的水墨画，淡淡数笔，寓情于景，用司空图《诗品》中的话来形容，不是近于“绿林野屋，落日气清”，或“玉壶买春，赏雨茅屋”，而是近于化境的“神出古异，淡不可收”了。

这首词用六幅秀淡的画面组成，时间不限一日，画面分属两地，最后一幅画笔最淡而神韵最高，因而它包含更深远的情味。

（陈祥耀）

唐多令

何处合成愁？离人心上秋。纵芭蕉不雨也飕飕。都道晚凉天气好；有明月，怕登楼。　　年事梦中休，花空烟水流。燕辞归、客尚淹留。垂柳不萦裙带住，谩长是、系行舟。

这首词写羁旅怀人，在梦窗词中写法别致，论者的反响也很特别。抑梦窗者如张炎，偏予推选；而尊梦窗者如陈廷焯，反而加以诋諆，认为是下乘之作。平心而论，此词不事雕琢，自然浑成，在吴词中为别调，自有其可喜之处。

就内容而论可分两段，然与词的自然分片不相吻合。

从起句到"燕辞归、客尚淹留"为一段，先写羁旅秋思，酿足愁情，为写别情蓄势。起二句先点"愁"字，语带双关。从词情看，这是说造成如许愁恨的，是离人悲秋的缘故。单说秋思是平常的，说离人秋思方可称愁，命意便有出新。从字面看，"愁"字是由"秋心"二字拼合而成，故二句又近于字谜游戏。这种手法，古代歌谣中颇经见，王士禛谓此二句为"《子夜》变体"，具"滑稽之隽"(《花草蒙拾》)，是道著语。盖《子夜歌》如"明灯照空局，悠然未有期(棋)"，借同音字为用；"摘门不安横，无复相关意"，本"关门"之关转作"关心"之关，是多义字别解。此词以"秋心"合成"愁"字，是离合体，皆入谜格，故是"变体"。此处似信手拈来，涉笔成趣，无造作之嫌，且紧扣主题秋思离愁，实不得以"油腔滑调"(陈廷焯《白雨斋词话》卷二)目之。

两句一问一答，开篇即出以唱叹，而且凿空道来，实属倒折之笔。下句

【鉴赏】

"纵芭蕉不雨也飕飕"是说，纵然没有下雨，芭蕉也会因秋风飕飕，发出令人凄然的声音。这分明告诉读者，先时有过雨来。"一夜不眠孤客耳，主人窗外有芭蕉"（杜牧《雨》）。而起首愁生何处的问题，正从蕉雨惹起。所以前二句即由此倒折出来。倒折比较顺说，平添千回百折之感。沈际飞释前三句说："所以感伤之本，岂在蕉雨？妙妙。"（《草堂诗余正集》）是颇有领会的。

秋雨晚霁，天凉如水，明月东升，正宜登楼纳凉赏月。"都道晚凉天气好"，是人云亦云，而"有明月，怕登楼"，才是客子独特的心理写照。"月是故乡明"，望月是难免触动乡思离愁的。这三句没有直说愁，却通过客子心口不一的描写把它表现充分了。

秋属岁晚，容易使人联想到晚岁。过片就叹息年光过尽，往事如梦。"花空烟水流"是比喻青春岁月的逝去，又是赋写秋景，兼二义之妙。可见客子是长期漂泊，老大未回。看到燕子辞巢而去，不禁深有感慨。"燕辞归"与"客尚淹留"，用曹丕《燕歌行》"群燕辞归雁南翔"与"何为淹留寄他方"句意，两相对照，见得人不如候鸟。以上蕉雨、明月、落花、流水、去燕……无非秋景，而又不是一般的秋景，于中无往而非客愁，这也就是"离人心上秋"的具象化了。

此下为一段，写客中孤寂之叹。"垂柳"是眼中秋景，而又关离别情事，写来承接自然。"萦""系"二字均由柳丝绵长着想，十分形象。"垂柳不萦裙带住"一句写其人已去，"裙带"二字暗示对方的身份和彼此关系；"谩长是、系行舟"二句是自况，言自己不能随去。羁身异乡，又成孤另，本有双重悲愁，何况离去者又是一位情侣呢。由此方见篇首"离人"二字具有更多一重含意，是离乡又逢离别的人啊，其愁也就更其难堪了。伊人已去而自己仍留，必有不得已的理由，却不明说（也无须说），只怨怪柳丝或系或不系，无赖极，却又耐人寻味。"燕辞归、客尚淹留"句与此三句，又形成比兴关系，情景相映成趣。

前段于羁旅秋思渲染较详，蓄势如盘马弯弓。后段写客中怀人直是简洁，发语如弹丸脱手，恰到好处，毫无疵颣，没有作者通常有的堆砌典故、词旨晦涩的缺点。

（周啸天）

贺新郎

陪履斋先生沧浪看梅

乔木生云气。访中兴、英雄陈迹，暗追前事。战舰东风悭借便，梦断神州故里。旋小筑、吴宫闲地。华表月明归夜鹤，叹当时花竹今如此！枝上露，溅清泪。　遨头小簇行春队。步苍苔、寻幽别坞，问梅开未？重唱梅边新度曲，催发寒梢冻蕊。此心与、东君同意。后不如今今非昔，两无言、相对沧浪水。怀此恨，寄残醉。

吴梦窗词，内容则绮罗香泽，语言则镂金刻翠，词论家往往把他和北宋的周美成并提，当然和辛稼轩、刘后村等豪放一派，大异其趣。然而梦窗也偶有以爱国主义为主题的杰构，《八声甘州·灵岩陪庾幕诸公游》和这首《贺新郎》就是。两首词又同中有异，《八声甘州》"奇情壮采"诚如麦孟华所赞叹，然而秾丽密致的风格，仍能不为大笔淋漓所掩。这首《贺新郎》却较为疏宕，周济《介存斋论词杂著》说吴词"意思甚感慨，而寄情闲散"，况周颐《香海棠馆词话》说吴词"与东坡、稼轩诸公，实殊流而同源"，指的正是

【鉴赏】

这种。

本篇主题是怀念抗金名将韩世忠因而感及时事，却借沧浪亭看梅而发。沧浪亭是苏州名胜，原是中吴节度使孙承祐的池塘，后废为寺，寺后又废。苏舜钦谪官苏州时用四万钱买得，后为韩世忠别墅。宋以来写沧浪亭的诗词，很少着眼到韩世忠事迹，这词是别开生面的一首。题中的履斋先生是吴潜，曾在苏州做地方官，梦窗是他的幕客。词前半阕从韩世忠沧浪亭别墅写起，“乔木生云气”，不仅写故家旧宅的郁郁葱葱气象，并显示南渡英雄人物在此寓迹时间已隔得很久，树木都长得云气苍然了。“战舰东风悭借便”，是用典，周瑜曾乘东风之便，大破曹操军于赤壁。这里是反用，意思是天不助人。悭，是吝惜的意思。这句连同以下两句，用沉着悲壮的语言，为当日黄天荡一战未能生擒兀术、英雄的陕北故乡仍然沦于敌手而致惜，特别是为世忠后来因避权奸迫害休官退居而寄慨。“华表月明归夜鹤”用丁令威化鹤重归辽东的典故。这句连同以下三句从世忠当时转入到梦窗今日的看花游春，“叹当时花竹今如此”，神韵凄绝，“风景不殊，正自有河山之异”，和新亭挥泪同样说不尽的感慨，含蕴在八字之中。由人事而说到花竹，又由花竹而感到人事，然后用“枝上露”点明梅花，“溅清泪”双绾花和人。写得浑成自然，毫无刻意经营的痕迹。

后半阕，紧接着从看梅写起。宋代知州出游，被称为“遨头”，苏轼词中又写作“遨游首”，点明此来是陪吴潜寻幽探春。问梅开未，催花唱曲，不仅是点题应有之笔，而且这是用意双关，把催花开放，隐喻对当政者寄予发奋图强的希望。东君是春神，借以指东道主人吴潜，“此心与东君同意”，表明宾主的思想一致。陈洵《海绡说词》评此句云：“能将履斋忠款道出。是时边事日亟，将无韩、岳，国脉微弱，又非昔时。履斋意主和守而屡疏不省，卒致败亡，则所谓‘后不如今今非昔，两无言相对沧浪水。怀此恨，寄残醉’也。言外寄慨，学者须理会此旨。”此论深得作者用意所在。梦窗写此词，时代已非南宋前期,因此,词意虽然表示了作者对国势的关心,但后不如今、寄恨残醉的调子是低沉的,缺乏鼓舞人心的昂扬斗志,不同于辛稼轩词的大声鞺鞳处正在于此。吴潜有和韵一首,意思更加消沉。

这首词通篇结构严密,陈洵说:“前阕沧浪起,看梅结;后阕看梅起,沧浪结,章法一丝不走。”全首清空一气,只用了“战舰东风”和“华表归鹤”两个典故,跟梦窗大部分词作过多地填砌典故词藻大有不同,可见能手是无所不可的。

(钱仲联)

思佳客

迷蝶无踪晓梦沉,寒香深闭小庭心。欲知湖上春多少,但看楼前柳浅深。　　愁自遣,酒孤斟。一帘芳景燕同吟。杏花宜带斜阳看,几阵东风晚又阴。

这首词是作者在杭州所写,有怀人之意,当作于杭妾亡后。

上片,“迷蝶无踪晓梦沉”,写早晨梦醒之后,梦中情况,已消逝无踪。用的是《庄子・齐物论》庄周化蝶的典故。它的本义是说世事与梦境的真幻,颠倒难分,两者都不值得执着看待。但后人又把这则故事与《庄子・至乐》写他丧妻时鼓盆而歌,不表示悲哀的故事联系起来,猜想庄子大概也把丧妻看成作梦,所以悼亡作品,也常用到化蝶、梦蝶的典故,例如李商隐《锦瑟》的“庄生晓梦迷蝴蝶”句,不少人主张是悼亡之作。文英这句词,表面是写梦,深一层是以梦隐喻过去的经历;联系他的生平看,又似包含对亡妾的思念。虽说“无踪”，毕竟入梦；梦由想生，何能真正地忘却？既然如此，则梦醒后并不是适意如庄周，而是深怀思旧的惆怅，细味“沉”字，其情自见。“寒香深闭小庭心”，寒香，当指春寒尚未谢尽的梅花，或兼指见于下片的逢春先开的杏花。人既惆怅，对着“深闭小庭心”的“寒香”，自然不是赏心乐事，而是触景伤怀，“寒”不是透着凄冷，“深闭”不是透露孤寂么？这时候由“小庭”而想到西湖，由“寒香”而想到新柳，觉得春光尚浅，寒意犹浓，西湖上的杨柳，应该也是初舒嫩条，翠色未深，而游人应该也还不多。那么，在小庭中虽感孤寂、凄冷，到湖上去游玩，也未必就能看到秾丽之景，享受热闹、温暖之乐了。“欲知湖上春多少，但看楼前柳浅深。”不是要由柳浅而判断春少，而是要由春少而表现人的凄冷情绪的继续存在，所以这两句结束得轻倩、婉转而有味。

下片“愁自遣，酒孤斟”，全词直接抒情的，只有这两句，到这里才点出“愁”字，点出“孤”字。作者这时的愁既无法排除，那么这里的“斟”与“遣”，也是强自支持、强自消解而已。下句的“一帘芳景”继续写春，“燕同吟”继续写孤寂。与燕同吟，则有伴比无伴更悲。“蝉噪林逾静，鸟鸣山更幽。”此句写法，与之不无相同，都是正面的情况起反面的作用；所不同的，“蝉噪”“鸟鸣”可能是写实，“燕吟”只能是设想。“杏花宜带斜阳看，几阵东风晚又阴。”在凄冷中盼望杏花映着斜阳，会给人带来一点绚丽之色，带来一些温暖的春意，哪知天不作美，吹起几阵东风，又把阳光吹走，使黄昏依然出现阴沉的天气。这会起什么作用？对作者的心境会有什么影响？词至此结束，都没有说出；读者联系上下文，自可体会得到。

张炎《词源》说：“词要清空，不要质实。”他把姜夔词作为“清空”词的代表，把文英词作为与之对立的“质实”词的代表；而所谓“质实”，是带有“凝涩晦味”和堆垛的内涵的。吴文英的慢词，有一些词藻堆垛、雕琢过甚，但也有清疏绵丽的；其令词，则多清丽而少晦涩。《鹧鸪天・化度寺作》以及这首《思佳客》,都闲淡婉约,不但与姜夔最“清空”的小词如“淮南皓月冷千山,冥冥归去无人管”,“沙河塘上春寒浅,看了游人缓缓归”等阕相近,而且与他的幽美绝句如《除夜自石湖归苕溪》之作也相近。可见作家风格的对立也并非绝对,因为每个著名作家自己的风格在统一中也有其多样性。

(陈祥耀)

古香慢 赋沧浪看桂

怨娥坠柳,离佩摇葓,霜讯南圃。漫忆桥扉,倚竹袖寒日暮。还问月中游,梦飞过、金风翠羽。把残云剩水万顷,暗薰冷麝凄苦。　　渐浩渺、凌山高处。秋澹无光,残照谁主。露粟侵肌,夜约羽林轻误。翦碎惜秋心,更肠断、珠尘藓路。怕重阳,又催近、满城风雨。

这是吴梦窗的一首咏物词,但不是泛咏,而是咏沧浪亭的桂,并突出了一个“看”字,词把凄苦的感情移入景色,逐层深入,有写不尽的哀愁。梦窗居苏州,先后共十余年。据夏承焘《吴梦窗系年》考证,此词作于理宗淳祐三年(1243),反映了词人面临南宋衰亡的哀感。

沧浪指苏州沧浪亭,在州学南,积水弥漫数顷,旁有积土石堆成的小山,高下曲折成趣。它原是五代时吴越国钱镠的广陵王所作,是他别圃(南圃)。后归钱氏的广陵节度使孙承祐。宋仁宗庆历间,诗人苏舜钦在水边建沧浪亭,南宋时这里成为蕲王韩世忠的别墅,南宋末又渐归荒废了。词人正是这时期,来看沧浪亭的桂花的。

【鉴赏】

咏物词是不明白点出来的，他把写到桂花的地方拟人化，但又加点染，让人知道是咏桂，又很有层次地写出看的过程和地点、时间的变化。

词写于重阳节前，一开始就写得秋气萧瑟。他以景物起兴，以“霜”点时节，引入本题。首三句“怨娥坠柳，离佩摇葓，霜讯南圃”，写背景水边杨柳和红蓼，用半拟人化手法。“怨娥”指柳叶，柳叶像怨女愁眉一样从枝上坠落。“离佩”指水葓即红蓼的红色花穗分披，像分开的玉佩，摇荡着红蓼。然后归结到秋霜已来问讯南圃，秋天到了。“讯”也是拟人化的字眼。

沧浪亭三面环水，有石桥相通。词随后写“漫忆桥扉，倚竹袖寒日暮”，就用拟人化写桂，“天寒翠袖薄，日暮倚修竹”，原是杜甫《佳人》诗句，北宋杜安世《鹤冲天》写榴花：“石榴美艳，一撮红绡比。窗外数修篁，寒相倚”，也用这样的拟人法。词人看到桂，引起遐思，漫想是佳人薄袖凌寒，日暮倚竹。“桥扉”即小桥所通宅院的门。下二句别作一想：“还问月中游，梦飞过、金风翠羽。”问是问桂，疑是梦游月宫时，有金风吹过、翠鸟飞过、似曾相识的桂树。《开天传信记》有唐明皇游月宫事。这里只是拟想。到此就点出了沧浪亭桥头的桂树。时间已傍晚，上片最后二句“把残云剩水万顷，暗薰冷麝凄苦”，又转笔到桂花现实处境来。日晚云残，天寒水浅，桂树你只把周围云水以自己的冷香薰射，内心含着凄凉悲苦。从第一句起，直到写桂，中间比拟佳人，设想月桂，是顿挫处，寓有今昔感。写杨柳红蓼及桂树与修竹、云水相依处，完全是体现沧浪亭一片寂寞无主感，其悲哀远过于“庭草无人随意绿”“空梁落燕泥”。

下阕，便紧紧接着“无主”写沧浪亭情境，再转到看桂上。“渐浩渺、凌山高处。秋澹无光，残照谁主。”一片寒波渺茫，是登山高处所见，然后明写词人所感：沧浪亭的一片冷落淡漠的秋色，这斜阳秋树是谁作主人呢？后一句分明是寄有濒于危亡、国事无人管的沉痛，是与“停车坐爱枫林晚”完全不同的境界，这不仅是韩王已死，园林无主的一般诉说。随后又转入本题，再用拟人化手法写桂说："露粟侵肌，夜约羽林轻误。"这里借用《飞燕外传》"飞燕通邻羽林射鸟者，……雪夜期射鸟者于舍旁，飞燕露立，闭息顺气，体温舒，无疹粟（毛孔不起粟）"故事，却一反其意，因为桂的花像积聚的金粟，所以说露下侵肌生粟，是入夜约会过羽林郎而被他轻率误期之故。这一笔从寂寞无主境中宕开，写眼中的桂花，写得很美。然而又陡转入更深一步的悲惜。下二句是"翦碎惜秋心，更肠断、珠尘藓路"，因桂花小蕊，故言"碎"，又以"翦碎"为言，似乎桂花之为小蕊，乃惜秋而心碎之故。珠尘，据王嘉《拾遗记·虞舜》，记有一种珠，轻细，风吹如尘起，名曰珠尘，此以拟桂蕊纷飘，落于苔藓小径上，令人痛惜。二句极见词心之细。最后写："怕重阳，又催近、满城风雨。"用宋人潘大临"满城风雨近重阳"句意，但语言颠倒错置，说：怕重阳将近，又催得满城风雨。这是紧逼一步写法，句意重点落在随后的"满城风雨"四字上。不但桂花正落，而且葬花天气一来，桂花将不可收拾。但他不明白写出，只做含蓄的示意，以淡淡的哀愁寓苍凉的感慨。

这首词写得层次分明，上下阕一开始都是横写境，然后纵写桂。上阕发挥了词人的想象力，用拟人法写出桂的美，然而处境凄凉，写出与修竹云水相依的寂寞，中间暗与月中桂作比。下阕写残照无主，一片荒凉，再转用拟人法写桂的美而无主，又凋谢了，还将凋谢无遗！而词的主体性很明显，使人感到处处有词人内心沉痛。

吴梦窗这首词字眼仍然用得美而生动，如"桥扉"和他另外的词写山洞用"山扃"一样，但"怨娥""离佩""残云剩水""冷麝""露粟"都和悲凉感连在一起了。而用佳人翠袖薄，月中游，又夜约羽林等故事，仍然印下了风流倜傥的审美意识。"霜讯南圃"的"讯"字，"秋澹无光"的"澹"字，也是生动而自然的字眼，以一当十，含意悠长。"翦碎惜秋心"二句，既体物又缘情，真是极精细。本词是晚年作品，没有"七宝楼台"的太过质实，但不熟习他用

【鉴赏】

的典,也是难读的。

“古香慢”是自度曲,古香二字也来自李贺《帝子歌》:“山头老桂吹古香”句,前人注多忽略,这里也附带点出。

（王达津）

【附录】

吴文英生平与文学创作年表

纪　年	年岁	生平经历	主要作品	相关大事
宁宗 嘉泰二年 (1202)壬戌	1	吴文英生于此年,字君特,号梦窗,又号觉翁,庆元府鄞县(今属浙江宁波)人。		辛弃疾六十三岁。陆游七十七岁。
嘉泰三年 (1203)癸亥	2			辛弃疾为浙东安抚使。
宁宗开禧元年 (1205)乙丑	4			李宗勉第进士。
开禧三年 (1207)丁卯	6			辛弃疾卒。
宁宗嘉定元年 (1208)戊辰	7			嘉定和议达成,宋金称伯侄。嗣荣王赵与芮生。
嘉定三年 (1210)庚午	9			陆游卒。
嘉定六年 (1213)癸酉	12			贾似道生。史世卿生。
嘉定十年 (1217)丁丑	16			金军进攻襄阳被击退。吴潜进士及第。
嘉定十三年 (1220)庚辰	19	入临安府尹袁韶幕。		
嘉定十五年 (1222)壬午	21	游无锡、宜兴。	《瑞鹤仙·赠道女陈华山内夫人》《蝶恋花·题华山道女扇》《一寸金·赠笔工刘衎》	

续表

纪　年	年岁	生平经历	主要作品	相关大事
嘉定十六年(1223)癸未	22	游苏州、楚州。途中在扬州逗留,结识一位歌妓,与之共度重午。	《满江红·淀山湖》《齐天乐·齐云楼》	
嘉定十七年(1224)甲申	23	游德清、乌程。	《齐天乐·赠姜石帚》《尉迟杯·赠杨公小蓬莱》	宋宁宗卒。权相史弥远拥立赵昀为帝,是为理宗。
理宗宝庆元年(1225)乙酉	24			李全挑起楚州兵变。
宝庆二年(1226)丙戌	25	再游德清。	《解语花·立春风雨中饯处静》《贺新郎·为德清赵令君赋小垂虹》《念奴娇·赋德清县圃明秀亭》《瑞龙吟·德清清明竞渡》	成吉思汗进攻西夏。李全破益都。
理宗绍定三年(1230)庚寅	29			李全进攻扬州。蒙古拖雷军入陕西。袁韶请求辞免临安府尹。
绍定四年(1231)辛卯	30	在苏州。	《江神子·送桂花》《绛都春·饯李太博赴括苍别驾》	赵范、赵葵在扬州破李全军。
绍定五年(1232)壬辰	31	在苏州,为仓台幕僚。	《江神子·李别驾招饮海棠花下》《声声慢·陪幕中饯孙无怀于郭希道池亭》	
绍定六年(1233)癸巳	32	在苏幕。		史弥远卒,理宗亲政。罢黜史弥远党,袁韶遭牵连。

续表

纪　年	年岁	生平经历	主要作品	相关大事
宋理宗 端平元年 (1234)甲午	33			正月，金亡。六月，宋军收复汴京。七月，宋军收复洛阳。蒙古计划攻取南方，宋蒙冲突开始。
端平二年 (1235)乙未	34	在苏幕。		蒙古攻破宋枣阳。
端平三年 (1236)丙申	35	在苏幕。	《探芳信》《木兰花慢·施芸隐随绣节过浙东》	
理宗嘉熙元年 (1237)丁酉	36	在苏幕。	《扫花游·赠芸隐》	五月，袁韶薨。
嘉熙二年 (1238)戊戌	37	在苏幕。	《金缕歌·陪履斋先生沧浪看梅》	
嘉熙四年 (1240)庚子	39			宋临安饥荒。李宗勉卒于位。
理宗淳祐元年 (1241)辛丑	40	在苏幕。	《浪淘沙慢·赋李尚书山园》	
淳祐二年 (1242)壬寅	41	在苏幕。	《六丑·壬寅岁吴门元夕风雨》	宋以余玠为四川安抚处置使。
淳祐三年 (1243)癸卯	42	在苏幕。秋，住在瓜泾萧寺。冬，在杭州，与翁逢龙共游西湖。	《水龙吟·癸卯元夕》《暗香疏影·送魏句滨宰吴县解组》《永遇乐·探梅，次时斋韵》《瑶华·戏虞宜兴》《思佳客·癸卯除夜》	

续表

纪　年	年岁	生平经历	主要作品	相关大事
淳祐四年(1244)甲辰	43	夏秋在苏州,冬至后入绍兴知府史宅之幕中。	《满江红·甲辰岁盘门外寓居过重午》《凤栖梧·甲辰七夕》《喜迁莺·甲辰冬至寓越,儿辈尚留瓜泾萧寺》	
淳祐五年(1245)乙巳	44	在绍兴知府史宅之幕中。	《瑞鹤仙·寿史云麓》《江神子·喜雨,上麓翁》《丑奴儿慢·麓翁飞翼楼观雪》《齐天乐·与冯深居登禹陵》《声声慢·寿魏方泉》	
淳祐六年(1246)丙午	45	在绍兴,三月后随史氏入杭京幕中,往来于苏杭间。	《塞垣春·丙午岁旦》《声声慢·饯魏绣使泊吴江》《瑞鹤仙·丙午重九》《西江月·丙午冬至》	以贾似道为京湖制置使。
淳祐七年(1247)丁未	46	在杭京史宅之幕中。	《水龙吟·寿尹梅津》《凤池吟·庆梅津自畿漕除右司郎官》《塞翁吟·饯梅津除郎赴阙》	
淳祐八年(1248)戊申	47	在杭州。	《水龙吟·寿梅津》	
淳祐九年(1249)己酉	48	再次客居苏州。	《浣溪沙·仲冬望后出迓履翁,舟中即兴》《绛都春·题蓬莱阁灯屏,履翁帅越》	史宅之卒。

续表

纪　年	年岁	生平经历	主要作品	相关大事
淳祐十年(1250)庚戌	49	在苏州。	《瑞龙吟·送梅津》《惜黄花慢·次吴江小泊》	三月,贾似道为两淮制置大使、淮东安抚使。
淳祐十一年(1251)辛亥	50	春,赴杭州。	《莺啼序·丰乐楼》《醉桃源·会饮丰乐楼》	四月,贾似道为参知政事。
宋理宗宝祐四年(1256)丙辰	55	已客嗣荣王赵与芮府邸。		三月,嗣荣王赵与芮封太傅。
宝祐六年(1258)戊午	57	秋,赴湖州乌程县。	《惜红衣·余从姜石帚游苕霅间三十五年矣,重来伤今感昔,聊以咏怀》	蒙哥汗大举攻宋。
宋理宗开庆元年(1259)己未	58	夏,在苏州。	《沁园春·送翁宾旸游鄂渚》《宴清都·寿秋壑》	
理宗景定元年(1260)庚申	59	仍客嗣荣王赵与芮府邸,往来临安、绍兴两地。	《水龙吟·寿嗣荣王》《宴清都·寿荣王夫人》	六月度宗立为皇太子。贾似道兼太子少师。十一月,吴潜贬谪潮州。
景定三年(1262)壬戌	61	在绍兴。	《高阳台·过种山》	吴潜被毒死于循州谪所。
景定四年(1263)癸亥	62			
景定五年(1264)甲子	63			理宗卒,太子赵禥即位,是为度宗。
度宗咸淳元年(1265)乙丑	64	在绍兴。	《水龙吟·送万信州》《金盏子·赋秋壑西湖小筑》	加贾似道为太师。

续表

纪　年	年岁	生平经历	主要作品	相关大事
咸淳三年(1267)丁卯	66			赵与芮晋封福王。授贾似道平章军国事。
恭帝德祐元年(1275)乙亥	74	此年或稍后再客苏州，且往来苏杭间。梦窗卒年不详，或认为当卒于宋亡后。	《绕佛阁・赠郭季隐》《应天长・吴门元夕》	

（远　山）

图书在版编目(CIP)数据

吴文英词鉴赏辞典 / 上海辞书出版社文学鉴赏辞典编纂中心编. —上海：上海辞书出版社，2016.12(2023.2 重印)
(中国文学名家名作鉴赏辞典系列)
ISBN 978-7-5326-4833-7

Ⅰ.①吴… Ⅱ.①上… Ⅲ.①吴文英(约 1202-1276 后)-宋词-诗歌欣赏-词典 Ⅳ.①I207.23-61

中国版本图书馆 CIP 数据核字(2016)第 292572 号

吴文英词鉴赏辞典

上海辞书出版社文学鉴赏辞典编纂中心　编

责任编辑　吴艳萍
装帧设计　姜　明
技术编辑　顾　晴

出版发行　上海世纪出版集团
上海辞书出版社(www.cishu.com.cn)
地　　址　上海市闵行区号景路 159 弄 B 座(邮编 201101)
印　　刷　上海新艺印刷有限公司
开　　本　890 毫米×1240 毫米　1/32
印　　张　5.875
字　　数　146 000
版　　次　2016 年 12 月第 1 版　2023 年 2 月第 2 次印刷
书　　号　ISBN 978-7-5326-4833-7/I・354
定　　价　88.00 元

本书如有质量问题，请与承印厂质量科联系。电话：021-56683339